武则天传奇

翟之悦 著

WU ZETIAN CHUANQI

时代出版传媒股份有限公司
安徽文艺出版社

图书在版编目（CIP）数据

武则天传奇 / 翟之悦著. -- 合肥：安徽文艺出版社，2025. 4. -- ISBN 978-7-5396-8273-0

Ⅰ. I247.5

中国国家版本馆 CIP 数据核字第 2024SU7435 号

出 版 人：姚　巍
责任编辑：宋晓津　　　　　　　　装帧设计：徐　睿

出版发行：安徽文艺出版社　　www.awpub.com
地　　址：合肥市翡翠路 1118 号　邮政编码：230071
营 销 部：(0551)63533889
印　　制：安徽新华印刷股份有限公司　(0551)65859551

开本：710×1010　1/16　印张：18.75　字数：250 千字
版次：2025 年 4 月第 1 版
印次：2025 年 4 月第 1 次印刷
定价：56.00 元

（如发现印装质量问题，影响阅读，请与出版社联系调换）

版权所有，侵权必究

目　　录

楔子　　　　　　　　　　／001
一　宁有种乎　　　　　　／003
二　虎落平阳　　　　　　／009
三　天生丽质　　　　　　／014
四　备受冷落　　　　　　／018
五　明珠暗投　　　　　　／021
六　突然失宠　　　　　　／025
七　女帝预言　　　　　　／028
八　太子李治　　　　　　／033
九　姐弟之恋　　　　　　／039
十　幽居寺院　　　　　　／044
十一　齐人之福　　　　　／049
十二　重回后宫　　　　　／061
十三　昭仪娘娘　　　　　／069
十四　太子风波　　　　　／074
十五　平步青云　　　　　／079
十六　欲加之罪　　　　　／090

十七 外廷声援	/ 099
十八 皇后立威	/ 112
十九 迁居洛阳	/ 121
二十 帝后斗法	/ 137
二十一 垂帘听政	/ 152
二十二 天皇天后	/ 161
二十三 太子李弘	/ 168
二十四 李贤上位	/ 176
二十五 李显登场	/ 191
二十六 朕很知趣	/ 205
二十七 扬州叛乱	/ 215
二十八 称帝前奏	/ 225
二十九 皇族清洗	/ 236
三十 女帝登基	/ 248
三十一 酷吏末日	/ 259
三十二 一代女皇	/ 269
三十三 神龙之变	/ 282

楔子

她永远忘不了那个秋天。

那是贞观十一年(637年)九月,一个黄道吉日,并州文水老家门口,乌压压都是看客,连街边的台阶上都挤满了人。

平日灰头土脸的武则天焕然一新,从不施脂粉的小脸涂得红红白白的,乌云般的秀发上插满了闪闪发光的珠翠,绫罗绸缎精心包裹着凹凸有致的身体。打扮得花团锦簇的武则天小心地扶着宫女的手臂,慢慢走向停在街边的轿子。

被珠翠遮挡的视线里,出现了武元庆几兄弟的面孔。武元庆他们刚才还在青楼喝酒取乐,结果家丁来报,要他们回去奉旨送亲。武则天这招出人意料。武家人大多不知道武则天何时进过宫,又续上了关系。

武元庆他们回来得迟,没赶上接旨。武元庆气喘吁吁的,想赶紧挤进人群,可人山人海,哪里还有他插脚的位置?

武则天已抬脚打算上轿了。

武元庆万万没想到的是,妹妹武则天居然停住脚步,转过身来冲他一笑。武元庆傻了,僵了,瞬间石化。是她光彩照人的笑脸咒语般激活了他,他哆哆嗦嗦地跪下来,打算讲几句场面话。

武则天扶着宫女手臂的纤手紧了紧,她半真半假地对武元庆说:"哥哥,以后母亲就交给你照顾了,你可不能委屈了母亲。不过,也不怕你怠慢她……"武则天伸出一根手指,指着宫女,"我会派人回来探望……"

武元庆磕了个头,红着脸说:"妹妹,看你说的,咱们是一家人……杨夫人,她也是我们的母亲。"

"武老爷,发红包,发红包……"有人跳出来凑趣。

"这样的好事不早点告诉大家!"

有人带头鼓掌,有人吹起口哨。鼓乐适时奏响,喜洋洋的。

武则天倚在轿门上,面上平静,心底却发出一声悠长的叹息,将这些年的耻辱、心灵的重负,缓缓地从心底嘘出。一种前所未有的轻松,从心里迅速蔓延到整个身体。戴着珠翠的武则天突然抬起容光焕发的脸,半是讥讽半是戏谑地望向尴尬的武元庆:"哥哥,你怎么不祝福妹妹呀?"

武元庆张口结舌,其他几个武氏子侄不由自主地扑通跪下,不住磕头道:"恭喜妹妹,不不,恭喜贵人,贵人大人有大量,别跟我们一般见识……"

正在此时,挤在身边的众人突然自动分开一条道,几个太监走过来,为首的掏出一卷黄帛,在武元庆等人面前晃了晃。

武元庆浑身一颤,刚想叩头谢恩,来人毫不理睬,一拥而上,将武则天送入轿中,起轿就走。

人潮汹涌中,武则天乘坐的小轿如一叶扁舟,在人生的浪潮里起起伏伏,载着她漂远了,漂远了。

武则天坐在轿里,心里很静,外头还在喧闹,鼓乐在继续。

一　宁有种乎

去往皇宫的路途漫漫,寂寞乏味,而十四岁的武则天青春妙龄,正是活跃好动的年纪,哪里能耐得住这枯燥的旅途?她忍不住伸手掀起轿帘一角,探出头去。澄澈高远的天空,湛蓝得让人心醉,几朵白云闲闲地飘着,飘向皇宫的方向。

高大的宫墙遥遥在望,那错落有致的重楼玉宇,雄伟堂皇又美得壮丽,掩映在云雾之中,宛若仙境。

武则天的少女心不禁雀跃起来,又一阵狂跳,马上她就能堂堂正正地走进这神秘的宫墙。这是她梦寐以求的,早在并州老家时,她的心便已飞远,飞进了那深沉而神秘的皇宫。

并州是武则天的父亲武士彟的家乡。武家几代人都靠种地为生,生活清苦,直到武士彟这一代才有所改观。武士彟并不甘于土里刨食,做起了贩卖豆腐的商人。聪明人做什么都比别人强,武士彟做的豆腐又白又嫩,深受大家喜爱,赚了不少钱。可武士彟并不满足,对原配夫人相里氏说:"夫人,卖豆腐赚不到几个钱,我想改行。"

相里氏问:"夫君,你又打算做什么呢?"

武士彟答道:"当今皇上(隋炀帝)动辄大兴土木,木材的需求水涨船高,木材生意一定赚钱。"

相里氏点点头。

武士彟看准机会,赌上本钱,美美地赚了一笔,成了富豪。然而,隋朝末年,局势动荡,盗贼四起,武士彟对相里氏说:"我们身为平民,赚钱还算容易,可守住钱财太难了,我一定要谋个一官半职。"

相里氏是个传统的女人,当然支持丈夫的想法:"你只管放手去做,家里有我操持。"

武士彟说:"我可能需要很多钱去结交贵人。"

相里氏说:"没关系,我们可以节衣缩食,让你得偿所愿。"

得到了相里氏的支持,武士彟花了很多钱,不断结交官员,为自己谋得一个太原鹰扬府队正的职位,实现了从贫民到富商再到官吏的变身。

从遗传学的角度来看,一代女皇的父亲不会是一个浅尝辄止、鼠目寸光的人。果然,武士彟很快就傍上了更大的人物——后来成为唐朝开国皇帝的李渊。

武士彟对妻子说:"夫人,我想开个酒店。"

相里氏说:"开酒店又麻烦又花钱,你这是为什么啊?"

武士彟说:"我想接近一个大人物——并州刺史兼河东抚慰大使李渊。我观察到李渊时常经过并州武家庄,我想在他的必经之路上开酒店,这样我可以常常款待他,借机拉近我们的关系。"

相里氏笑道:"好主意!我来给你做帮手。"

武士彟抓住了这个接近大人物的机会,不但常常邀请李渊下马歇息,免费供应吃住,还时常赠送骏马给李渊。李渊投桃报李,调任太原后,让武士彟在自己手下当了一名七品官。

随着李渊的势力日益壮大,及至后来起兵反隋,武士彟的职务一步一步得到提升。

相里氏曾担心地对武士彟说:"夫君,如今局势动荡混乱,鹿死谁手还未可知。你这么跟着李渊,会不会有风险?"

武士彟说:"李渊很有谋略,我认定了他。为了支持他,倾家荡产也在所不惜。"

历史证明,武士彟押对了宝。李渊登基之后,十分感念武士彟的功劳:"武士彟,朕封你为太原郡公。你的两位兄长武士棱、武士逸分别封为宣城县公、安陆县公。"武士棱、武士逸后分别官至司农少卿、益州行台左丞。

就此,武氏家族青云直上,成为当时的政坛新贵。但是,在重视门阀的封建社会,大家对武士彟的看法,没有因其政治地位的提高而发生改变。

"夫君,如今你已得偿所愿,为何还终日闷闷不乐?"相里氏问武士彟。

"唉,那些贵族根本不尊重我。在他们的眼里,暴发户出身的我,还是低人一等。"

无法改变别人的看法,武士彟很苦闷,对待事业就更加用心,希望干出一番名堂,以改变尴尬的地位。他时常因忙于公事,而耽误了私事。相里氏病危的时候,他正陪同李渊在并州视察,为了陪伴皇帝,他没有回家见妻子最后一面。

唐高祖李渊后来知道了这件事,很感动:"武士彟,朕理解你的尴尬处境,现在封你为应国公,三品工部尚书。朕再赐给你一位出身名门的妻子杨氏——前朝宰相杨达的女儿。"

武士彟大喜,忙叩头谢恩,心道:隋亡后,尽管杨家的地位已经大不如前,但依然是名门,是贵族。况且,杨氏还是李世民的妹夫的堂妹,我与她成婚之后,一下子就能成为皇亲国戚,社会地位扶摇直上。

李渊又说:"唯一美中不足的是,杨氏已经年过四十,不知你是否介意?"

武士彟忙说:"我哪会在意这个?再次叩谢皇上的大恩。"

李渊说:"你对朕尽心尽力,朕看在眼里,赏赐你这样的忠臣是应该的。"

很快,武士彟欢天喜地地迎娶了杨氏。婚后,已年过四十的杨氏夫人,为武士彟接连生下三个女儿。小女儿早夭;长女后来嫁给贺兰氏为妻,姑且按惯例称她为贺兰夫人;次女就是中国历史上唯一的女皇武则天。

中国人有句俗话:三岁看老。在传统观念中,所谓"天选之人"往往在幼时便展现出超乎寻常的特质。传说武则天就是这样的人。在历史上,有关武则天幼时的传说有两个。

第一个传说,是"感孕金轮所",出自晚唐诗人李商隐的诗歌《利州江潭作》。这首诗是李商隐根据民间传说创作的,大意是:有一次,杨氏夫人在水潭边游玩。突然,一条金龙跃出水面,与杨氏夫人一起玩耍。回家之后不久,杨氏夫人发现自己已经珠胎暗结,而后产下的孩子就是武则天。这个传说,暗示了武则天是真龙天子。

第二个传说,是著名的相士袁天罡看相。传说武士彟曾邀请著名的相士袁天罡为全家人相面,袁天罡看过之后,敷衍地给了几句判词。最后,家人抱来了尚在襁褓之中的武则天。当时武则天穿着男装,以安慰武士彟求子而不得的心情。没想到,老成持重的袁天罡一看到武则天,眼睛发亮,腿脚发软,大呼:"这个小婴儿生着龙睛凤颈,可惜是个男儿,如果是女儿身,一定能成为天下之主!"看大师的模样不像信口开河,但武士彟很困惑:"大师,自古皇帝都是男人,哪有女人做皇帝的?""天机不可泄露。"说罢,袁天罡连酬劳也没收,就走了。

既然是传说,那么真实性自然无法考证。然而,袁天罡如果真的神奇到可以预测命运,又怎会看不出眼前小儿的真实性别?

唯一可以考证的,是武则天父母的基本情况,也就是她的原生家庭情况。良好的原生家庭,为武则天的性格和能力的养成打下了良好的基础。而她能够称帝,是天时、地利、人和多方面促成的结果,主要有三个原因。

武则天得以称帝的第一个原因是:健康的身体。身体健康是获得成功的本钱,这需要后天的保养,先天遗传也是重要因素。武则天的父亲武士彟从小受尽苦难,成年后也饱经风霜,可以说,他并没有过上几天安稳日子,最终在五十九岁那年去世。在缺医少药的唐朝,五十九岁算是高寿,可见武则天父亲的身体素质是过硬的。再看武则天的母亲杨氏,在医学昌明的今天,四十多岁的杨氏是妥妥的高龄产妇,可她接连顺产生下三个女儿,身体素质显然很好。武则天出生的时候是武家全盛时期,幼年武则天得到家里全方位的呵护。自小优越的饮食和生活环境,为武则天的健康打下了好底子。长大后,她进了宫,一开始却坐了十多年的冷板凳,又在感业寺过了多年青灯古佛的清苦生活。再次入宫后,她一边钩心斗角,一边接连不断地生孩子,史书上记载的就有五个孩子,接着是劳心费神的政治生涯,直到八十二岁去世。这些事例都说明,武则天拥有旺盛的精力,而旺盛的精力来自健康的身体。

武则天得以称帝的第二个原因是:受过良好的教育。首先是家庭教育。武则天有一对好父母。母亲杨氏夫人对她的教育比较全面。宗室出身的杨氏夫人,与同时代的其他贵族女性不同,不爱红装爱文史,对刺绣、缝纫、厨艺甚至涂脂抹粉兴趣不大,却喜欢看书,终日手不释卷。并且,由于出身皇族,杨氏夫人对局势非常敏感,善于审时度势、分析利弊,这些都对武则天产生了深远的影响。杨氏夫人的情商很高,善于处理各种人际关系,在帮助武则天入宫和册封皇后这两件事上,充分展现出长袖善舞的本事。杨氏夫人的高情商遗传给了武则天,令武则天拥有了这件即便是在现代社会也能通向成功的武器。在遭到唐太宗冷遇十多年后,武则天正是凭借高情商,俘获了当时的太子、后来的唐高宗李治的心,最终逃出了感业寺,回到了皇宫。情商的培养是门复杂的学问,武则天在之后的宫斗中不断修炼,融合了各种"技巧",这些先按下不表。再来看武则天的父亲武士彟。武士彟作为一个贫民出身的小贩,能在官场上左右逢源,他的政治头脑是不言而喻的。武则天出生后不久,武士彟被派往扬州平乱,并接任大都督。后来,他又改任荆州都督。年幼的武则天跟随着父亲四处迁居,游遍全国的名山大川,在这个过程中,父亲言传身教,将自己做人、做事的人生经验传授给武则天,这些对她开阔眼界、拓展思维大有裨益。除了家庭教育,入宫之后,武则天也主动学习。在郁郁不得志的日子里,武则天读书习字,博览群书。后期,她有机会侍奉唐太宗李世民,也留意观察皇帝如何处理政务,获益匪浅,这也为她日后参政议政打下了坚实的基础。

武则天得以称帝的第三个原因是:相对开放的社会环境。唐朝的建立者李唐皇族,带有部分北方少数民族的基因。建立政权后,李唐皇族将北方少数民族的习俗带到了中原。唐代初期,各民族之间、国际之间的交往很多很密切,某些少数民族重视女性、婚姻关系开放等民俗,慢慢渗透到社会生活的各个领域,强烈冲击着中原汉族从前较为保守的礼教观念。越是开放的社会,价值观越是多元化,古往今来所推崇的妇德礼教的贤妻良母模式,并不是唐初女性生活的唯一模式。唐朝女子经常抛头露面,与男子同桌吃饭,饮酒作乐、谈笑唱和,无所顾忌。唐朝皇室贵族中,男女无别,女性当中的佼佼者更受当时社会的推崇。唐代这种相对宽松的社会环境,对少女武则天的束缚很少,解放了她的天性。

　　然而,富足优越的环境只能培养出温室的花朵,经不起风雨,更何谈走上帝位?"故天将降大任于是人也,必先苦其心志,劳其筋骨,饿其体肤,空乏其身,行拂乱其所为,所以动心忍性,增益其所不能。"命运的巨手不断翻云覆雨,在登基大宝之前,武则天经历了一次又一次波折,至少在当时看来,她的命运着实叵测难料。

二　虎落平阳

贞观九年(635年),十二岁的武则天经历了人生第一次重大的挫折——父亲武士彟去世了。

那年,从京城传来了太上皇李渊驾崩的消息,武士彟听到噩耗,悲痛万分。他对夫人杨氏说:"遥想当年,我因为资助太上皇起兵,在太上皇的庇护下当了二十年的官,武氏家族今天的荣耀都是太上皇的恩赐。现在,太上皇去世了,我太难过了。"

杨氏夫人说:"做人要向前看。你要是一病不起,我们全家老小怎么办?"

悲伤过度的武士彟因此种下了病根,尽管杨氏夫人遍寻城里有名的大夫来看病,也于事无补。

武士彟自知时日无多,对夫人杨氏说:"夫人这辈子跟着我,是我的荣耀,是我们家族的荣耀。所以,我从不让你受半点委屈。但我现在身患重病,很多事都要夫人亲自操办。我走后,在这个家里,你就没有亲人依靠了,我怕你到时会受尽世人的欺负。不如你带着三个女儿回我文水老家,那里还有良田数亩。你好好把女儿们带大,将来女儿们若寻得好婆家,我就放心了。"

杨氏出身于隋朝宗室,从未经历过人间疾苦,但也知晓人心险恶,武士彟一走,武家没了权势,世人皆敢欺负到头上,唯有回武氏老家,寻求族人庇护。想到这里,她忙点头答应。

武士彟又转头望向武则天,心头始终放心不下这个二女儿,他再次嘱咐杨氏:"二丫头生性高傲又聪明,一般人很难让她顺从,夫人以后需为她多操心了。"

武则天听到父亲在谈论自己，凑上前："父亲，我会照您的意思，跟着母亲回老家，长大找个好婆家，好好孝顺母亲，您放心好了。"

武士彟知道二女儿是在宽慰自己，但她毕竟是袁天罡大师批过命理的奇女子，不会如其他人那般随波逐流，又怕她自视甚高，得罪老家的众人，便单独对她说："女儿，家里还有两个哥哥，可毕竟同父异母，很难真心帮衬你们，不与你和母亲抢夺家产就算不错了。人世间的世态炎凉、尔虞我诈，你要帮你母亲一起应对啊。"

武则天早已知道，不仅这两个哥哥，那些堂哥一个个也都是见利忘义的小人，若不是觊觎父亲多年攒下的万贯家财，恐怕他们平日连门都不会踏进一步。武则天一边想着，一边应着父亲："我与母亲、姐妹们会尽快远离这是非之地。"

武士彟交代完后事，没几天便撒手人寰了。消息传到了李世民那里。

"皇上，武士彟因太上皇驾崩，悲痛而亡。"

李世民感慨万分："这样的忠臣要好好嘉奖。传令并州大都督李勣为武士彟主办丧事，丧葬费由国库承担。"

"哎呀，武家真是有权有势。武士彟的葬礼风光无限，街头巷尾起炉摆灶，僧人、道士尽数安排到位。"

"朝廷帮武家打理一切，当然风光咯。"

……

"母亲，爹爹的丧礼表面办得排场，内里可太不讲究了。"武则天抱怨道。

杨氏连忙捂住她的嘴，悄声说："这种话不能说，给人听到可不得了。"继而叹一声，"武家人都不挑剔，我们还能说什么呢？"

武则天年纪虽小，心里却很明白：自太上皇驾崩，武家就没了靠山。要是父亲在，也会有三分薄面，但如今父亲也不在了，还能依靠谁呢？

武士彟和相里氏生的两个儿子武元庆、武元爽早年由父亲安排,在京城托人谋得一官半职,觉得武家从今往后由他们做主了,便早早地算计着武家的家产。武士彟当年得太上皇赐婚,娶了杨氏,欢喜不已,对这两兄弟关心得太少,一心只有杨氏及三个女儿。早已怀恨在心的两兄弟趁机百般刁难武则天母女:"父亲已经走了,以后这里就由我们当家了。你们人少,也不必占那么大的地方,收拾收拾,换到西房去吧。"

"对了,你们女人家不懂得经营,也不适合抛头露面,父亲留下的这些产业由我们管着,你们就安心在家好了。"

杨氏欲言,武则天先站出来:"哥哥这话说的,按照祖上的规矩,该有我们的份儿,就应该给我们,抢夺我们孤儿寡母的东西,传出去被外人笑话。"

几个堂哥心知主家不想分产业给杨氏一家,也想再捞点,帮腔道:"以后家主是元庆、元爽了,我们哥儿几个也能帮衬点。你们女人家,早晚都要嫁出去的,财产给你们,还不是便宜了别人?"

杨氏毕竟是过来人,心道:现在武家没人瞧得起我们娘儿仨,更没有人说一句公道话,如果我们再与武家兄弟争论,被扫地出门也说不定。杨氏忙拉着武则天的衣袖,让她坐下来,少说话。

接下来的日子里,杨氏母女四人的房子越住越小,仆人没几个,武士彟留下的产业,她们一分都未曾分到。武则天的堂兄弟武怀良、武怀运和武怀道等人,也都来搜刮一顿。分家分得杨氏母女四人受尽欺凌。在这种情况下,武则天的小妹妹夭折了。而从小娇生惯养的武家长女,匆匆嫁给了官职低微的贺兰越石,好歹算是有个婆家可以依靠,不必遭受那些所谓族人的冷嘲热讽。按照惯例,我们称呼武家长女为贺兰夫人。

大女儿新婚前夜,母女三人彻夜长谈。大女儿沾沾自喜:"妈,明天我就要出嫁了,往后你们可要常来看我。"

"嫁出去好!以后你在婆家站稳了,可要多帮帮你的妹妹啊。"

"我知道。妈,再过几年,妹妹也差不多该找户人家了。要是找不到,我可以帮她介绍介绍。"

"少嘚瑟,我肯定会找得比你好,你先顾好你自己吧。"武则天不高兴地说。

"妹妹,我听说武家哥哥已经帮你安排好了一门亲事。"

"是吗?怎么没人跟我说起过?母亲,你知道吗?"武则天惊喜地转向杨氏。

杨氏不知所措,不知道该怎么回应二女儿:"这个……时候还没到,你还小,我没答应下来。"

"是哪家?是哪家?母亲,快跟我说说。"

"母亲,你就告诉她吧。不就是城中卖豆腐的那人吗?"大女儿说。

武则天脑子一时炸了:"你说什么?!"

一个卖豆腐的,怎么可能?我好歹也是个大家闺秀,怎么可以落魄到嫁给一个市井之人?定是武家哥哥故意安排的,他们就这么薄情寡义吗?

"别开你妹妹玩笑。"杨氏愠怒地看着大女儿。

"怕什么?爹爹从前不是也卖过豆腐?有什么好害臊的?到时你可天天有豆腐吃了,哈哈。"长姐大笑起来。

长姐的炫耀让武则天有被落井下石的感觉,她内心更加窝火:"姐,你不就是嫁了个小官吗?有什么了不起的?如果父亲还在的话,这样的人哪里看得上眼?"

"好了,你们都少说两句吧。"母亲杨氏制止道。

武则天不由得暗自伤神:外人冷嘲热讽也就罢了,亲姐姐也是这样。武则天的心渐渐凉透了:这炎凉的世界,什么亲情、友情,不过是换取利益的筹码。要是父亲还在,我也不会受这般欺负,让他们把我当一块豆腐拿捏。要是父亲还在……父亲不也依靠着那座大山吗?要是我也能……唉!我的出路又在何处呢?

杨氏听着姐妹俩你一句我一句的,心里泛起了嘀咕:我们毕竟是女儿身,唯一的出路,就是嫁个好人家。大女儿算是有着落了,好歹有个安身之地。接下来就是武则天了,嫁个卖豆腐的,按照武则天的性格,怕是会闹出事来。

"二丫头,反正姐姐出嫁了,如果这里我们真待不下去了,还是去京城吧。武家终究是没有我们的容身之地,你舅舅在长安,还是可以照应我们一下的。"

武则天仿佛抓住了救命稻草,忙点头道:"嗯!母亲,我们马上去长安,远离这帮坏人。"

然而,杨氏心里想:落毛的凤凰不如鸡,在这世俗的社会里,又有哪个大户人家会青睐早已家道中落的武家的女儿?

三　天生丽质

眼看武则天长得比母亲年轻时更加漂亮,上门说媒的络绎不绝,毕竟美貌是女人的第一招牌。十四岁的武则天来长安已三月有余,虽相亲数次,但始终不合她心意,媒人来说的人家既不能胜过武家,又不能把姐姐比下去。她内心的结始终打不开。

然而,似乎是命运的安排,正在武则天为出路发愁之际,一条"征美令"打开了她命运的大门——皇上李世民下旨广征天下美女,充实后宫。

当时,长孙皇后去世了。皇后与李世民少年结发,又经历了玄武门之变,互相扶持,走过了二十三年,深得李世民爱护。李世民誉之为"佳偶""良佐",并修建了一座高台,常常远眺长孙皇后陵墓进行怀念。但即便如此,也无法填补李世民内心的空虚,于是他徘徊于后宫之中,每天找不同的嫔妃相陪,却始终找不到与长孙皇后在一起的那种感觉,便下旨从民间寻找佳丽。

一天晚上,武则天问杨氏:"母亲,你睡了吗?"

"怎么了,二丫头?你有心事?"

"我们来长安已经有近百日,母亲为了给我找个好婆家,四处奔波,但始终是我太挑剔,人选都不得我心。"

"良婿难寻啊!女儿,不急,我会帮你找个称心如意的。"

"母亲,女儿斗胆,自己找了个,但我怕你不答应。"

"女儿你能看中的,一定是个好人家,快跟母亲说说,是哪户人家?"

"那个,是当今皇上……"

杨氏哈哈大笑："你莫非想当皇后？哈哈，你想得太简单了。女儿，首先入宫就难，更别说能有幸见到皇上。"

"母亲，您不知，当今皇上正在广征天下美女，这正是我的机会啊。"

杨氏看着一脸认真的武则天，知道她内心主意已定，不由得大惊道："万万不可啊！宫里的事，不是我们所能插手的。若是你有幸入宫，宫里美女如云，你又如何赢得皇上的恩宠？"杨氏出身于皇室，对后宫的凶险莫测最清楚不过，"幸运的妃嫔只是少数，一朝飞上枝头，全家鸡犬升天，这些都是你能看到的。但如果稍稍行差踏错，那就是灭顶之灾，是株连九族之祸。在宫里，要是你只求安稳，不求升迁，那无异于守活寡。不过，就算你愿意平平淡淡到老，后宫的女人们也不会容你这么舒服。没有了皇帝的恩宠，那人人皆可践踏，生不如死。女儿，在宫里，一步错，即万丈深渊啊。"

武则天非常理解母亲的担忧，她劝慰母亲说："父亲在世时仰仗着先皇，我们一家飞黄腾达，有权有势，呼风唤雨，谁欺负过我们？但如今呢？他过世以后，我们家族就远离了皇权，女儿们受尽欺凌。我们是女子，没法参加科举考试，就算才高八斗、学富五车，也只能嫁人了事。你看我们现在寄人篱下，做什么事都要看人脸色，要是我们能有机会翻身，为何不去拼一下？哪怕死了，又有何妨？总比没有出人头地的机会，庸庸碌碌一辈子强。"

杨氏知道女儿执拗的性格，纵使万般劝她，她打定了主意，是怎么也改不了的。再说，女儿说的并非全无道理，毕竟自己也算是出身于皇室，依然期盼着那种万人景仰的感觉。

"二丫头，既然你心意已决，母亲自会助你。但开弓没有回头箭，你要想好，入宫既是美景，又是深渊。"

"我想好了。"武则天坚定地说。

想要入宫，首先要有人引荐。杨氏想到自己的表妹杨妃，杨妃入宫多年，还为唐太宗李世民生了个儿子，也算是在众多嫔妃中有点地位的人，要是这条路打通，那女儿进宫就有希望了。

经过多日的打点走动,杨氏终于有机会进宫与杨妃见一面。第一次跟着母亲进宫的武则天,仿佛进入另一个世界,虽然只是后宫而已,可帝王家的雕龙画凤、奇花异草,高大的侍卫,忙碌的侍女,令她目不暇接。二人刚进杨妃的宫门,等候多时的杨妃就急不可待地招呼二人入座用膳。

武则天看着摆得满满当当的餐桌,悄声跟母亲道:"这么多菜,有上百道了吧,吃得完吗?"

杨氏听到了,微微一笑,并没有搭理女儿,转头问杨妃:"贵妃娘娘,这是何必呢?就我们二人而已,哪能受得住这种礼遇?"

"姐姐见笑了。平日里也没人来看我,难得有亲戚来,我真的很高兴啊!"谈笑间,杨妃自顾自先干了一杯酒。

杨氏说:"宫里就是好,这么多人伺候着,真是羡慕你的福气。"

杨妃笑笑,没接话头,说:"姐姐近日如何?姐夫去世后,应该留下不少家产,够你花销了吧。"

"不瞒贵妃,你姐夫生前是有些底子,奈何我始终是个外人,生的又都是女儿,武家没一个待见我们。"

"哎呀,姐姐受苦了,怎么没早点来找我?我也好帮姐姐出口恶气。"杨妃与杨氏姐妹情深,闻言义愤填膺地说。

"当时大女儿已经出嫁,小女儿早夭,我自己还应付得来。但如今二女儿也到了出嫁的年纪,一直没有寻得好婆家,我这才想着,不能让她在那个地方窝囊死,得带出来挣个前程。"

杨妃看向一脸聪颖的武则天:"小姑娘可比你母亲当年更漂亮啊,要不我给你找个婆家如何?"

武则天怕话题说岔了,忙接话道:"贵妃娘娘,宫里金碧辉煌,吃饭又天天有这么多菜,如果有幸能留在宫里,陪伴娘娘,岂不妙哉?"

杨妃似乎酒喝多了,声音提高了八度:"你想入宫?哈哈,姐姐,你今天来找我,莫不是真想把她推入宫中?"

"唉,我也劝她,在宫中万事皆要小心。万一得罪了谁,连自家亲人都没好果子吃。但我家二丫头似乎打定了主意,一心想入宫。"

杨妃叹息道:"宫中佳丽甚多,我也是承蒙祖上积德,生了个儿子,才站稳了脚跟。有多少嫔妃,虚耗青春多年,还未曾见过皇上一面哩。"

武则天听她的语气不对,赶紧表态道:"我只愿守在娘娘身边即可,不敢有大的愿望。"

杨妃看着这个机敏的丫头,说:"你的心思我还不知道?我是过来人。这宫里谁不盼着能得皇上恩宠?"转头跟杨氏说,"你若想好了,进宫之事我可以尽力安排,但姐姐你也知道,宫内明争暗斗那么厉害,很多事,非你我所能帮衬的。"

"如果二丫头有机会入宫,贵妃再扶持一把,那我就安心多了。以后的路,就看她自己怎么走了。"

"既然你们决定了,我自然会帮忙。"说罢,杨妃又干了一杯。

武则天在一旁看着杨妃自顾自豪饮了数杯,怕她喝多了忘事,忙上前劝道:"娘娘,今日一定有很多话想和母亲聊吧,酒喝多了,可就错过了。"

杨妃自是希望宫里多个自己人,互相有个照应,表态说:"你的事,我答应了,你就放心吧。"

聊至半宿,酒也多了。离开皇宫后,杨氏带着武则天回老家并州等着消息,一天天地等待,终于盼来了宫里的消息。

在杨妃的运作下,宫里早已传开了:已故的大臣武士彟家出了个大美人。都说美貌是女子的核心竞争力,美貌永远是走进男性世界的第一通行证。杨妃她们制造舆论颇有成效,皇帝留意到了这件事,很快下旨,要武则天进宫。

四　备受冷落

入宫以后的日子,水波不兴。

武则天没有马上等来皇帝的召见。她惊讶地发现,后宫到处是年轻美貌的女子,到处是水粉胭脂的甜香和南腔北调的娇嗲声音。她恍然大悟,入宫以前,自以为凭借出色的美貌就能赢得皇帝的宠幸,那是多么幼稚的想法。

"起床咯!"每天,武则天在太监的公鸭嗓里醒来,接着端着木盆,与掖庭的其他宫人一起打水梳妆。

后宫有专门的宫廷礼仪培训班,还有女教师负责教她们音乐和文化知识。在最初的新鲜劲过去后,生活的虫子乏味地蠕动向前。

白天忙忙碌碌容易过去,晚上就难熬了。掖庭黑乎乎、静悄悄的,没有什么娱乐项目,武则天只好对着镜子,点起蜡烛,洗净脸上的脂粉之后,再卸下钗环,瞧着铜镜发呆。铜镜里的美少女,披散着瀑布般的黑发,光洁的额头,娇媚的脸颊,花朵般的嘴唇吐出长长的叹息。

随着这悠长的叹息声落下,莫名的冲动在她青春的肌体中左冲右突。她坐立不安、心绪难平,不断地问自己:我到底为什么要进宫?我能不能得到皇上的宠幸?难道我就这样慢慢沉寂下去,直到青丝变成白发,终老在深宫?

"你怎么还不歇息呢?夜深了。"一个叫徐惠的女孩子问她。

徐惠与武则天住在同一个房间。据说,徐惠满腹经纶、学养深厚,在闺中就有"才女"之名。闲暇之余,武则天经常主动向她请教问题、与她切磋文法,学问倒是颇有长进。但武则天醉翁之意不在酒,她心想:徐惠的父亲正是大臣徐孝德，徐惠的侄子是右散骑常侍，这两位大臣面见皇帝的机会很多，只要稍稍提示皇帝，皇帝就会想起徐惠，召见徐惠。武则天对徐惠的示好，是一种感情投资。她希望徐惠见了皇帝之后，在皇帝面前帮她说说好话，让她得到承宠的机会。很明显，她的示好起了作用，徐惠对她生出了情谊，开始关心她。

武则天看着徐惠叹了口气："进宫这么久，连皇上的面都没见着，这以后可怎么办呢？"

徐惠安慰她说："皇上日理万机，最近又为高丽①的事烦恼，等过几天，略略空闲些，就会想起我们的。"

武则天说："不知道还要等多久，这样的日子什么时候是个头？真是太折磨人了！像你这样的名门贵女，不愁嫁的，为什么也入宫来受这个罪？"

徐惠被触动了愁肠："人怕出名。不知哪个好事者在皇上面前鼓吹我的才名，皇上一时兴起，就召我入宫了。那你呢？你又为什么进宫？"

武则天幽幽地说："我父亲去世后，家道中落。要重振武家门楣，就得嫁给最有权势的男人，所以，我入了宫。"

徐惠点点头，说："你身为女子，有这样的志气，我很佩服。"

武则天见她认同，灵机一动，说："我们一起进宫，又同住一室，也算有缘。不如义结金兰，以后在皇帝面前相互引荐，在宫里也好有个照应，你看如何？"

徐惠年少热情，被她说动了心，马上下床，穿戴整齐，跟她一起来到门外，对着溶溶月色，起誓结拜。

过了几天，不出武则天所料，徐惠的父亲跟太宗皇帝议事结束后，提到了徐惠。徐惠很快被皇帝召见了，好多天都没有回来。听掖庭的太监们说，皇上让徐惠写一篇文章，徐惠一挥而就，皇帝非常高兴，马上封她为正三品婕妤。正三品婕妤的位置，整个后宫只设九个，这是后宫三千佳丽求而不得的位置，徐惠却轻易得到了。

---

① 书中"高丽"均指高句丽政权。

又是一个寂寞的夜晚,这个夜晚,没有徐惠的陪伴。入夜,只有武则天一个人枯坐在房中。她幻想着徐惠被美丽华贵的礼服装扮起来,被皇帝宠幸的画面,又羡慕又嫉妒,一种无法言喻的痛苦一点一点噬咬着她的心。

武则天脑海里浮现出徐惠略微凹陷的脸颊,这副面孔并不光彩照人,还有徐惠那纤瘦的身材,是没有发育完全的身材,也不销魂夺魄。可是,徐惠却这样得宠,这是为什么呢?

武则天并没有在嫉恨中沉沦,而是细细分析着原因。论才华,我也算是蕙质兰心、饱读诗书,却是凭着美貌之名进宫。人家徐惠早早就才名远播,凭着才名进宫。看来,皇帝并不怎么重视女人的美貌,在他眼里,或许才华、教养和门第才是更重要的。说起门第,我也算出身于官宦之家,父亲位及尚书,却是平民出身,没有世袭的爵位。母亲倒是门第高贵,但嫁入武家之后,还是改变不了武家卑微的血统。况且父亲去世后,武家衰落了。

武则天明白了:跟徐惠相比,自己输在起跑线上,入宫就低徐惠一等。在争宠的道路上,自己是得不到家族的任何帮助的。命运,真是太不公平、太残酷了。

武则天对着如豆的灯火,黯然神伤。她默默祈祷着:徐惠啊徐惠,希望你不要忘记我,不要忘记在月下许下的诺言,别忘了在皇上面前提到我的名字啊!眼下,她只能期望徐惠信守诺言,不忘扶持她。然而,人心难测,若是徐惠失信,她也无可奈何。罢罢罢,若果真如此,她也只能认命,再谋出路。

无论怎样自我开解,都无法消除武则天心里的焦灼。她日夜等待着皇帝的召见,日夜期盼着徐惠兑现当初的诺言,等来的却是徐惠搬出掖庭,入住别院的消息。

"皇上每天要徐婕妤陪伴,不时赏赐些金银珠宝首饰,贵人的院子里都快堆不下了。"来帮徐惠收拾东西的宫女说。

这恰恰是武则天不得不接受的。她苍白着一张脸,眼见着徐惠的零碎物件被弄成一个个小包裹带走,不禁在心里说:把我也一起带走吧!

五　明珠暗投

等待的日子每天都是煎熬，冬至日姗姗而来。武则天每天都在心里祈祷。上天像是听到了武则天的心声，这一天太监来宣旨："皇上传晚膳，要武氏相陪。"

武则天眼里噙着泪，明白等待已久的这一天终于到来了：一定是徐惠在皇上面前推荐了我。徐惠真是我的好姐妹，没有对我食言。

那天下午，临近黄昏，武则天早早被宫人们打扮起来。她的身体泡入一个装满花瓣的木桶里，无数双手使劲地搓洗着她。接着，还是那些冰凉的手，为她描眉画眼、梳头打扮，再用华美而冰冷的丝绸衣服将她包裹起来。她闻到一股陌生的香味，在铜镜里，看到一个陌生的自己。

然后，武则天跟着太监走出掖庭长长的巷子，穿过一个又一个院落，拐过一个又一个回廊，亦步亦趋走进皇宫大内。

视野一下子开阔起来，这里的房子是如此豪华，比她的住处好上百倍。武则天偷眼瞧着巧夺天工的金龙玉兽、雕梁画栋，还有令人眼花缭乱的祥花瑞草、回廊匝道，心想：这里太漂亮、太舒适了！这才是适合我生活的地方。我的选择没有错，就应该早点进宫。以后有机会，要把母亲也接来。

跟着太监跨入正殿，武则天一眼看到坐在正中的皇帝。身材微胖的李世民正跟徐惠聊着天。

武则天见到皇帝，不由得激动起来，连忙跪倒在地，口呼"万岁"。

徐惠笑盈盈地说："皇上，这位就是武士彟的女儿。你看她漂亮不漂亮？"

李世民笑着对武则天说:"你把头抬起来。"

武则天抬起头,睁大迷茫的眼睛,望着皇帝。

皇帝一下子被吸引住了,即便阅尽人间春色,他还是为武则天的美貌心动,不住称赞道:"美容止,美容止。"这是什么意思呢?就是没有比她更美丽的。

"朕为你赐名,一个'媚'字。你太美丽、太妩媚啦!"

历史上对武则天的容貌有所记载,称她是"方额广颐",也就是说,她额头比较宽阔,下巴很丰满。具体如何美貌,因为没有照片留存,所以没法估量。从现代角度去猜想,后宫佳丽三千,燕瘦环肥,各具特色,如果仅仅依靠一张漂亮的脸,武则天未必能够胜出。上文曾经说到,她的情商很高,必定善于眉目传情,应该首先凭借眼神电到了李世民。另外,从史料来看,武则天喜欢运动,擅长不少运动项目,再加上小时候跟着父亲四处游历,与当时社会所偏爱的大家闺秀式的娴静淑雅相比,另有一种健康野性、无拘无束的魅力。用现代的语言说,就是性感。这正是徐惠所缺少的,也是渐入老境的唐太宗所渴求的。

徐惠是聪明的女子,见李世民已经被武则天迷住了,吃饭吃到中途便借故离开了。

李世民也不见怪,晚膳后,便带着武则天坐车回到自己的寝宫。

宫女、太监们服侍两人换过寝衣,低头告退,一路放下金帐,随侍两侧。

心腹太监很有眼色,早就回来打点好了一切。

武则天被侍奉着换上睡衣,坐在龙床上,等待着李世民。她第一次到这里来,好奇地四处打量。地上是厚重的波斯地毯,毛茸茸的,光脚踩着非常舒服。天花板和墙壁上,点了十几支粗大的红烛。床褥是新铺的,又松又软,层层叠叠很厚实,四周还有翡翠、珍珠和黄金做的装饰品,极尽奢华。外头的寒风呜呜呼啸着,落叶纷飞,但寝宫的墙角燃着熊熊炉火,温暖如春。她的鼻子里充满了熏香的气味,弄得她心痒痒的,还怦怦乱跳。

刚才晚膳的时候,武则天被李世民灌了几杯酒,这会儿酒劲上来,她脸颊红红,艳若桃李,一头海藻般的乌发松松地垂在白皙的肩头。

李世民伸出手,捧住武则天的脸,说:"你这张脸,真是越看越好看。"说着便要亲吻。武则天含羞地躲开,又怕他责怪,赶紧偷偷观察他的表情。

李世民笑嘻嘻地说:"朕就喜欢你这欲拒还迎的羞态。"说着,眼睛慢慢在她美丽的身体上滑过,那呼之欲出的双峰、纤纤一握的腰肢、吹弹可破的肌肤、浑圆挺翘的丰臀在半透明的寝衣下若隐若现。

武则天想起母亲的教导,知道这是很重要的一刻,连忙将身子凑近了李世民。少女诱人的体香钻入鼻中,李世民又感受到了那种青春的冲动,不由自主地伸出那双扭转乾坤、生杀予夺的大手。

武则天星眸半开半闭,曲意承欢。最初的疼痛感淡下来之后,她的身体轻飘飘的,感到心底焦灼的块垒在慢慢散去。可她的头脑一刻也没有放松,透过迷蒙的双眼,时刻关注着皇帝细微的反应,尽力迎合着他的需求。她多么希望,可以凭借这一夜的激情,紧紧抓牢皇帝的心。

没多久云收雨歇,皇帝翻身下来,眼皮直打架,转眼就要呼呼大睡。一直关注着皇帝的武则天,顾不上拢好衣襟,抓住他的手臂,轻轻摇晃一下,娇嗔道:"皇上,别睡嘛,再陪我说一会儿话。"

李世民日夜操劳,最缺的便是睡眠,虽有些不耐烦,但还是耐着性子说:"朕累了,你先告退吧。"

武则天的小脸唰地白了,不满地嘀咕说:"皇上未免太无情了,刚刚欢好过,就赶我走。怎么说都得给我一个名分吧。"

李世民有点生气,但一见她单薄的身子,心头掠过一丝怜悯:这毕竟还是个孩子。可帝王为所欲为的本性压倒了这丝怜悯,他唤来太监,指着武则天,说:"给她个才人封号,送她回去。"说着,躺下睡了。

武则天无奈,只好穿好衣服,跟着太监回了住处。

夜很长,也很冷。这注定是个无眠的夜晚。

武则天躺在简陋的硬板床上,回想着皇帝寝宫的温暖,又想起皇帝冷冰冰的话语,不由得气苦:等了这么久,费了老大的劲,才讨来一个才人的封号。虽说是正五品的待遇,多少男儿半生辛劳都无法求得,可是在后宫,一个小小的才人算得了什么呢?跟徐惠相比,差距何止一个楚河汉界?好在年纪小,有的是面圣的机会,只要好好侍奉皇帝,不愁没有前途。在这样的自我安慰中,她慢慢睡去了。

六　突然失宠

过了几天,皇帝的赐封便到了掖庭,告知宫人们,武则天在侍寝之后被封为正五品才人。比起那些没有机会面见皇帝的宫人,这个结果,虽然不尽如人意,也能聊以自慰。武则天慢慢恢复了常态,并相信这是新生活的开始。她不时站在屋子门口,向皇帝寝宫的方向张望,希望再次等来皇帝的召见。可是,一个月、两个月过去了,皇帝仿佛将她遗忘了。她疑惑了:难道是最初的新鲜劲过了?那晚的温存还在枕畔,她怎么会被皇帝遗忘呢?

武则天日等夜等,可皇帝真的不再召见她,就像他赐给她的那个名字一样。"媚",在当时是个通俗的名字。她想:看来,皇帝只是将我当作一个玩物,没有认真放在心上,玩过就算了。就在她望穿秋水的时候,徐惠却经常被皇帝召见,并且留宿在宫里。听宫人们说,皇帝因为她对国家大事建言有功,封她为正二品充容。

原本,得到皇帝新宠的武则天,成了掖庭里一些宫人的眼中钉。掖庭住满了失宠甚至从未得到过宠幸的宫人,自打武则天失宠之后,她们的讥讽、幸灾乐祸从未间断过,如今,她们却将武则天引为知己,一起将怨毒的目光投向了风头正劲的徐惠。

可武则天不这么认为。虽然面对无穷无尽的等待和失望,武则天却没有陷入绝望,在漫长的自省之后,她第一次意识到,通往后宫的道路并不像想象中那样好走。或许,皇上要不是看着父亲武士彠的薄面,自己连才人的品级都没有办法挣到。原本以为,美貌与智慧是自己的核心竞争力,可是如今看来,像自己这样毫无背景可倚仗的宫人,试图在后宫这利益的旋涡中争抢到一席之地,是否只是一种痴心妄想、一个黄粱美梦?

在那之后,每个苦闷而漫长的夜晚,武则天都会寂寞地躺在硬板床上,细细咀嚼无法言说的苦涩。她总是安慰自己:我还年轻,来日方长,只要有心,就能慢慢寻找到机会。

或许,在武则天的词典里,没有"坐以待毙"这个词语。消沉了一段日子之后,她记起掖庭有不少供宫人们学习的课程,她打算去看一看。她想:既然眼泪、绝望和抗争都无济于事,那只能适应,并想办法拯救自己。也许,唯有学习才能填补她内心的空洞。在学习的过程中,她对儒学投入了不少精力,但从她日后的作为来看,她对这门学问显然是不感冒的。她还苦练骑射和书法,内心深处期望能学出点成绩,再次赢得皇帝的关注和宠幸。学习令她得到了内心的平静,她在这种平静的心态下等待着,终于等到一个机会。

李世民是在马背上得到天下的,在他的带动下,李氏皇族多善骑射。一个风和日丽的日子,李世民闲来无事,带领一班妃嫔到郊外骑马游玩。妃嫔们怎么肯放弃这个博得皇帝欢心的好机会?纷纷卖力地打马球,既是取乐,也是博眼球。武则天是有备而来,在一场又一场马球赛中,身手灵活的她出尽了风头。可是,皇帝好像没注意到她的精彩表现。

马球比赛结束后,李世民叫人牵出一匹宝马,名字叫作"狮子骢"。皇帝得意扬扬地走过去,伸手摸了摸马背,想骑上马背一展风姿,没想到,还没等他上马,狮子骢便咴咴地叫起来,扬起前蹄,老大不情愿。

马夫唯恐惊了圣驾,连忙赏了它几鞭子,狮子骢暴怒,连踢带咬,差点把李世民踢倒。

李世民生气极了,质问道:"马夫何在?你们是怎么驯马的?"

马夫慌忙解释,说:"狮子骢桀骜不驯,就连驯马师也拿它没办法。今天人多吵闹,马儿受了惊扰,更要发脾气。"

李世民很不高兴,觉得丢了面子,又不便下令杀马,只好说:"谁能驯服这匹马,朕必有重赏。"

众妃嫔哪有胆子驯马?叽叽喳喳,就是没人愿出头。这个时候,武则天走出来,主动说:"皇上,臣妾有办法驯服这匹马。"

李世民瞥了她一眼,见她身量小小,口气很大,又好气又好笑,便问她有什么办法。

武则天高声说:"我先用铁鞭抽打它,如果它不肯驯服,就用铁锤砸它,要是它还不顺从我,我就用匕首割断它的喉咙。"

这句话说出来,大家都惊呆了,谁也不敢说一句话,屏住呼吸,等着李世民发话。

李世民一愣,他自己是靠发动政变、血溅玄武门夺得政权的,因此一眼就看穿,这个小美人外表娇媚可爱,其实跟自己是同一类人,心狠手辣,果决刚毅。

他冷冷地说:"你真有志气。"说完就转身走了。

其他人跟着皇帝,转眼走得一干二净,只留下武则天一个人,孤零零地站在原地。

人生的际遇有时很难预测,武则天想要一鸣惊人,得到皇帝的恩宠,反而触怒了皇帝,为此,她沮丧又无助。可就在这个时候,她一生中最重要的男人——晋王李治却深深地喜欢上了她。

晋王李治是李世民和长孙皇后生的小儿子,他很内向和羞涩,骨子里懦弱善良,没有一点儿政治野心,也没有觊觎过皇位。他的府邸离皇宫很远,并不经常进宫,只有遇到重大的节庆活动,才会进宫跟李世民相聚。然而,晋王李治这种恬淡宁静的生活,被武则天打乱了,那天她打马球时的飒爽英姿彻底征服了李治。他羞怯,而她开朗;他平淡,而她热烈;他内敛,而她如此明媚。他眼里的她,是如此自然、健康、活泼又性感,像是一团熊熊火焰,点燃了他的整个心房。于是,李治偷偷让人打听武则天的身份,打听来的结果让他大失所望,梦中的女孩居然是父亲宠幸过的才人。但是,他胸中的火焰并没有熄灭,默默阴燃着,等待燃成烈火的机会。

七　女帝预言

贞观二十二年（648年）的夏季，烈日当空。太白星连日来出现在白天，引起了全国百姓的不安。当时人们信奉星相，一直认为，太白星在白天出现，国家必有动乱。

当年李世民发动玄武门之变时，也是太白昼现；逼唐高祖李渊让位时，也是太白昼现。这使得李世民更加不安，他马上叫来太史局的天文官："你快跟朕说说，最近怎么一直太白昼现呢？"

小小天文官一时也不知所措，怕万一说错了，惹得龙颜大怒，那可是杀头的罪。

"皇上，星相需要通过考证，再结合时辰、方位……"

"什么乱七八糟的！你只要告诉我，太白星为什么又在白天出现了，这到底预示着什么？"

"皇上，少安毋躁，臣马上卜一卦。"说罢，天文官当着李世民的面占卜起来。

看着天文官摆弄着那几只乌龟壳、几棵野草，嘴里又神神道道不知念着什么，李世民闭上眼睛想：国家兴亡，难道就靠这种东西吗？

天文官念着祷词，眉头紧锁，反复卦算着自己占卜的结论：女主昌。

"这怎么可能？自古以来就没听说过女人掌握天下的事。我要是跟皇上这么说，他岂不以为我在戏弄他？"天文官心里想。

"算好了吗？"李世民不耐烦的声音响起。

"回皇上,算好了,可是……"天文官支支吾吾不敢说。

"有话尽管说,我不会怪你的。"李世民看出天文官有话不敢讲,"但讲无妨,快说!"

"臣算出来的卦,预示着女主昌。"

"什么,女主?"李世民猛地坐起来,"你有没有算错?"

"臣也以为这是不可能的事,但多次卜卦,都是这个结论。"

李世民沉吟一下,心头狐疑,说:"那你再算算,看看这个女主到底是谁。"

"臣能力有限,这个实在算不出来。但是我们太史令比我精通卦象,或许他能算出来。"

"那还不快把他叫过来!"李世民刚想喊侍卫,突然想到,前些日子太史令李淳风跟自己请假,到巴蜀访亲游玩去了,也是自己准他去的,只好烦躁地说,"算了算了,你们都把嘴闭紧了,不可泄露了天机。快去巴蜀,把太史令找回来,朕要速速见他。"

虽然窥探了天机一二,但是李世民始终不安心。过了几日,心腹大臣褚遂良要求觐见皇上。

"皇上,我近日在市井地摊上发现一本《秘记》,里面可能有一些关于太白昼现的线索。"

"《秘记》?你快说说,里面讲了什么?"

"皇上,你可不要动怒,这都是民间那些妖人乱写的。但其中有句话,跟天文官占卜的结论似有相近之处:唐三代后,女主武王代有天下。"

"又是女主,难道当真有个女人将君临天下?"李世民沉思着。他认识的女人中,哪个有这般能耐?

褚遂良虽然向皇帝禀报了此事,可心里其实也不认同,哪里会有女人当皇帝的理儿?便道:"皇上,你看以往各个朝代,哪有女人执政的?这都是世间妖人蛊惑人心所作,臣立马安排人,把这些书都收缴了。"

"这种书,你私下里都买下来吧,不要大动干戈,引得世人非议。"李世民想着,自己是否钻死胡同认定是个女人呢,如果是个男的呢?"那如果……或许未必是个女人。'女主'也可能是个别名,或者是个小名呢?"

褚遂良点点头:"还是皇上说得对,真有这个可能。但这不是更难办了吗?臣倒有一计,择日我们宴请文武百官时,叫他们把自己的乳名、小名一一道出,看看是不是有类似的人。"

李世民连连点头:"这个可以,先叫武官来吧。你们这些文人,谅你们也没有这个胆色。但是那些武将,个个胆壮,又手握重兵,我对他们始终放心不下。"

"臣尽快安排。"

"马上办,就定明晚。"

第二天晚上,在太极殿,京城中的正二品以上的武将都来赴宴。武将个个是豪爽之人,推杯换盏之间,李世民叫他们一一作诗,并且要带上自己的小名。

武将毕竟是武将,不如那些文人名字雅致,小名一个个如市井里的商贩。李世民一边言笑,一边命人一一记下。

此时,左武卫将军、北玄武门宿卫官李君羡端起酒杯,敬向李世民:"皇上,微臣乳名叫'五娘子'。"

李世民与人谈笑着,乍听李君羡的乳名,内心一惊,转头直视这个人。

李君羡借着酒劲,跟皇上瞎扯道:"五是一二三四五的五,娘是姑娘的娘,五娘。小时候,我娘为了好养活,给我起了这个名字。我即兴给大家作首打油诗。"

李世民面不改色,听着他自言自语,心里盘算:"五娘子?女主若是个男人,那五娘子岂不是字字都对应上了?"

李世民偷偷命人查这人的身世,不查不要紧,一查还真应验了那些占卜的话。李君羡,洺州武安人,封武连县公,都带着"武",又叫"五娘子",这"女主""武王"都跟他搭边,除了他还有谁?李君羡又掌管禁军,把守着玄武门,

030

真是每个点都踩到我李世民的命门上啊。

但李世民又细想:李君羡伴我出生入死,每次打仗都是带头冲锋,虽然战功显赫,但是做人又很低调,不像是要夺我天下的人啊。

李世民半宿未睡,思来想去,决定先把李君羡调走,派密探好好观察观察再说。

李君羡不明白为什么跟皇上喝了杯酒,就被下放到华州。密探观察了数日,也没发现什么。但是朝中有人趁机弹劾李君羡,说他结交妖人,图谋不轨。似乎上天都要李君羡死,太白星又在白天出现了,这深深刺痛了李世民的神经。

李世民也不管那么多,杀了再说,留着必是心头的刺。就这样,一代武将李君羡,因为一次占卜、一个小名,没了自家性命,真可谓伴君如伴虎,稍有不慎便人头落地。

虽然除掉了李君羡,但李世民的心并没有就此安定下来,"女主"的顾忌仍然时不时纠缠着他。外出巡游的李淳风终于被找了回来,急不可待的李世民立即召见了他。

"皇上,经臣推算,这个太白星白昼再现,确是将有一位女子兴风作浪,而且这个人可能已在皇上您的后宫之中。"

"在朕的后宫之中?朕此前也想过,但并没有觉得谁有这般本事。"

"我还有句话,不知道该讲不该讲。"

"你尽管说。"

"这个人三十年后将一手遮天,坐拥江山,并且皇上的子嗣,恐难保性命。"

"什么?!"这个消息犹如晴天霹雳,令李世民惊恐万分,半晌回不过神来。

李淳风也知道,自己说的话怕是会给后宫引来血光之灾,但说也欺君,不说也欺君。

"如果真的这样,那就把后宫有嫌疑之人,不,哪怕全部,都杀了,不留活口。"

"万万不可啊,皇上!天命不可违!"

"天命?"帝王将相十分信奉天意、天命,都觉得天道轮回,一切自有定数。

"皇上您想,再过三十年,这个人也老了,也必有自己的子女,作为母亲自然会有一颗仁慈之心。要是我们违背了天意,现在把人给杀了,那么会遭到天谴。就怕到时换个更为毒辣之人,皇上的子孙怕是万劫不复啊!"

"说来说去,那我什么都不能做,只能听天命了?"

"皇上,天象、卜卦这一说,玄乎其玄,不可全信。"

李世民始终得不到满意的答案,他也终究不相信女人能主天下这等荒谬之事。这就好比,改革开放之初有人跑到农村跟村民说,三十年后你能买得起飞机,以后要开飞机种庄稼了,谁会信?

虽然没有对后宫之人进行清算,但李世民甚是提防,把稍有嫌疑之人尽数安排在自己眼皮底下。比如武则天,因为她姓武,就被安排到皇帝身边做侍女。在侍奉李世民的十多年里,武则天一直在才人的位置上原地踏步,并没有像她所期望的那样,得到皇上的垂爱。

八　太子李治

唐太宗李世民因"太白昼现,女主天下"一事,将武则天圈在身边,每日侍奉自己的起居,既是监督,也是监管。

作为才人的武则天有自己的心思。她听说过一些风声,可也猜不到皇上的具体想法。她想起,母亲早已提醒过自己,皇命不可违,倘若得不到赏识,那就安分地做好自己的事。毕竟伴君如伴虎,稍有不慎便再无出头之日,严重的话会人头落地。

于是,武则天在唐太宗身边过起了度日如年的辛苦日子。可唐太宗的日子也并不好过,儿子们没有一个让他省心的。一场皇子间的腥风血雨正在酝酿。

李世民虽有十四个儿子,但对长孙皇后的爱,使他爱屋及乌。长孙皇后为他生了三个儿子:长子李承乾、四子魏王李泰、九子晋王李治。按照祖上的规矩,长子李承乾在八岁时被立为太子。因为对早逝的长孙皇后情深意笃,李世民爱屋及乌,起初对这个太子抱有很大的期望,然而事情总不能如人所愿。

似乎是相由心生,李承乾的瘦小干瘪令他看起来猥琐,日久天长,他的脚病也越发严重,走起路来一瘸一拐。若是放在军中,他连个看门的侍卫都不如,哪有帝王家的相貌?

不知是由于内心的叛逆还是缺少母亲的教导,作为太子,李承乾一天比一天骄横跋扈、口无遮拦,常做些不符身份的事。比如说,李承乾对东宫那群莺莺燕燕毫无兴致,反而偏爱一个十二三岁的男童,常常与他成双成对,同吃同住,还给他取名"称心"。

李世民的耳目早已将此事告知于他,可皇帝偏爱这个长子,心想:有房玄龄、魏徵等一批儒雅贤士在东宫执教,怎么会有如此荒唐之事?但风言风语听多了,他心里也不踏实起来。

一日,早朝已经结束,皇帝仍未见李承乾,想去东宫看看自己的好儿子到底在干吗,便带着随从们浩浩荡荡地去了。

"承乾,为什么今天没来上朝?"

听闻父皇的声音,李承乾吓得连忙从床上爬起来。

"父皇恕罪,儿臣昨夜读书太晚了,睡过了时辰,这些奴才也没把我叫醒。"李承乾一时心慌,想找理由搪塞过去。

"是吗?我儿最近学习很用功啊,这我就放心了。"李世民老怀安慰地说。

床上传来窸窣的声音。

"什么人在你床上?"李世民听到动静,向床上看,见被褥鼓起一个大包,以为是哪个妃子,心道:见了皇帝,好歹起来打声招呼。

此时李承乾更是心慌,答道:"没……没有人。"

作为一个父亲,儿子是不是在说谎,李世民一眼便能看出来。

李世民想:儿子正是精力旺盛的时候,跟女子胡混是很平常的事。他想调侃一下儿子,看看儿子看上了哪个女子,就对着床铺喊道:"出来,让朕见见吧。"

没想到一个男童从被褥里头钻了出来。

李世民一惊,心中的怒火随即腾地烧起来,随手拿起茶杯朝男童扔去,破口大骂:"混账东西!"

李承乾见父皇发怒,立马跪下,伏在他脚边:"父皇恕罪,我们只是玩玩而已,并没有做什么啊。"

李世民痛心疾首,在他的观念里,儿子年轻荒唐,要什么样的美女没有?

只要对象是女子就可以原谅,可儿子居然跟一个男童胡搞,简直太有违伦常,太无耻了!

"你是太子,太子啊,承乾!这件事要是传出去,世人都会笑话你,朕的老脸往哪儿搁?你真是愧对朕,愧对你母后,愧对祖先啊!"

李世民二话不说,命人把男童拉出去斩了。李承乾为此伤心了好几天,不仅为男童造了个衣冠墓,而且天天在东宫鸣鼓祭拜,以此来表示对李世民的不满。

李世民拿这个儿子实在没办法,只好将希望放在教育上。他在心里默默盘点了太子的老师们,感觉唯有张玄素对太子的教育抓得最紧,也最专心、最细致。李世民认为,只要张玄素能卖力地教育太子,太子就一定会有所转变。于是,李世民赶紧任命张玄素为银青光禄大夫,兼太子左庶子。然而,李世民不知道的是,李承乾早已不耐烦张玄素的教导。见父皇升了自己讨厌的张玄素的官,因娈童称心之死变得更加叛逆的李承乾,将对父皇的愤恨迁移到了张玄素身上,更不愿听他讲课。

那么,李承乾逃课做什么呢?玩角色扮演——扮演突厥人。这是李承乾的另一个爱好。他常叫东宫的侍卫、宫女、太监们穿胡服,还在宫里扎起帐篷生活,在庭院里烤牛羊,模仿突厥人野炊。对此,朝堂上曾有人提出异议,但李承乾总能自圆其说。

一天,日上三竿,张玄素多次唤奴婢叫李承乾来上课,都没有等到他,只好亲自去寝宫找太子。张玄素气喘吁吁地走到地方,不见李承乾,却见那儿的奴仆都打扮成胡人模样,空气中弥漫着一股肉烤焦的煳味儿,心知太子又玩起了花样。

"太子殿下,上课啦!"张玄素大喊。

太监奔过来,竖起手指嘘一声:"太子殿下还在睡觉,别吵醒他。"

张玄素气得胡子一翘一翘的,拨开太监,直接闯到太子床前,大喊一声:"太子殿下!"

李承乾不愿搭理张玄素，默不作声，自顾自睡着。

"太子殿下，你再不起来，我可要禀告皇上了。"

"告告告，就知道天天说我的不是，你还能做点其他的吗？"李承乾不耐烦地揭开帐子。

张玄素自恃身份，认为自己有义务有责任教导太子，朗声质问道："昨夜太子去干吗了？"

"去偷狗了啊。"

"偷狗？偷狗干什么？"张玄素惊愕地看着太子，实在想不通这位太子脑子里究竟怎么想的，发的什么疯，要去偷狗。

"偷狗烤来吃啊。你还别说，真刺激。"

张玄素哭笑不得："殿下要吃狗肉，吩咐下人安排就是了，干吗要去偷狗呢？"

"这你就不懂了。昨晚我们打扮得像胡人一样，去城外打家劫舍，好玩得不得了。而且偷来的狗，可比御膳房做的好吃多了。要不下次带你一起去开开眼？"

张玄素气得肺都要炸了："你可是当朝太子，怎么可以做这种鸡鸣狗盗之事？我教你的那些治国理政之道，都白教了吗？"

李承乾满不在乎地伸个懒腰："这有什么？等我继承皇位之后，就去大草原，投奔突厥可汗，过上自由自在的生活，哪怕当个骑手也好。"

"放肆！你要是这样想，我不得不禀告皇上，恕我教导无方！"张玄素转身便要走。

李承乾听到张玄素又要去找皇上告自己的状，腾地跳下床，来不及穿上鞋，就抄起牧羊鞭，唰唰几鞭子，冲着张玄素招呼过去，嘴里不干不净地骂着："打死你，打死你这个多管闲事的老头！……"

张玄素被打得死去活来，也没人敢上前拦住太子。幸好有人急忙去禀告李世民，不然张玄素可就真要被活活打死了。

李世民亲自跑来,喝退李承乾,搀起张玄素,命太医给他诊治。李世民对太子说:"人有三尊:君、父、师。尊师重道,是亘古不变的人伦道理。你作为一国储君,做出这种不忠不孝之事,怎么做我的接班人?"

这件事之后,李世民为江山社稷着想,第一次动了废太子的念头。但是,作为皇帝,李世民把这个想法放在心底,面上不显。然而,废太子的念头藏得再深,明眼人也能看得出李世民对李承乾态度的改变,遑论那些对皇位虎视眈眈的人。魏王李泰向来野心勃勃,更是借此机会在父皇面前大献殷勤:一方面展现自己治国理政的才学,主导撰写了一套《括地志》,博得李世民的赏识;另一方面表明自己清心寡欲,借李世民驾临魏王府之际,事先将家里装饰得俭朴、低调,又赢得李世民的赞赏。

一边是对李承乾的寒心,一边是对李泰的宠爱,太子之位的天平发生了倾斜。贞观十七年(643年),自觉地位不保的李承乾想学父皇,发动政变夺取皇位。可是,有人将太子要谋反的事提前告诉了皇帝。李承乾发动的宫廷政变失败了,他也从太子被贬为庶人。

李世民心痛太子的命运,也实在想不通太子为何要密谋造反。尽管儿子大逆不道,李世民还是十分痛惜他,为此亲自来到软禁李承乾的右领军府看望儿子。

"承乾,你都已经是太子了,只要好好做人,我自会传位给你,你为什么还要做出这种事?"

李承乾已经没了往日的威风,望着父亲,可怜巴巴地说:"儿子现在知错了。父皇,我八岁就已经被立为太子,自然是没有什么夺嫡的想法。我是被那卑鄙小人李泰给欺骗了,若不是他在父皇面前卖弄,博取您的欢心,我怎么会做这种蠢事?"

一番交心下来,李世民对魏王李泰的虚伪也有所了解,动摇了将太子之位传给他的念头。那么,到底立谁为太子呢?

此时正是魏王李泰春风得意之时,他心想,李承乾被废,太子之位空虚,除了我,还能有谁?李治嘛,吓吓他就行,别想跟我争位。

李治天生胆小,也有自知之明,论资排辈,太子之位始终轮不到自己,他本来就没有非分之想。但是,他被哥哥李泰吓唬了几次,心想:哥哥李泰是父皇眼前的红人,倘若他日李泰被立为太子,我怕是性命不保。越想越怕的李治,每天诚惶诚恐,愁眉不展。有一次父子俩见面,李世民见李治畏畏缩缩,甚是奇怪,再三追问下,李治便将李泰恐吓他的事一一道出。李世民更加认清了李泰的虚伪,不由得数落起了李泰。李泰如临大敌,心想:这太子之位怕是要从指缝中溜走。在利益面前真的没有任何亲情、友情可言,李泰被权力冲昏了头脑,竟然也想带兵逼宫。李世民再次搞定了儿子,将李泰圈禁在均州。

李世民知道,李泰这么做,自己也有一定的责任。他承认,李泰确有治国理政的才能,可李泰心狠手辣,若立为太子,将来即位之后恐怕会做出杀死兄弟的行为。为了避免儿子间的杀戮,避免玄武门之变再次发生,李世民决定寻一宅心仁厚的皇子,立为太子。这样看来,善良的晋王李治是不二人选。

皇帝的决定,还需要得到朝中大臣的认可。在当时,朝廷大臣们都唯长孙无忌马首是瞻,而长孙无忌代表的则是他背后的关陇贵族集团。为了集团利益得以永续发展,他们迫切需要一个容易操控的新皇帝,而李治正好符合他们的要求。因此,皇帝立李治为太子的决定,得到了长孙无忌等朝廷重臣的极力拥护。

九　姐弟之恋

　　这个冬天，糟心事接踵而来，李世民为此五内郁结。因为长期闷闷不乐，食不知味，睡不安寝，李世民的身体情况急转直下。但为了长寿，为了继续掌握权力，他不停地服用道士为他炼制的丹药。这些丹药含有重金属，长期服用之后，他的身体更是一天不如一天。

　　到了冬天，李世民病重，没法下床，只好下诏，把国家大事委托给新任太子李治处理。他知道儿子的秉性和能力，希望儿子经过一段时间的磨炼，可以适应君主的角色。

　　李治生性懦弱，没什么主见，没有杀伐决断的能力，不能独挑大梁。但是，他处事很谦虚，善良又孝顺，比起国事，他更加在意重病中的父亲，只要一有空，就往父亲的寝殿跑，亲自给李世民喂水喂药。每天，李世民从昏睡中睁开眼睛，就会看到儿子含着热泪注视着他，不由得大为感动。

　　李世民说："你处理正事要紧，有太监、宫女照顾我就足够了。"

　　李治却说："我不放心别人照顾父亲。从前，我们父子俩相聚机会不多，如今请让我来为父亲尽孝吧。"

　　李世民说："可是，你来回奔波太累了。"

　　李治说："我不累。我来照顾父亲的同时，还可以向父亲请教军国大事，一举两得。"这是李治的心里话，但他天天往这里跑，还有个说不出口的原因，那就是，来这里可以见到令他魂牵梦萦的武则天。

　　李世民说："有时间你可以跟妃子儿女们出去逛逛，不用整天守着我。"

李治说:"父亲病成这样,我也没心情出去逛啊。"

李世民见说服不了这个孝顺儿子,也不便拒绝他的好意,沉吟片刻说:"这样吧,你就搬到我的寝宫里来住,我让人给你收拾干净偏殿。这样,你来找我就不会那么辛苦了。"

李治很高兴,赶紧磕头谢恩,心想:这样见武媚娘就更方便了。

正所谓:甲之熊掌,乙之砒霜。唐太宗不太喜欢武则天,除却谶语这个原因,更因为她独立而激烈的个性,而这种个性却是让李治神魂颠倒的重要原因之一。所以说,武则天超群的美貌,是吸引李治的一个原因,可是,令李治对其难以割舍的最主要原因,还是两人互补的个性。

从史料中不难读出,李治的性格特点主要有软弱、善良、多情、仁孝等等。正因为李治没有主见,心灵脆弱敏感,所以更喜欢比他年长又处事成熟的女性。李治的母亲长孙皇后就是这种类型的女性,李治对她非常依恋。可是,长孙皇后早逝,李治恋母之心无处安放,这个时候,成熟、坚强、独立,有心机又有政治素质的武则天出现了,满足了李治内心的恋母情结。这就是为什么,作为皇子的李治已经拥有了无数娇妻美妾,又明知道武则天是父亲的才人,还是对她难以割舍。

但是,对李治表现出来的热情,武则天一开始持回避的态度。李治却好像看不到她心里的抗拒,经常找些不费力的小事使唤她。

有一次,李治假装去解手,走到门口偷偷解开了系在腰间的玉佩,轻声唤武则天:"媚娘,我的玉佩掉了,请你帮我系上。"

武则天瞥一眼龙床上昏昏欲睡的皇帝,磨磨蹭蹭地走出来,蹲下身捡起了门后的玉佩,刚想给李治系上,李治借着门的掩护,忽然抓住了她的小手,想把她揽到怀里。

武则天想抽回手,却没敢用力,怕惊动了里头的皇帝。

"太子殿下,别这样。"她一边抗拒一边轻声说,却被他拉了过去,只好任他抱着,在脸上胡乱亲着。可当他的手向下滑的时候,她连忙抓住了那只手。

"不要——"武则天涨红了小脸,眼里噙着泪,指指里头的皇帝,"我是皇上的才人,太子这样对我,万一被人发现,那我就死定了。"

"怕什么？我是太子,以后就是皇帝。你跟我好,我会保护你的。"李治信誓旦旦地说。

武则天睁大眼睛,惊讶地看着李治。一直以来,她从没把李治放在心上。她感觉,李治不过是个单纯软弱的小男孩,连两个哥哥都不如,遑论李世民,什么雄才大略,不存在的。但是,李治说出的这番话,让她的看法开始动摇了。她第一次将"天子"这两个字,跟眼前这个小男孩联系起来。

李治听得有人来了,而她一直不出声,赶紧伸出手臂,使劲搂了搂她,先走了。

短暂的拥抱,虽然隔着衣服,她却能感觉到他结实有力的身体,那么有活力,充满青春的气息。她一步一步慢慢走到龙床边,眼见曾经英武不凡的皇帝变得那么衰老、那么无力。他的老态龙钟,令武则天感到一阵无助和无望。她心里叹了一声:老皇帝是靠不住了,等他驾鹤西去,我们这些妃嫔会是什么命运呢？陪葬？也许不至于,但也差不多了。

良禽择木而栖,遑论武则天这样野心勃勃的女人。然而,在这种情况下,坚强明智的武则天也无法预测未来,无法抱有明确的希望,她只知道,生存是第一要义,这就意味着,她得屈从于命运,紧紧抓住仅有的救命稻草李治——大唐下一任天子。

武则天想通了这个道理,就开始主动地回应李治热烈的目光。她知道,那热烈的目光一直追随着她的身影,她的一举一动都笼罩在那目光中。

武则天改变主意,决定迎合李治的时候,已经与他认识三年了。初入宫时,她还是个青涩的少女,如今已是个成熟的少妇,青春依旧在,还添了几分动人的韵味。这些年,她终日与皇帝相伴,被帝王之气滋养,无形中平添了几分高贵典雅的气息。这样的武则天,更让李治泥足深陷。

尽管皇帝病重期间,宫女妃嫔不该打扮得花枝招展,可在那个乍暖还寒的初春,武则天早早脱下了厚厚的冬衣,换上清新淡雅的春装。薄薄的春装遮不住她婀娜多姿的体态,衬托出她丰满白皙的胸部。李治望着武则天从春风里走来,轻移莲步,裙裾飘飘,宛若仙女下凡,美不胜收。李治不禁想:只要能与梦中情人春风一度,哪怕马上死去,也心甘情愿。在这种心境下,李治回偏殿更衣解手的次数更多,召唤武则天伺候的次数也更多了。

聪明的武则天当然知道,李治在主动为两人幽会创造机会。可她明白,越早到手,越不会珍惜,因此她故意拖延那一刻的到来。眼见李治眼里的焦灼越来越浓,举止言语越来越出格,武则天知道,火候到了,是把自己交付出去的时候了。

那天,皇帝又发病了,把李治刚喂下的药吐出来,吐了李治一身。李治只好回偏殿换衣服。寝宫里乱成一团,没有人注意到,李治没带侍从,而武则天跟着李治,悄悄走进了偏殿。

"太子,我来伺候你洗脸。"武则天端来一盆热水。

李治定定地盯着她白里透红的脸,低声说:"先给我宽衣吧,衣服脏了。"

"是,殿下。"武则天纤柔的手指滑过他的肩。衣物滑下来,摩挲着,发出窸窸窣窣的碎响。

李治忽然颤抖起来,似有若无的肢体接触加深了他对她的渴望。热水升腾起的蒸汽,令他面前美人的脸如梦似幻。他朝思暮想的女人,就近在咫尺。他迫不及待地伸出了手……

这是从来没有过的体验——在皇帝寝宫里幽会。甜蜜又苦涩,缠绵又惊慌,不舍又恐惧,种种复杂的体验加深了偷情的刺激,令水乳交融的他们更加难分难舍。

李治呢喃着:"媚娘,我从来没这么快活过。"

武则天贴着他的胸膛,低语道:"殿下,你可不能辜负了媚娘。"他用力点头,贪婪地嗅着她醉人的体香,亲吻她美艳绝伦的脸颊,使劲搂抱她曲线玲珑的胴体。

"如果可以,我愿意睡在你的怀里,永远不再起来。"李治喃喃地说。

武则天温柔地抚着李治赤裸的背部,说:"别说傻话了,你以后还要当皇帝,还要让我过上好日子呢。"

对这个年轻的太子,武则天并非虚情假意。她是爱他的,爱他的活力,爱他的单纯,还有那令她神魂颠倒的激情时刻。他带给她的感受,与病入膏肓的皇帝不可同日而语。但是,床笫之欢从来不会扰乱她的心神,即便在两人最缱绻的时刻,她也保持着清醒的头脑。她年纪不小了,怀里这个大男孩,不仅是情人,还是未来生活的保障。因此,即便他如此脆弱、如此幼稚,她也曲意逢迎。她期望凭借一次次鱼水之欢,将他牢牢绑在石榴裙下。

十　幽居寺院

贞观二十三年(649年)五月,京城的风仍带着阵阵寒意。

风中集结着成群的乌鸦。风将乌鸦凄厉的鸣叫送往皇宫的每一个角落,风传递着不祥的气息。

李世民依然缠绵病榻,奄奄一息的他,担忧着李唐王朝,担忧着自己年轻的儿子。他凝聚起最后一点力量,将目光投向年轻的李治,轻声唤道:"儿啊,来,近点。"

李治往前挪了挪,俯下身子,几乎把耳朵凑到李世民的嘴边:"父皇,我在,有什么事尽管吩咐。"

"我听到太祖已经在叫我了……为父时日不多了……但,还有好多事没有帮你安排好。"李世民缓了口气,"朝中一些难弄的大臣,我已经替你安排处理掉了。像李勣这样的,你也镇不住,杀又杀不得,我也把他调走了。"

李治当然知道,以自己的威望,很难摆平朝中大臣,更别说那些功高盖主的名将。父皇替自己扫清了诸多障碍,更安排了重臣辅佐自己,真是爱子情深啊!看着重病的父皇,一阵酸楚涌上心头,李治当即热泪盈眶,大哭起来:"父皇,您费心了。儿臣一定不辜负您的期望。"

李世民看着这个既善良又懦弱的儿子,始终放心不下,喘着气说:"我留下的那些嫔妃,待我走后,没有子嗣的,就去感业寺吧。"

突然,李世民像想到了什么:女主武氏,天啊,我怎么把这个忘了?情绪激动的李世民想再次嘱咐:"特别是那个,武……"还未说完,便再也没声音了。

李治兀自痛哭着,没听到李世民最后的嘱咐。

听皇上没了声响,太医忙上前诊脉,手指轻轻一搭,颤声说:"皇帝归天了!"

长孙无忌等人连夜部署重兵,在他们的安排下,李治很快完成登基仪式,国丧也拉开了序幕。

两仪殿内安放着太宗的灵柩,武则天作为才人,依然需要做一些服务工作。她心里清楚,等皇帝的丧礼一结束,她就会被送往感业寺。这让武则天黯然神伤:难道这就是我的命吗?当了十多年的才人,最后落了个削发为尼的下场。尽管为李世民侍疾期间,她已在李治心里埋下情种,但毕竟自己身份特殊,这着险棋是否奏效,还很难说。"太子,不,是当今皇上,他还记得对我的承诺吗?他现在又在干什么呢?有没有想着我?"武则天不觉地哀叹起自己的命运来。

刚即位的李治,不仅忙于丧事,还需处理国家政事,俗话说得好,"新官上任三把火",更别说是新上任的皇上。忙于朝政的李治,这会儿哪还顾得上儿女私情?

三个月的国丧落下帷幕,唐太宗李世民的灵柩被葬于昭陵,与他深爱的长孙皇后合葬。他生前宠幸的婕妤徐惠,因他去世而郁郁寡欢,最终思念成疾,又不肯服药,誓要陪先帝同死,最终病逝,破例陪葬在昭陵。

徐惠的事迹,是史学家攻击武则天的一个依据。相比徐惠,武则天侍奉过父亲,又侍奉儿子,常被指责为不贞不洁、不忠不孝。但是,在命运多舛的武则天心里,儒学礼教是如此虚伪。当时还没有女权主义思想这个概念,可她无疑早已领悟女权主义的精髓。在她的价值观中,贞洁与忠诚固然高尚,道德纲常也要提倡,可人是独立的个体,没必要依附于其他人,更没必要压抑人的本性迎合礼教。徐惠或许死得其所,但对此,武则天很漠然。

武则天对着铜镜,刚换上朴素的衣裙,房间的木门就被拍响。先帝留下的没有子嗣的女人们被赶上了简陋的马车。去往感业寺的路,是那么漫长,又是那么颠簸。

"武媚娘,你的包裹呢?怎么才带了这么点东西?"同车的嫔妃见武则天的随身物品少得可怜,不禁询问道。

"还有什么好带的?我们不是出嫁,是出家啊。那些绫罗绸缎,怕是以后再也用不到了。"武则天苦笑道。

"怎么可能?我们这些人是先帝的妃子啊,虽然是去感业寺,但也就是换个地方把我们养起来而已,日子还是要过的。"

武则天瞥一眼车里这些不谙世事的小女子,不愿打破她们的美梦。

马车的木轮碾过苍凉的田野,发出枯燥的脆响,野外的朔风将鼓胀的车帘吹得呜呜作响,像是这些被世界弃绝的妃嫔无尽的哀号。

武则天掀开车帘,望向窗外,依稀是皇宫的红墙朱门,她远远地看了最后一眼:我是从那里进宫的,那年,我十四岁,欢天喜地、雄心勃勃……仿佛还在昨天……

感业寺在皇宫的北边,是皇室专用的庵堂,因为在郊外,环境十分清幽。或许是太清幽了,尽管阳光明媚,它看起来还是缺少了那么点生气。一车车的女人被拉进来,有些知是再无出头之日,哭哭笑笑,似乎疯癫起来;有些早已无欲无求,一副木讷的表情,被赶来赶去。武则天的内心五味杂陈,不甘心于此,又无可奈何,寄希望于李治,又遥遥无期。

感业寺的女尼个个都有些身份和关系,因为都跟皇室多少有所牵连,所以寺里面的开销都由国库承担。这些曾经的妃嫔过惯了宫里衣来伸手、饭来张口的日子,可在这里,没有仆人,连洗衣做饭都要自己亲自动手。本就没什么好吃的,也没有消遣,长夜无聊,更难入睡,于是,每日白天的参禅念经,大家便连连打起瞌睡来。特别是武则天,她刚毅的个性,始终与寺庙严苛的规矩格格不入。

庵堂里的尼姑表面上不役于物,不囿于心,不困于情,但在这个小天地里,也有自己的人情世故。

这些曾经的妃嫔进入感业寺的第一件事便是剃度。秀发对于女人来说是娇颜的一部分,更是青丝系情缘,如今要削发为尼,就好比要斩断情缘,从此与这世界再无瓜葛。

一个老尼姑在给妃嫔们挨个剃度,见这些女人哭哭啼啼的,不由得厌烦起来:"哭什么哭?都给我把嘴闭上!你们就知足吧,没把你们拉去殉葬,还留你们在这世上。"

"我不想剪啊,你看多丑啊,以后我还怎么见人?"不知事的小嫔妃埋怨着。

"见人?你是想出去见人,还是想有人来见你?进了这个门,你们就别再想踏出一步。"

老尼姑盛气凌人的语气唬住了这帮小妮子,扬扬得意的她再次拿起剃刀,想要给武则天剃度。她上下打量这个小妮子,长得可真秀气,那坦然自若的神情,没显出一丝慌张,显然没有被自己吓住。老尼姑心想:这妮子跟别人可不大一样,年纪不大,听说位分也不高,可看着就是端庄大气。再细瞧,那眉宇之间透露着一股英气,似有帝王之相。老尼姑长期服务于皇家寺院,也算见过世面,但眼前这个女子透露出的威严,让她有种不寒而栗的感觉。

剃刀还未碰触头发,武则天平静而又坚定地望向老尼姑,低声说:"头发剃光了,还可以再长出来,但人的头被砍了,就不会再长出来了。"

老尼姑听到此话,手一哆嗦,剃刀掉在地上。她感觉,这女子虽然人进了感业寺,可那颗心没有就此蛰伏,居然能说出这样的话,该有何等的胆色和气度。如果硬要将她带入佛门,怕是会引来血光之灾,他日若有机缘,怕是……我还是少惹她为妙。最后,还是武则天自己想通了:小不忍则乱大谋,不剃发实在太引人注目了。她自己拿起剃刀,将头发剃光。老尼姑后来才发现,她这时候的一点感悟,冥冥之中救了自己一条性命。武则天复起之后,回到感业寺复仇,唯独没有为难这个老尼姑。

武则天个性很强，又颇有政治头脑，很快在众女尼中建立了威信，经常煽动大家，合起伙来与住持作对。这在住持的眼里是犯戒，是对自己权威的挑战，双方冲突不断。不断与住持起冲突的武则天成了住持的眼中钉。

尽管与住持的斗争多数以武则天的胜利告终，可感业寺的生活终究是枯燥乏味的。可以说，这段时光是武则天人生中的最低谷，她自认并没有享受到李唐皇朝的什么好处，却要付出宝贵的青春，为先皇守孝。她每日静思人生，与青灯古佛做伴，内心时常焦灼难耐。如今，唯有寄希望于皇帝李治记起曾经的海誓山盟，早日拯救她走出苦海。可是，男人的嘴，骗人的鬼。但这个男人不是别人，而是李治，是当今皇上。按理说，皇帝应该是一言九鼎的。武则天坚信李治终会救她于水火，但日日过着苦行僧般的生活，又得不到皇上的回应，坚守的那些信念，在时间面前显得那么脆弱。

十一　齐人之福

这时的李治，每日忙于国家大事，后宫嫔妃的争宠又让他应接不暇，特别是王皇后和萧淑妃，让优柔寡断的李治左右为难。

武则天的回宫，在很大程度上得益于王皇后和萧淑妃的内斗。

当武则天在感业寺过着清苦的生活时，王皇后和萧淑妃因立太子之事斗得难分难解，令李治在后宫无安宁之日。

王皇后出身显赫。太原王氏是西魏重臣的后裔，北朝名门，与唐朝皇室的姻亲有很深的渊源，属于关陇贵族军事集团。在隋唐时期，社会地位最高的就是世家大族。世家子弟含着金钥匙出生，不需要付出努力，就备受推崇和尊重。如果一个人出身寒门，或是家族的门第不高，无论自身有多努力，能力有多强，晋升的机会也不多，遑论进入中央核心政权圈内，在社会上自然也得不到应有的尊重。直到很多年以后，以长孙无忌为代表的关陇贵族集团被彻底打败，武则天大权在握，大量起用出身不高的能人志士，这种以出身决定前途的社会风气才有所改变。这当然是后话了。

在当时的社会环境下，贵族出身的王皇后长得非常漂亮，性情也端庄，已故的太宗皇帝对这个儿媳很满意。因为家族的支持，王皇后顺利从晋王妃到太子妃，最后成为皇后，可以说一路平步青云，没有太大的挫折。

上天是公平的，赐给王皇后人世间最显赫的一切，却不再愿意为她安排一桩美满的婚姻，丈夫李治不喜欢她。这是为什么呢？受礼教熏陶长大的王皇后，思想是刻板的，灵魂是无趣的，言行举止是守礼的，而李治喜欢的，是武则天这种具有鲜活女性魅力又愿意费心迎合他的女子。皇帝对自己的冷淡，王皇后自然感觉得到。但她的出身，注定她很骄傲，也比较单纯，没有很强的忧患意识，更不会有很深的心机。她不会放下身段去讨李治的欢心。除了不受宠爱，她有个在当时看来最为致命的弱点，就是没有为皇家诞下一个子嗣。

与王皇后不同的是，备受李治宠爱的萧淑妃，虽然也出身于南方贵族南兰陵郡萧氏，可她深谙男人的心思，愿意做小伏低，再凭借妖媚的姿色、灵动的性格，深得李治的欢心，生下了两个女儿、一个儿子。

当时，李治只有四个儿子，长子李忠是宫女刘氏生的，次子李孝和三子李上金的生母，身份都很低微，只有第四个儿子素节是萧淑妃所生。素节从小就聪明伶俐，李治最喜欢这个儿子，爱如珍宝。永徽五年（654年），在萧淑妃的要求下，素节被封为雍王，这使萧淑妃在后宫的地位更加稳固。可是，萧淑妃一点也不满足，她仗着李治对她和儿子的宠爱，觉得儿子一定能坐上太子的位置。为了达到这个目的，她抓住王皇后不能生育这个弱点，不停地在李治和其他嫔妃面前说王皇后的坏话。这些事传到王皇后耳朵里，王皇后当然要奋起反击。就这样，王皇后和萧淑妃的矛盾越发白热化。

一个皇后，一个淑妃，斗得不可开交，谁都知道，表面是争宠，背后图谋的都是太子之位。太子之位不仅关系到国家社稷，还关系到太子的生母的地位。而没有子嗣的王皇后，在与萧淑妃争宠中节节失利，眼看不敌，便找来了自己的舅舅柳奭商讨。

"舅舅，萧氏那小贱人实在欺人太甚了，仗着自己和她那儿子被皇上宠幸，就快要骑到我头上来了。"

"皇后，不要急，老臣也为这事急破了头脑。"柳奭想着，要是你王皇后失势，那我岂不是也要跟着遭殃？

"你急，你还不是急着想保住我，才能保住自己的地位？"王皇后看透了这个舅舅，但没办法，朝中可依靠的也只有他了。

"前些日子，我和长孙无忌等一些老臣私底下讨论过这事。"

"那你快说说,那些老家伙是怎么想的?"王皇后的心被吊起来,若是那些老臣能站在自己这边,李治都要掂量掂量,更别说那个小小萧氏,一定会被她踩在脚底。

"立长子为太子,是自古以来的规矩,这一点是毋庸置疑的。"

"你是说立李忠为太子?"王皇后似乎猜到一二,但是这跟自己有什么关系?又不是亲儿子,当了太子也没法帮到自己。

"皇后,如果你能把李忠过继到自己名下,那你不就是他的母亲了吗?你不用担心李忠的生母刘氏,她只是个宫女,很好拿捏。"

王皇后细细品味着,这倒是个办法,刘氏虽说生了个长子,但没有权势依托,平时在皇后面前态度谦卑。要是趁此机会帮他们母子一把,立李忠为太子,那他们岂不是会对我感恩戴德,死心塌地地做我的棋子?

"好吧,就这么办。"王皇后微微一笑,似乎看到了萧淑妃失败之后,哭天喊地的样子。

王皇后这头积极行动起来,一边向皇帝禀报要收李忠为继子的事,一边大造舆论,把李忠夸奖得天上有地下无,流露出希望皇帝立他为太子的意思。王皇后提了多次之后,李治答应会考虑这件事。

萧淑妃自从知道皇上在考虑立太子的事之后,每次见着李治就吹枕边风。

"皇上,皇上,臣妾再帮你揉揉肩吧。"

"爱妃真是会疼人,最近朝中事太多,都没有好好来看你。"

"皇上,"萧淑妃卷着香舌,娇气地唤着,"皇上,臣妾最近听人说,你是不是要立我儿素节为太子啊?"

李治一听,就知道萧淑妃的小盘算:"小机灵鬼,你听谁说的?谁这么大胆,敢议论立太子的事?"

"皇上别岔开话题。你看素节多听话,又聪明伶俐,虽然不是长子,但是他在你心里,难道不是排第一吗?"

李治的心此时被萧淑妃牢牢地握在手里,哪还顾得上长幼之序?

"第一,第一,肯定是第一啦,那还不是萧淑妃你这个小机灵生的?"

萧淑妃得到满意的回答,便想乘胜追击:"皇上,明儿就昭告天下,立素节为太子吧。"

"明天?"李治有些措手不及,"是不是太急了点?再等等,再等等。"

"等,还等什么啊,皇上?现在我就可以给你准备纸墨,明天你就颁布圣旨,不就行了?"

"这事,我还要同那些大臣商量商量,爱妃不要急。"李治想先哄住萧淑妃,今晚不想再烦此事,萧淑妃却不依不饶,坚持要李治下旨。

"皇上,这事还需要跟那些大臣商量吗?你自己决定不就好了?他们还不听你的不成?"

萧淑妃的话让李治很是难堪,不知如何作答,他翻身起床,便要回自己的寝宫。

"皇上,你这是要去哪儿?你还没答应我呢。"

"朕想起来,还有一件要事没处理,要回去再看一下,你先睡吧,不必等我了。"李治急匆匆地离开这个女人。

回宫的路上,皎洁的月光洒了一路,冷风吹散了刚刚的温柔。李治被这些女人烦得甚是苦恼,真想找个清净地。清净?哪还有清净的地方?不如去庙里当和尚来得清净!

哎哟,想到这里,李治记起来,武媚娘还在感业寺呢。不知道她近来好不好,是否还想着朕。李治又想起媚娘的温柔体贴,跟他不哭不闹,又处处为他着想,要是媚娘在身边就好了。李治心头一暖,忙向身边的太监嘱咐道:"福来,近日你去一趟感业寺。"

"是,皇上。"贴身太监福来等着李治的下一步吩咐,但李治并没有说话。

"皇上,要我去感业寺做什么?"

"哦,哦,你也该去悼念下你的先父母了。"

福来一头雾水,我父母已死十多年了,现在还去做什么?

"顺便探望一下武才人。记住,这是你自己要去探望的。"

"奴才明白。"福来已经伺候李治多年,主子的事,但凡说上半句,他就懂得其中的道理,更别说在先帝重病时,主子和武才人的事,福来也做了不少工作。悼念是假,替主子看望武才人才是真的。

第二天,福来就跟宫里告假,说是去祭拜先人,坐马车来到感业寺。

第三天,感业寺的住持一见福来,吓得直哆嗦,这可是皇上身边的大公公。她赶紧把福来请到里头:"不知公公要来,未能出门相迎,请公公恕罪。"

"住持不要惊慌,我这次来,主要是祭拜先人,另外……"福来看着周围的尼姑。住持心领神会,道:"你们都出去吧,没有叫你们,都不要进来。"

"另外,我是来探望武媚娘。"

"武媚娘?见她?"住持瞪大了双目。平日里,她对武则天并不好。大公公为什么要见她?难道武媚娘和李治关系的传言是真的?住持的大脑飞速转动起来。

"是的。你快去把她找来。"

"那您是自己要见她,还是……?"住持想多打探几句。

"我在这儿,当然是我见她,难道还有别人?住持,你问得太多了。"

"好的,公公,我这就把她找来,您稍作休息。"

住持快步离开,刚要去找武媚娘,又觉得亲自去找太掉身价,于是就让自己的心腹去把她叫来。心腹一脸疑惑,问住持何事。住持不高兴地说:"让你去就快去。不看不闻不问,你忘了我平时怎么教你的?"

在等待武则天到来的过程中,住持想来想去,似乎找到了答案。

颇有政治头脑的武则天很快在感业寺站稳了脚跟,可是,晨钟暮鼓的尼姑庵生活依然是清苦的。如果不是怀揣着希望,像武则天这样一个充满生命活力的年轻女子,如何能忍受这寂寞孤苦的日子?每一天,她都盼着从皇宫传来皇帝的召唤,她也想把自己的消息带给皇帝,可找不到一点机会。正当她望穿秋水的时候,宫里终于来人了,那是李治的贴身太监。

那天,武则天正和伙伴们午睡,住持的心腹忽然走了进来,咧咧嘴,露出一脸谄媚的笑容:"明空(武则天的法号),住持有事找你,赶紧随我去一趟吧。"

"什么事?"武则天对媚上欺下的女人没好感,冷冷地问。

"这个我不知道,总之很重要,你快一点吧。"

"不说清楚,我是不会去的。"武则天见对方一脸媚笑,心想:这家伙会不会憋着什么坏招,或是有什么阴谋?得从她嘴里探出风声。

"对对,不说清楚不能去。"其他女尼也纷纷帮腔,"不要信她,她这是又唱的哪出啊?怕是把你骗去,欺负你。"

"这——"对方见众怒难犯,又恐怕耽误时间,被住持责罚,只好说,"有贵客到,要见你。"

武则天心中一跳,莫不是宫里来人了?她仔细盯着对方的眼睛,看了好一会儿,感觉不像撒谎,这才披衣穿鞋跟着去了。临走,她留了一手,对伙伴们说,每过一炷香的时间,就派人到门外看看。如果到了晚上她还不露面,就去问住持要人。众人纷纷称是。

武则天来到住持的住处,见住持正陪着一个太监。来人她认识,正是李治的贴身太监福来。

"公公,是你。"

福来向武则天问个好,挥手让住持她们退下,等没人了才行了个礼:"奴才参见娘娘。"

"公公何须行此大礼?快快起身。我也不再是娘娘,叫我的法号明空就可以了。"

福来哪敢造次?这可是皇帝的女人,说不定哪天就回到皇帝的身边了。他又行了个礼,说:"娘娘,多日不见,消瘦了不少。"

一番寒暄之后,福来道出了来意:"皇上叫我来看望您,他要为先皇守丧,不能亲自来,还请娘娘原谅。"

"他倒是还记得我啊,我以为他早已忘记我了。"

"皇上他日理万机,每至深夜,常常思念娘娘您啊!"福来向武则天传递了皇帝的相思之情,还将带来的礼物交给她,"这是皇上给您的狐裘,庵里冷,给您御寒;还有鹿茸、燕窝、人参等补品,给您补身子用;这些银两,给娘娘傍身。哦,对了,还有些衣料和吃食,都在这里,请娘娘点收。咱家出来需避人耳目,没法多带东西,请娘娘见谅。皇上可是天天都念叨着您啊!"

武则天看了一眼礼物,眼圈红了,一边拿出手绢擦泪,一边抱怨说:"既然惦记我,又为什么把我扔在这个冷冷清清的地方,不闻不问?"

福来忙说:"皇上身不由己啊。宫里宫外,多少双眼睛盯着他。他才登基不久,根基不稳,实在不敢行差踏错啊。娘娘再忍耐一下,相信皇上会接您出去的。"

武则天想了想,说:"劳您回去对皇上说,我想他想得天天落泪,叫他快点来救我出去,也好早点跟他相聚。"

福来连连点头,看了一眼外头的天,说:"娘娘,我出来久了,恐怕被人盯上,得赶紧回去。下回再来看望娘娘。"

武则天心想:福来是皇上身边的红人,只要他天天在皇上面前提起我,皇上就不会忘了我。她沉吟一下,捧起桌上装着银两的木盒,交到他手上:"公公,劳您跑一趟,这个送给您喝茶。"

福来扥挣着手道:"这怎么使得?这是皇上给娘娘的,咱家不能收。"心里却有点窃喜。

武则天见福来脸上闪过贪婪之色,知道自己的计划成功了一半。她抽回手,诚恳地说:"我现在是出家人,用不到这个,还请公公笑纳。"

福来假装推了几次,便收下了银两,心里有点过意不去,就问:"娘娘有没有书信,托我带给皇上,以慰皇上的相思之情?"

武则天心道:怎么把这茬儿给忘了?我得写一首情诗给皇上。我最了解他,他骨子里是个文人,就喜欢吟诗作对,喜欢那种酸溜溜的调调儿。

"公公稍等,我马上就写。"武则天连忙点头,四下一望,却没有纸笔。时间紧迫,她便把心一横,银牙一咬,咬破了手指,在刚才擦泪的手绢上,用血写下一首情诗:"看朱成碧思纷纷,憔悴支离为忆君。不信比来长下泪,开箱验取石榴裙。"

"公公,劳烦您把这个交给皇上。"武则天把手绢递给福来。

有钱能使鬼推磨。那福来收了银子,又见武则天做事如此果决辣手,心想:这武才人可不是个省油的灯,怪不得成了皇帝心尖上的女人,以后一定大有前途。她对我这么客气,万一她有机会回宫,我仗着她的势,日后也有个依靠。以后我得打起十二分精神对待她。

这福来心里打着算盘,忙弓腰伸手接过手绢,揣在了怀里,一迭声地保证:"咱家一定交给皇上,一定……"

皇帝李治自打派了贴身太监去感业寺,一整天都心神不定,就连跟群臣商议国事也心不在焉的,只盼着福来快点回来,带来武则天的消息。群臣看出他魂不守舍,还以为他身体不适,便早早告退了。

傍晚时分,福来终于回来了。李治连忙屏退下人,把他叫到跟前,急急地问:"媚娘一切可好?"

福来见李治满脸的焦灼之色,心想:看来这武才人还真是皇上的心头肉。他哪里敢怠慢?赶紧把与武则天见面的情形一五一十地说了。

李治越听脸色越黯淡,当听到武则天写了一封血书时,他哆嗦了一下,说:"那手绢何在?"

福来赶紧从怀里掏出一个小布包,一层层打开,把里头的手绢呈给李治。

李治接过手绢,细看那情诗,但见血红一篇文字,眼泪不由得流了满腮。福来吓得禁不住跪下,连连磕头,道:"老奴该死,没能阻止娘娘,伤了凤体,老奴该死!"

李治还在痛哭流涕:"媚娘,朕对不起你啊,让你受苦了!"

福来不住地磕头:"皇上恕罪,皇上保重龙体。皇上和娘娘这个样子,老奴也不安心啊。"

李治跌坐在凳子上,缓了缓神,似乎意识到,身为皇帝,如此失态有点不应该,这才挥挥手道:"朕恕你无罪。"说着便哽住,说不下去了。

福来颤巍巍地站起来,观察着皇帝的脸色,小心翼翼地说:"皇上思念娘娘,何不去看看她?"

李治长叹一声:"朕何尝不想?可皇后看得紧,我出不去啊。"

福来一喜,心道这个马屁拍对了,赶紧献计:"皇上可以借口去拈香,去祈福。"

"皇后也要跟去怎么办?"

"皇上可以说,为表心诚,得斋戒沐浴后前往,怎么可以带女眷?再说,皇上快去快回,皇后就不会起疑心了。"

"妙啊!"李治一拍大腿,有点不好意思地擦擦眼泪,夸奖道,"你的办法好,朕有赏。"

福来连连谢恩,又说:"其实,您已经是皇上了,宫里的事都是您说了算,就算没借口,去趟感业寺怎么了?"

李治略感尴尬,嘿嘿笑着说:"说来奇怪,朕的后宫什么样的美女都有,不知怎的,朕就是放不下她,就像烙在心底一样。"

福来凑趣道:"这是前世的缘分啊!其实,皇上喜欢怎么样就怎么样,没人敢说三道四。"

李治被他一顿奉承,胆气大增,心情也好了不少,说:"那这件事就交给你办了,办好了,朕重重有赏。"说着,他又拿起了武则天的情诗,细细看起来,看一阵,心酸一阵。

就这样,武则天用血写的情诗,收到了预想的效果,从此以后皇帝对她朝思暮想。没过几天,皇帝就借拈香的机会来到感业寺。

一番仪式之后,皇帝已经急不可待,他低声问福来:"媚娘在哪里?"

福来嘿嘿一笑,说:"皇上莫急,奴才都安排好了。"说着,让仪仗队和大批的侍卫原地待命,仅带着皇帝的几个贴身侍卫,领着皇帝,进了一个偏僻的小院。

"自打老奴来看过娘娘,庵里就拨了这个小院,给娘娘单独住,屋子不大,但安静、隐秘。"福来一边说,一边冲着里头努努嘴,"皇上你看,那是谁?"

李治定睛朝里头望去,只见一个纤瘦的尼姑亭亭玉立,灰布小帽遮住了光头,一身灰色的素服却遮掩不住呼之欲出的性感气息。这不就是朝思暮想的武则天吗?皇帝的眼睛突然一热,忙使劲眨了眨,怕自己掉下泪来。

武则天一见李治,再也抑制不住心里的激动,几步越过众人,拉起皇帝的手痛哭起来。她一哭,李治的心都碎了,赶紧抚着她的肩,安慰道:"不哭不哭,朕不是来了吗?"

太监早叫人把武则天的卧室整理好,一见这情形,忙请李治带着武则天进屋说话。

众人都在外头,厢房里,李治和武则天终于可以单独相对。李治一把搂住了武则天:"媚娘,朕每天想你。"说着,抚着她的手,"媚娘,你的手怎么那么冷?"

武则天含泪说:"想我,为什么不来看我?我在这里凄凄惨惨,我的心都冷了,还管手冷不冷?"

"让朕给你焐暖。"李治亲吻着她的手,"媚娘,你这手都粗了,一定吃了不少苦。朕对不住你。"

"皇上,皇上,我老了,也丑了,你不会喜欢我了。"武则天被触动愁肠,抽噎着说。

李治像是怕她说出更伤感的话,连忙用手捂住她的嘴:"媚娘,别说傻话,你还是那么漂亮。你不在朕身边,朕心里慌得很。"

武则天一听,心想:看来他真的很惦记我,我还是不要再跟他置气了,免得惹他心烦。她见窗外人影晃动,心知皇帝不能久留,属于她的时间不多了,还是说正事要紧。想到这里,她连忙擦干眼泪,温柔地搂住李治的脖子:"皇上,既然见不到我心慌,就把我带走吧,这里我一天也待不下去了。"说着,噘起嘴亲着他的耳垂和脸颊。她知道那是他的敏感地带。

皇帝被她这一亲,哪里还忍得住?连忙将她放倒在床上,二人颠鸾倒凤起来。

武则天极尽温柔地伺候皇帝,一边迎合他,一边哭哭啼啼:"皇上,你不知道我有多想你,我还以为今生今世再也见不到你了。""怎么会呢?朕不是正在宠幸你吗?"李治热情地回应着她,寻找着往日销魂蚀骨的感觉。

"皇上,我每天都想着从前跟你在一起的时光。如果没有这些回忆撑着,我都快活不下去了。"

武则天紧紧贴着皇帝,气喘吁吁地说着情话,将他心中的火焰撩拨得更旺。她知道,与皇帝的这次会面,是她逃出生天的唯一机会,必须紧紧抓住,否则再难如愿。李治啊李治,别怪媚娘太多算计。你想要的爱情,那是茶余饭后的消遣,不是我这种处境的人可以全心全意付出和享受的。

就在连绵不绝、欲罢不能的男欢女爱中,暮色渐渐笼罩了整个感业寺,悠长的钟声在晚风中响起。窗棂被叩响了,传来李治的贴身太监的声音:"皇上,皇上,该回宫了。"

沉醉不知归路的李治蓦然惊觉,与心爱的武则天分别的时候到了。

"媚娘,朕舍不得离开你。"缠绵之后,李治对武则天更加眷恋,脸颊贴住她赤裸的肩膀,忍不住呜呜哭出声来,"你是这么善解人意,我离不开你啊!跟你在一起,朕才是最快乐、最放松的。"

皇帝的情话,武则天不怎么放在心上,她倒是希望皇帝留下,多陪她一会儿,以威慑感业寺的住持。可她明白,小不忍则乱大谋,皇帝在这里待太久,万一引人注意,保不准会断送她的回宫之路。于是,她轻轻推开李治,一边帮着他穿衣服,一边劝解说:"皇上,出入宫门的时间都有记载,若是在外太久,被人发现了,下次你再来看媚娘就难了。媚娘何尝不想皇上陪着?可是,眼下不敢啊。"见皇帝还在犹豫,她再次提醒他,"皇上,你若真想媚娘陪在身边,还是得想办法,接我离开这个地方啊。"

李治点了点头,心里知道这件事暂时是办不到的,也不敢拍胸脯保证,只好又与她温存了一会儿,才悲悲戚戚地走了。

俗话说,妻不如妾,妾不如偷。男女之情,最经不起揉搓。走上了这条崎岖情路的李治,对武则天的思念之情与日俱增。

见皇帝成天愁容不展、坐立不安,贴身太监再次提议:"不如让老奴再安排皇上去感业寺上香?"

"去得太频繁,也不太好吧。"

李治嘴上说不要,身体却很诚实。武则天那妖娆的身姿、勾魂的眼神,无时不在牵动李治躁动的心。没过几天,他就按捺不住对武则天的思念,又溜去感业寺。慢慢地,皇帝在感业寺的风流韵事传到了宫中,传进了王皇后的耳中。

十二　重回后宫

　　皇上已经有数日没来中宫了。王皇后的一双杏眼巴巴地望着门外,除了偶尔有太监和宫女路过的身影,再没有其他什么动静。她想:这么闷在屋里不是办法,还是去御花园转转吧。

　　一群人簇拥着王皇后来到御花园,只见两个孩子正在那里追蜂捕蝶。

　　"这是谁家的孩子,怎么在这嬉闹?"王皇后看到小孩便不悦起来。

　　"回皇后,这、这是萧淑妃的孩子。"旁边眼尖的太监急忙答道。

　　"什么?萧淑妃的?她可真能生啊!"皇后酸溜溜地嘀咕着,一转头就看到萧淑妃一群人紧跟在孩子后头。

　　"哎哟,这不是王皇后吗?"萧淑妃看到王皇后,讪讪一笑,招呼孩子们过来,"孩子们,快来给皇后请安。"

　　小孩子们屁颠屁颠跑过来:"给皇后娘娘请安。"

　　"嗯。"王皇后哼了一声。她并不觉得萧淑妃有礼貌,反而感觉这是一种炫耀,一种示威。

　　"皇后怎么有空来御花园啊?难道也是来带孩子?哦,不,是来散散心的吧。"萧淑妃夹枪带棒地说。

　　皇后生气了,又不便表现出来,只好说:"我哪有萧淑妃那么清闲啊?我正要去找皇上,商量立太子的事,路过而已。"

　　"太子?哈哈,皇后,劝您别操那份心了。妹妹我昨儿晚上……皇上在床上跟我说了……"萧淑妃想了想:我这么早把儿子推出来,会落人话柄,便使劲咽了下去。

王皇后一听,皇上昨晚又在萧淑妃那,气得后半句还没听进去,便快步离开了御花园。

王皇后回到中宫便开始摔东西,眼前见什么,手上就摔什么,宫里没有一个完整样。她还想去找皇上撒气,身边的宫女忙拉住皇后:"皇后娘娘,您息怒,您先息怒。"

"那个萧淑妃,欺人太甚了,还跟头猪一样能生!"

"就是,就是,您看她走路还一扭一扭的,恬不知耻!"宫女忙搭腔,一起数落萧淑妃。

王皇后心里也明白,嫁给李治这么多年,自己的肚子始终不争气。再这样下去,萧淑妃这个小贱人,不只要爬到她头上,要是真立萧淑妃的儿子为太子,那她这个皇后,恐怕性命也难保。

"皇后娘娘?"宫女的话把王皇后的思绪拉回了现实。

"怎么了?最近皇上有什么消息吗?"

"皇后娘娘,听说最近皇上夜晚会偷偷跑到感业寺。"

"感业寺?跑那做什么?"

"好像是去找什么人?"

"那里都是尼姑,能有什么人?而且那些人都是先帝的女人,他想干吗?"

"听说先帝在世时,有个才人叫武媚娘,皇上跟这个武才人似乎眉来眼去的。"

"你去打听打听,这人什么来路。"

连续几日,皇上都没来看王皇后。等得发疯的王皇后无处诉苦,只好派人找来母亲魏国夫人柳氏。

"母亲,母亲,皇上已经有好多日子没来找我了。"王皇后哭哭啼啼地扑到柳氏怀里。

"儿啊,别急,别急,慢慢说。"柳氏心疼地抱着王皇后。

"那个萧淑妃,她……她一直仗着得了皇上的宠,又生了几个小崽子,一点都不把我放在眼里。"

"那你有没有找御医好好看看,身子有没有好好补补?"

"那些庸医,不求无功,但求无过。女儿不知道吃了多少苦药了,不提这个了。母亲,你快想想,帮我治治那个女人。皇上一直宠着她,再让她这么逍遥下去,就怕连我这个皇后位置都保不住了。"

柳氏出身大家,见惯了妻妾争宠,心里有的是主意:"除了宠她,皇上还有没有其他喜欢的人?你要是一个人争不过,那就找人帮你一起争。"

"找人帮我争宠?这是什么意思?"王皇后是温室里的花,顺遂惯了的,没什么城府,也没什么心计,在尔虞我诈这种事上远不如人。

柳氏笑笑:"既然皇上能宠她,那也能宠别人,先找个人,把皇上从萧淑妃那抢走。"

王皇后一想,觉得有理:"母亲,我倒是想起一个人。我听说皇上很喜欢感业寺的一个尼姑。我找人打听过了,那是先帝的才人,皇上常偷偷跑去找她。"

"这不是正好吗?你想,你要是顺了皇上的意,那他高兴了,对你也会满意。另外,要是你把那人从感业寺中带出来,那不是救她于水火之中?她一定会对你死心塌地。皇上喜欢她,哪里有时间再去宠幸萧淑妃呢?"

王皇后细细想了想,觉得这个办法好,虽然又有一个人分享皇上,但总比现在被萧淑妃一个人独占的好。况且一个尼姑,又没有什么势力,我还看不住她?

"还是母亲的办法好。我这就去办。"

隔日,王皇后便下旨,命感业寺的武则天开始蓄发。

一转眼,李治的服丧期终于结束了,王皇后觉得是时候把武则天接回宫里了。一来,反正皇上最终会找机会把她接回来,等到那时自己就被动了,何不顺水推舟做个人情,给皇上搭个台子,自己也有脸面?二来,萧淑妃那里,也需要有人去打破她独揽君心的局面。

想到这里,王皇后主动出击,把皇上请了过来。

李治听到皇后请他过去,心里一百个不愿意,但想想有些日子没去皇后那里了,没办法,还是要给皇后些面子的。

皇后见皇上来了,便让宫人们都退下。

"皇上最近日夜操劳,要注意歇息啊。我亲手煲了些参汤,请皇上享用。"

"让皇后费心了。"李治难得见骄傲的王皇后这么殷勤,不知道她葫芦里卖的什么药。

"皇上的服丧期过了,以后就很少再有机会去感业寺了啊。"

"佛门之地,能让我清净自在。每天朝政烦得我头都大了,正好去那里放松一下心情。而且,我常常想念先帝。"

"既然皇上喜欢,那不如把寺院搬得再近点,也不用深更半夜跑那么远。"

李治听皇后这么说,立刻警觉起来:我跟媚娘的事,恐怕是兜不住的。原来皇后叫我来,是要跟我掰扯这事,唉,真是烦。

王皇后见李治脸沉了下来,忙打趣说:"皇上,我为你觅了个佳人,不知道你感兴趣吗?"

李治有点困惑地看着皇后:"啊?你这是……?"

"还记得去年我陪你在感业寺祭祖吗?"

李治想起去年,在感业寺祭拜时,还偷偷跟武媚娘一阵云雨。难道这也被皇后知道了?

皇后继续说道:"当时我看到一个女子,虽在感业寺,但已一头秀发,长得甚是妩媚可人,我想皇上定会喜欢她。"

"哈哈,这话说的。我心里只有皇后你一个啊。"李治尴尬地笑了笑。

"心里是不是只有我一个,我可不知道。可皇上如果看到她,心里一定会多一个她。"

"皇后说的是谁啊?被你这么说,我倒想看看,天下真有这般美貌的女子吗?"

"哈哈,哎哟,皇上,是我在兜圈子,还是你在跟我兜圈子?"

李治看着王皇后,他在等着她发脾气,可今天皇后一直笑脸相迎,不像往常那般闹腾。要不干脆就摊牌吧,反正以后我也要把武媚娘给接回来。他刚想鼓起勇气开口,却被皇后抢了先:"皇上不是很喜欢感业寺的武媚娘吗?既然你这么喜欢,那我就去把她接回宫里来吧。"

李治一时不敢相信自己的耳朵:"你是说,你要把媚娘接回来?"

"媚娘?真亲切啊,你都没这么叫过我。我就遂了皇上的意,不然你常常去感业寺,也不怕世人笑话。"

李治正为没理由接武媚娘回宫而烦恼,如果他提出把先帝的才人再弄回宫,那真成他人的笑话了。可如果皇后提出来,就名正言顺了。这正说到李治的心坎上。

李治心里一暖,抱紧了皇后:"你真是我的心肝,我的小心思都被你看透了,还有什么瞒得了你?你什么时候去把她接回来?"

"瞧你急的,也没见你对我这么着急过。我明日就去叫人准备,这个月就能把你的媚娘给接回来,这下皇上满意了吧!"

"满意,满意,哈哈……既然皇后这么让我满意,那今天我也一定要让皇后满意。"说着,李治抱起皇后走向内室。

王皇后见皇帝对自己有了热情,不禁扬扬得意,感觉母亲柳氏的计策真好。武媚娘承我的恩情回宫,将来一定会对我感恩戴德。柳氏和王皇后并不认为武则天会成为皇后的对手,毕竟那是先帝的才人,怎么能再得到名分?只有萧淑妃和皇后旗鼓相当,这才是劲敌啊。只是,无论王皇后,还是自以为高明的柳氏夫人,都低估了武则天。她们自作聪明,却给贵不可言的王氏家族引来一个掘墓人。

欢天喜地的武则天终于回到宫中,她心里明白,这次能够回宫,多亏皇后一手操办,否则不知要等到何时,所以心里甚是感恩。她回来第一件事,就是前去叩谢王皇后。

武则天跪拜在皇后门外,通传的太监去了良久,仍不见任何人来答复她。此时的武则天一心想表达自己的感激,又想表明自己的站位——跟皇后一条心,便跪在门前一动不动。

王皇后在里头慢悠悠地喝着茶,问太监:"她跪了多久了?"

"回皇后,有半个时辰了。"

"那再跪会儿吧,先杀杀她的锐气。哎,又给皇上找了个妖艳贱货回来。"王皇后虽然召回武则天,但对于分走皇帝恩宠的女人,总是心怀嫉恨的。

"皇后,临近中午了,一会儿要是皇上来用膳,看到武媚娘跪着,怕不好吧!"

皇后瞥了一眼这个太监,慢条斯理地起了身。她扶着婢女的手,慢条斯理地走到门口,假惺惺地说:"哎呀,这不是先帝的武才人吗?怎么没人通知我你来了?"

"奴婢参见皇后娘娘。"武则天都要把头磕到地里了。

"抬起头,让我看看!"王皇后说。红颜弹指老,刹那芳华,武则天再次入宫已经二十八岁,虽然美貌还在,却早已失去了少女的鲜嫩。王皇后心想:皇上真是奇怪,放着那么多美少女不要,喜欢这么个老姐姐。这样一想,心里的戒备放下了大半,嘴里敷衍道:"嗯,真是生得一副好皮囊,怪不得皇上这么喜欢。你也算是进过宫的人,宫里的规矩你应该懂得。"

武则天忙说:"回皇后,奴婢今生只愿侍奉在您身边,其他的不敢期望。"

"这话说的,以后好好伺候皇上就是了。"

"不,不,皇后对我的大恩大德,我愿用一辈子来报答。以后,势必为皇后赴汤蹈火。"武则天说得很诚恳。

"哈哈,好了,好了,快起来吧!"皇后确信武则天是自己这边的人,上前把她扶了起来,还赐了些衣物给她。

片刻之后,便听到"皇上驾到"的传令声。李治一直盼望着武媚娘回宫的这一天,一下朝便赶来皇后这里。

"皇上来了,快去准备准备。"王皇后握着武则天的手,"他今天肯定高兴,一定会留下来用膳的。"

"是,皇后,我这就去准备。"武则天顺从地答应着。

皇后看着武则天同侍女一起去准备膳食,很是满意:"嗯,没把自己当个人物,还算拎得清。"

王皇后的意思很明确,让武则天从宫女做起,留在中宫侍奉自己。而这时候,距离武则天第一次入宫,已过去十四年。这十四年的光阴看似虚度,而事实上,十四年的历练给了武则天今生享用不尽的宝贵财富,她学会了洞悉人心、趋利避害,懂得了忍辱负重、委曲求全,明白了如何投其所好、获取圣眷。因此,皇后的折辱,她忍耐了下来。

用膳的时候,皇帝和皇后坐着,武则天低眉顺目地站在一旁服侍用膳。

李治偷眼看看武则天,心里不忍,又看了看皇后,也不敢多言,只是一个劲拍皇后马屁。

"皇后,近日让你费心了,来,我敬你一杯。"

"只要能让皇上开心,我什么事都愿做。"

一杯两杯,皇上借着酒劲,一把把武则天拉到身边坐下。武则天被李治突然的举动吓了一跳,忙站起身来:"奴婢只想尽心尽力服侍好两位主子,不敢有非分之想。"

王皇后看在眼里,知道皇上的小心思,心里很是不爽,嘴上却说:"皇上让你坐,你就坐吧,武才人。"她故意把"才人"两个字说得很重。

武则天听出皇后的不满,但又被皇上拉着坐下,坐在那不敢动了。

"来,媚娘,吃这个。"李治夹了一筷子菜放到武则天的碗里。

"这可是皇上最喜欢吃的菜,也是先帝最喜欢吃的哦。"皇后在一旁没好气地说。

"来,来,皇后,这个菜也很好吃。"李治忙又夹了一筷子,想堵住皇后的嘴。

席间,王皇后时不时提起往事,时刻把武则天定位为先帝的才人,让武则天十分难堪,可她面儿上不显。对于坐惯冷板凳的武则天来说,喜怒不形于色是基本素质。可是,武则天内心对皇后的感激之情渐渐散去,她暗暗发誓:终有一天,这份屈辱,我会百倍还给你的。

十三　昭仪娘娘

刚回宫的武则天，只能作为一个宫女住在中宫，常伴皇后左右，白天很少有空闲时间。李治只好每天来中宫陪皇后，等到天黑，再偷偷爬上武则天的床。

王皇后自然都把这些看在眼里，但她正想利用武则天来打击萧淑妃：皇帝为了武则天往自己这里跑，好过跑到萧淑妃那里。可她没想到的是，皇上竟然如此宠幸武则天，比宠爱萧淑妃有过之而无不及。这让王皇后在高兴的同时还有点酸意："皇上，你连日来一直在中宫，都没去萧淑妃那里，可别冷落了别人啊。"

李治说："朕陪着皇后，也算是让你们雨露均沾嘛。"

"那不会惹得萧妹妹不高兴吗？"

"别提那个女人了，见了朕就提立她儿子为太子的事，烦都烦死了。还是皇后这清净，哈哈。"

"哎哟，她还想立她儿子当太子，也不问问我这个皇后答应不答应，真是厚颜无耻。"

"皇后，不提这事了。我陪你喝酒，来吧。"

王皇后深深地看了一眼旁边的武则天，玩弄着酒杯说："皇上虽然常在中宫，但也有那么几日，深夜不知跑哪去了。"

李治一愣："哈哈，我一直在皇后身边啊。你可能是睡迷糊了。"

皇后说："我也不是不近人情的人，皇上大可不必这么偷偷摸摸的。要是被多嘴的看到,到时流言蜚语传得沸沸扬扬的,多难听啊。"

"啊,哈哈。"李治尬笑了一番,自顾自地独饮了一杯。

一旁的武则天赶紧打圆场:"皇后,皇上深夜有突发国事要处理,怕惊醒了您,所以没跟您说,直接回宫了。"

"你倒是很清楚嘛,是不是你替我送皇上回宫了?"

"奴婢不敢,我只是遵照皇后的旨意,伺候好两位主子。"

皇后看了一眼匍匐在地的武则天,心想:这个女人进宫后,一直这么低三下四,谅她也翻不起什么风浪。她得了宠,还让皇上常来陪我,治得那萧淑妃一跳一跳的。我得了便宜,就放他们一马吧。皇后想到这儿,就没再追问下去。

李治也跟着扯开话题:"皇后,皇后,别管这种小事,今晚我们一醉方休。来,来,再喝一杯。"

"皇上,再喝我可要真醉了,晚上就伺候不动皇上了。"

"没事,没事,今晚就陪朕喝个高兴!"

又是两杯下肚,王皇后真的喝多了,被皇上扶上床,一会儿便睡过去了。这时,李治抓住在一旁伺候的武则天的双手。

"媚娘,想死朕了。"

"皇上,这还有旁人呢!"武则天怕惊醒皇后,忙躲避着。

"哪还有旁人?除了这个睡着的!朕现在眼里只有你了。"

"皇上,你又着急了。一会儿你传令,叫我陪你回宫就是了。"

"夜都深了,回我那还有好长一段路,朕等不及了。"说罢,就想抱着武则天亲过去。

"皇上,皇上,外面还有人呢。你如果不嫌弃,还是去我那小屋吧。"

李治心花怒放:"好的,好的。来人,传我令,所有宫人都回去休息吧,深夜不得外出!"

李治顾不得身旁早已酣睡的王皇后,径直搂着武则天去了。

武则天进宫后,不得不攀附着王皇后,既是感激皇后救自己于水火,又是大树底下好乘凉。但她知道,自己始终入不了王皇后的法眼,如果不想办法,会被皇后一直踩在脚底下当奴隶使。她想,自己最大的靠山应该是皇上啊,像父亲武士彟仰仗着唐高祖那样。

"皇上,你对臣妾的伺候还满意吗?"武则天依偎在李治怀里。

"媚娘真是风情万种,哪像皇后,榆木疙瘩一样。"

"臣妾想一直这样陪伴在皇上身边。可你要么在处理国家大事,要么就是这个妃那个嫔的,跟我一直偷偷摸摸的。"说着,武则天眼角噙泪,推开了李治,转过身去。

"媚娘,媚娘,你这不是陪着朕吗?那这样,以后晚上朕要是在两仪殿批阅奏折,你就来服侍朕,也省得我们半夜跑来跑去的。"

武则天内心十分欢喜,这样就可以常伴在皇上左右了。"皇上,你说什么就是什么吧。"武则天又一头扎进李治怀里。

在两仪殿,李治翻看着奏折,不时皱起眉头。武则天则在一旁端茶倒水,凑近看什么事让皇上这么烦恼,原来有大臣提及立太子一事。

武则天明知故问道:"皇上,你的长子李忠怎么现在还没有封王啊?"

李治十分烦恼:"唉,还不是那两个女人闹的。皇后到现在还没有子嗣,她就想把李忠过继到膝下,立为太子。但萧淑妃又叫朕立素节为太子,所以搞得这事就一直耽搁着。"

"哦,原来我没回来的时候,皇上在安慰她们啊,怪不得害我在感业寺等了那么久。"

"媚娘这话说的,朕是有苦衷的……"李治刚想辩解,便被武则天给打断了。

"好了,好了,以前的事不提也罢。但是作为长子,到现在还没有个封号,于情于理都说不过去啊。皇上还是下旨,先册封李忠为王吧,其他的事以后再说好了。"

"这个,"李治有点为难地说,"这……我还要跟大臣们商议商议。"

"跟他们商议?自家的事还要跟他们商议什么?皇上,你可是一国之主,一直让那些老臣左右你,他们不免会心生傲气,到时候皇上怕是镇不住他们。"

李治一直顾忌着那些老臣,武则天的一番话正说到他心坎上了。武则天看李治还犹豫不定,就干脆再推一把,拿起纸笔。

李治看武则天这架势,有点赶鸭子上架,自己总不能在一个女子面前丢了身份吧。想想自己即位以来,一直被那些老臣牵着鼻子走,心中一团火被点燃:"媚娘说得是,那你听诏。但是,立李忠为什么王呢?"

"那就陈王吧。"

"好,就听媚娘的。媚娘写好了吗?我这就盖玺印。"

李治发现武则天不只妖娆缠绵,做事也坚决果断,对国家大事也都有自己的见解,真可谓字字珠玑、条分缕析,再加上她温文尔雅、与世无争,对她是越来越喜欢。

武则天凭着自己的毅力和耐心,左右逢源。她在王皇后面前低三下四,无论皇后怎么羞辱她,她都一脸媚笑,只求皇后开心。两位主子都在的时候,武则天就一个劲奉承皇后,让皇上觉得自己识大体,与那些争宠的妃嫔不一样,不给皇上添堵,又让皇后觉得自己一心站在她身边,对她没有二心。皇后的母亲柳氏夫人也对武则天十分满意。对上如此,对下武则天也尽收人心,她把感业寺里知心的小姐妹们接了出来,又上下打点了王皇后和萧淑妃的宫人们,这样,后宫的风吹草动,她能尽收眼底,一张无形的情报网编织了出来。

后宫上下对武则天的一致好评,让她的晋升通道迅速打开。

李治觉得武则天差不多也该得到册封了,便来到王皇后的中宫,想探探她的口风。

"皇后,武媚娘也回来一段日子了。"

"是啊,皇上,武才人在我这尽心尽力,我还是蛮喜欢的。我待她如姐姐,皇上你就把她赏赐给我吧,你不在的时候,也好有个伴儿陪陪我。"

"皇后身边都这么多人了,还缺她这么一个吗?我觉得她更适合服侍我,帮我一起打理打理文案,很是顺手。"

王皇后瞥了一眼武则天:"哎哟,之前听人说你深夜常在两仪殿,我还不信呢。我想你一直陪着我,哪还有时间跑来跑去?真是忙死你了。"

武则天连忙跪下:"回皇后,奴婢只是应皇上召见,为皇上磨墨而已。"

"是吗?仅此而已吗?别做什么出格的事啊。"

"奴婢不敢。"

"听说李忠被立为陈王,也是有人哄骗皇上的?"

李治忙接话过去:"这种事,是朕自己决定的,哪轮得到别人指指点点?"

皇后点点头:"皇上说得是。但我还是要提醒提醒,后宫不得干政,不要做不该做的事,说不该说的话。要是扰乱了朝纲,我不会轻饶任何人的。"

武则天一直低着头:"皇后训话,奴婢谨听教诲。"

王皇后见武则天这么卑躬屈膝,想着皇上这次找来自己,应该是想问问自己对武则天的意见。唉,也不能忤逆皇上。她只好说:"皇上,那蓬莱殿空了很久,我派人去打扫打扫吧。"

李治听皇后这么说,惊喜万分,自然懂得皇后这是默许武则天有个名分了,连忙说:"皇后都开口了,媚娘,还不快谢谢皇后。"

武则天把头埋得更低了:"皇后的大恩大德,奴婢没齿难忘。我愿为皇后鞍前马后,赴汤蹈火。"

皇后不情愿地说:"好了,好了,起来吧。以后呢,你要懂得自己的身份。该做什么,不该做什么,凡是不懂的,都可以来问我。"

"是的,一切遵听皇后安排。"

武则天很快被封为昭仪,位列九嫔之首,入主蓬莱殿。不久,她怀孕的消息就传开了。

十四　太子风波

对武则天而言,怀孕是个喜讯,因为无论生下皇子还是公主,在后宫等于有了基本的生存保障,至少不用再回到感业寺那个可怕的地方。但对王皇后来说,这个喜讯不亚于噩耗。她哭着派人找来了母亲柳氏:"母亲,都是你不好,让我把武媚娘那个狐媚子弄回来。现在可好,皇上被她一个人霸占了。"

柳氏说:"一个不得先皇宠爱的才人,居然能把皇上迷成这样,谁能想得到呢?"

王皇后哭道:"现在说这些还有什么用?快给我想个法子吧!自打武媚娘从我宫里搬出去,皇上就再也没来过。我算是看出来了,我就背着个皇后的名分而已,其实跟被打入冷宫的女人没区别。萧淑妃是被打倒了,可她还有孩子们。我呢?我没孩子,以后的下场可能还不如她呢。武媚娘已经怀孕了,要是她生了儿子,看皇上宠她的那股劲儿,我这个皇后估计得卷铺盖让位了。"

柳氏嘴里安慰着女儿,心里却知道王皇后的气话不是没有道理,赶紧告别女儿,回去找自家兄弟想办法。

柳氏夫人的兄弟,也就是王皇后的舅父柳奭,与长孙无忌、褚遂良等一班重臣都属于关陇贵族集团,为了维护自身势力,必须稳固王皇后在后宫的核心地位。武则天宠冠后宫又怀孕的消息,令他们深感武则天对没有子嗣的王皇后来说,是一个新的威胁。柳奭与长孙无忌等人商议后,认为要加快立太子的步伐,免得夜长梦多。柳奭出面不方便,说好由几位元老重臣出马上奏。

于是,第二天的早朝上,长孙无忌抢先上奏道:"皇上,您已登基三年了,但到现在还没有立太子,这不太合理。老臣奏请皇上立陈王李忠为太子。"

"这……这事我还要先同皇后商量商量。"李治想施缓兵之计。

长孙无忌却说:"皇后已经将李忠过继,李忠就是皇后的儿子,他又恰好是皇上的长子。立长子为太子乃天经地义之事。"

"你说得倒也是,但是不是太着急了?这样的大事,难道就这么草率定下来不成?"李治不高兴了。

褚遂良见势马上接话:"此前臣等也曾提议过,并不是第一次上奏皇上。皇上不可再等了。"

李治有点心虚:"这我知道,我也想过,但是此前不一直被其他事耽搁了吗?"

见皇帝拖拖拉拉,韩瑗、于志宁等一班重臣轮番上奏,这使得李治没有台阶下,最后迫不得已答应了下来:"好,好,我答应就是。择良辰吉日,封李忠为太子,一切安排由于爱卿负责。"

这时幕后推手——中书令柳奭上前奏道:"立太子,这是国家大事,按例由太史令选择吉日。"

一班重臣附和道:"还是中书令想得周到,要不现在把太史令叫过来?请皇上传令。"

李治看着一群欢天喜地的重臣,气氛都烘托到这里了,不传也不行了,只好说:"传太史令。"

没一会儿,太史令便小跑了过来。

李治不情愿地说:"朕将立李忠为太子,你算算看,哪天比较合适。"

"回皇上,这个月的丁巳就是黄道吉日,可将立太子之事宣告天下。"

"你算都没算,怎么这么快就知道?立太子可是大事,不能随便选个日子。"李治说。

"臣……臣早已算过此卦,立太子当在七月丁巳日。"太史令结结巴巴地说。

"早算过?嗯?"李治心有疑问,想再细问下去。可此时,大臣们纷纷上前祝贺:"恭喜皇上,贺喜皇上,得此良辰吉日,天下大吉。"

李治只好回应这些大臣,也顾不得再去问太史令。

永徽三年(652年),陈王李忠被立为太子一事,就这么顺理成章地办了下来。从当时的形势来看,王皇后在后宫的地位稳如磐石,萧淑妃、武则天等妃嫔再也无法与她为敌。

武则天对立太子的事,内心埋怨着李治,为什么这种事都不和自己说一声?难道皇上并没有把我放在心上,对我还有隐瞒?实在憋不住的她,一日在两仪殿内试探着问道:"皇上,李忠封陈王,我都替你想好了,为什么突然立他为太子,事先都不和我商量?"

李治看出武则天的不满,解释说:"媚娘,你这是怪朕不把你放心上吗?这事来得也突然,我只能应了他们。"

"突然?立太子这么大的事,被那些老臣这么一说,你就答应了下来?皇上,这到底是你的意思,还是他们的想法?"

"媚娘,你先听我说,当时长孙无忌那老东西抢先上奏此事,接着老臣们一起附和他,我也没办法啊。"

"这么说,皇上是迫于他们的压力,才立的太子?"

李治不愿承认自己屈从于那些老臣,辩解道:"我想这事,于情于理的确是立长子为太子,没有什么问题啊,才答应了下来。"说罢,细细说起当时的情形。

敏锐的武则天似乎感觉到,皇上被一股势力牵着鼻子走,最终得益者还是王皇后。有人在背后帮王皇后推动着此事,立太子的事似乎早已安排好了,不再给皇帝犹豫的机会。

武则天想:现在的我没能力跟对方抗衡,又有孕在身,仍需要躲在皇后的阴影里。还是去拜见皇后吧,放低姿态,少被皇后惦记才行,不能像萧淑妃那样,乱蹦跶迟早会出事。

隔日,武则天来到中宫给皇后娘娘请安。

"皇后,武昭仪来向您请安了。"宫女说。

王皇后一听,气不打一处来:"那个武才人?她来干什么?是知道立了太子,想来巴结我吗?"

"说是有喜了,特来请安。"宫女答道。

"哼,现在才来。让她进来吧。"皇后说。

武则天来到王皇后面前,跪下来,说:"向娘娘请安。"王皇后端坐着,没让她起身,想听听她说啥。

武则天继续跪着,温顺地说:"恭喜皇后,恭喜太子殿下。我特地带了礼物来贺喜。"

王皇后哼了一声,说:"没什么大惊小怪的,都是按照祖宗的规矩来。我们不能坏了祖上的规矩,不是吗?"

"皇后说得是。"武则天心知马屁还没拍到皇后的心坎上,继续说,"今后看谁还敢跟我们皇后娘娘争宠。就是那萧淑妃,也跳不出皇后您的五指山。"

自打李忠被立为太子,王皇后确实舒了一口气,再也不用担心萧淑妃的小手段,便露出开心的笑容:"哈哈,萧淑妃,我才没把她放在眼里,像个戏子一样在那唱呀唱呀的,现在哑巴了,哈哈哈。"

"以后皇后可以好好整顿整顿后宫,奴婢定当效犬马之劳。"

武则天这一顿彩虹屁,把王皇后拍得内心得到了极大的满足。本来她还想以后要怎么整这个武昭仪,此刻这点心思已烟消云散,自以为一个小小的武则天不足挂齿,见武则天对自己如此服从,更不为惧。

"好了,好了,起来吧。是不是还有其他的事要跟我说啊?"

武则天连忙说:"什么事都逃不过皇后的眼。不瞒皇后娘娘,奴婢已有孕在身。"

"怎么现在才告诉我？"

武则天忙说："我是第一次怀孕，之前什么也不懂，等发现已经两三个月了，反应很大，吐得厉害，不敢在皇后面前出丑，请皇后恕罪。"

王皇后听她这么一说，也不便再质问她，只得说："那你多多歇息，不要到处乱跑，两仪殿那自有人服侍。"

"是，一切听您的。"武则天在皇后面前一副乖巧听话的样子，赢得了王皇后的信任，对她放下了戒心。

"这有些贡品，你拿去补补吧。"王皇后赏了些东西给武则天，挥挥手，示意她退下。

武则天谢过王皇后，便起身离去。出了门，她递给宫女两根金条，嘴上说是希望她们在皇后面前美言几句，其实是暗暗讨她们欢心，希望皇后有什么事也能传到自己的耳朵里。

回蓬莱殿的路上，她又顺便拜访了宫闱局，给那些小太监撒了点金银。武则天极力塑造自己平易近人、与世无争的形象，暗地里使劲拉拢这些宫人，这样以后后宫有个风吹草动，她也能得到个信。

十五　平步青云

永徽四年(653年)元月,武则天的第一个儿子李弘出生了。她望着襁褓中嗷嗷待哺的儿子,心情又喜又忧:儿子啊儿子,娘回宫不久就被封了昭仪,又生下了你这个皇子,按理说应该开心才对。可是,娘高兴不起来啊,我升得越快,其他嫔妃就越嫉妒我。我现在根基还不稳,皇后又视我为眼中钉,可以说是危机四伏,娘真是害怕。除非有一天,娘能成为后宫之主,才能主宰自己的命运啊。

幼小的李弘仿佛听懂了母亲的心声,乌溜溜的眼睛蒙上一层水雾,很快哇地大哭起来。武则天连忙抱起孩子,轻声哄道:"孩子,别哭,别哭,娘会想出办法的,会带着你好好活下去的。"

为了赢得一个相对宽松的生存环境,武则天对身边那些宫人的态度,比以前更加谦恭、友善,时不时送点礼物给他们以笼络人心。在李弘满月之后,她马上像从前一样,天天去向王皇后请安。为了避免伤害王皇后,她从不在王皇后面前提到自己的孩子。但是,武则天的退让,没有平息王皇后的幽怨。

"武媚娘,真不知你使了什么手段,居然勾引得皇上夜夜去你那里。"王皇后刻薄地说,"你不顾着自己的身体,也要顾及皇上的龙体。"

武则天语塞,她没想到王皇后能说出如此露骨的话,只得连连磕头,嘴里说着一些感谢皇后的话。

实际上,后宫任何女人得宠,对王皇后来说都是一种刺激,而武则天的谦卑态度多少让王皇后的怒气消散了一些。王皇后是贵族小姐出身,城府不深,虽然每天拿武则天出出气,却并不真打算用什么手段对付她。

即便如此,武则天生下孩子之后,日子也不好过。唯一让她安慰的是,李治越发宠爱她,不仅给她很多赏赐,对她的关心、照顾也是无微不至的。在她身体恢复后,李治又夜夜留在她的床榻上。

皇帝的恩宠让武则天胆气大壮,她想,既然有了皇子,那她的位置也该随之升一升了。她把自己的想法跟李治说了,李治很高兴,同意给她晋升,可细细一盘算,遇到难题了。

唐初后宫继承了过去三妃、九嫔、二十七世妇、八十一御女的制度,皇后以下有四妃、九嫔、婕妤、美人、才人和宝林。可是,目前皇上已有贵妃、淑妃、德妃和贤妃,四妃之位已无空缺,角逐皇后,她还不够资格,怎么办呢?想来想去,武则天想出了一个办法,她对李治说:"皇上,我们可以在四妃以上增设宸妃。"她想,宸,代表帝王住的地方,如果她能被封为宸妃,自然比四妃更加尊贵,离皇后宝座就只有一步之遥了。

"啊?"李治一愣。

没等皇帝反应过来,武则天又补上一句:"皇上,你看儿子多可爱,差不多也该给个封号了吧?"

李治顺着她的语气道:"这你放心,按照礼制,我的儿子都会封王的。"

武则天见他不提封妃,只说封王,就想撑他一下:"这事儿需不需要再跟大臣们商量商量?"

"这有什么?李忠立陈王,还不是我一句话的事?"

"是嘛,皇上您还记得啊。"武则天阴阳怪气地说。

李治这才想到,立陈王的诏书是武则天写的,可转眼他就被大臣们逼得立了李忠当太子,不由得没自信起来,嗫嚅着说:"最多……最多……问问那些大臣,李弘封什么王合适。毕竟他们满腹经纶,也能派上用场。"

"不必了吧,我儿子的封号还是由我来定吧。"武则天从枕头底下拿出一块锦帛,递给了李治。

"代……代王!"李治一看锦帛上写的封号,心想就遂她的意吧,不然又要吵闹起来,"好,好,就依你。"

"皇上就该这样,说一不二。那些老臣有什么可怕?"武则天见解决了儿子的事,就将话题绕到封妃上来,"我不管,你要想办法立我为宸妃。"

李治一脸苦相,立妃谈何容易?按照祖上的规矩,四妃——贵妃、淑妃、德妃、贤妃,我都有了,这再立妃……要不把其中一个贬了?但她们都没犯错,没理由啊。或者听媚娘的话,打破规矩,增设宸妃?更是难上加难。还有,皇后答应不答应?那些循规蹈矩的老古董又要跳出来!但媚娘这里,自己又实在没法交代。先去皇后那探探口风吧。

这天晚上,百无聊赖的王皇后正枯坐中宫,独自饮酒消遣,突然听宫女说皇帝驾到,连忙迎出来:"哎哟,皇上今晚怎么有空到中宫来了?"她不知道李治葫芦里卖的什么药,酸酸地说,"皇上好长时间没来了,这是有什么事需要我去办吗?"

"皇后,这话说的,我这不是专程来看看皇后吗?要是你觉得我冷落了你,我先自罚三杯。"李治坐下,见桌上有酒,拿起杯子先一饮而尽。

"皇上您慢点。既然来了,今晚我就好好服侍皇上。"王皇后娇笑着说。

一来二去,酒喝到位了,事也办好了,李治感觉皇后应该心情不错,该说些正事了。于是,李治把王皇后紧紧搂在怀里,拐弯抹角道:"皇后,你那从前的丫鬟武媚娘,如今给朕生了个儿子。"

不提武则天还好,一提她,王皇后的心情一下阴沉下来。她早猜到皇上今天来是为了那个狐媚子。

"皇上你是想封她儿子为王吗?该封就封吧,我没意见。"王皇后心知这是迟早的事,想做个顺水人情。

李治高兴地亲了她一下,小心翼翼地说:"你看,给朕生儿子的,都封为妃了。"

话音未落,王皇后已猜到他想给武则天封妃,不由得心头火起,好你个武媚娘,真是贪得无厌,这我可不答应!"那几个都是你名正言顺纳的。武媚娘算什么?尼姑庵里出来的东西,岁数比皇上还大不少。再说了,从来只有四个妃子,没听说过封五个的。"皇后的声音逐渐提高。

李治心虚了:"皇后,你小点声,我这不是跟你商量吗?"

"商量?有什么好商量的?当初给你带回来玩玩也就罢了,你还立她为昭仪!是你不知足,还是她不知足?"

"这有什么,立个嫔而已,那是理所当然的事。"李治见皇后诋毁心上人,不由得生起气来。

"皇上,我看你是被那个狐狸精蒙蔽了双眼。你不想想,她是什么出身?她是先皇的才人,还是个尼姑啊!可你看看她那双狐媚的眼睛,勾引过多少男人?"

"皇后,你这话,朕就不爱听了。"李治气得穿鞋就走,在皇后这怕是完全败了,一点讨价还价的余地都没有。

"皇上,这大晚上的,我们去哪里?"门外的小太监看着满心不悦的李治走了出来,忙问。

"去哪里,去……"李治本想说去武则天宫里,但想想,事没办成,过去又吃一顿埋怨,只得摆了摆手说,"回自个儿宫里,还有奏折没批呢。"

一行人移驾回宫,两仪殿内亮起了烛火。

"皇上,太尉长孙大人有急事求见。"侍卫急匆匆跑进来。

"这么晚了,他来干吗?叫他进来吧。"

"皇上……"长孙无忌气喘吁吁地走来,跪在地上。

"长孙大人有事慢慢说。"

"还请皇上先屏退下人。"

李治一脸狐疑,他这架势,难道有什么大事?便一挥手,太监、侍女都退到了门外。

长孙无忌膝行几步上前,低声说:"皇上,驸马房遗爱、薛万彻、柴令武和高阳公主、巴陵公主意图谋反。"

"什么？你说什么？"李治一时不敢相信自己的耳朵。

"臣收到密报，他们重金收买一大将，企图拥兵谋反，幸亏这人是我的心腹，将此事偷偷告诉了我。"

"当真？那他们现在在什么地方？"李治始终不愿相信亲人会背叛自己。

"老臣已将他们围困在自己的府上，特来禀告皇上，听您发落。"

李治似乎还没从震惊和悲伤中缓过来，久久不说话。在长孙无忌的不断催促下，他才勉强说："长孙大人，你怎么看？"

长孙无忌知道李治心软，一时不会下死令："依老臣看，先将他们拿下，收监之后，再做定夺。"

"那就听你的，但你要查清楚，万事注意分寸，毕竟他们是宗亲啊。"

"请皇上放心，老臣知道。"长孙无忌又急匆匆退下。

时隔数日，当李治再次询问长孙无忌叛乱的事时，房遗爱等人已被长孙无忌诛杀了，就连荆王李元景、吴王李恪也没放过。事实上，李恪没有谋反，但他与长孙无忌有仇怨。当年，唐太宗李世民见李治仁厚软弱，想废掉他的太子之位，改立吴王李恪，在长孙无忌的力争下才作罢。如此一来，李恪和长孙无忌结下了梁子，因此，长孙无忌趁此机会将李恪等人一网打尽。

李治不知这段过往，大惊失色道："什么？你怎么把他们都杀了！？"。

"皇上，房遗爱等人叛乱确认无误，不杀不足以平民愤。"

"虽然这事全权交由你处置，但你好歹事先跟我汇报吧。"

"老臣知道皇上宅心仁厚，不忍痛下杀手。"

"你让朕陷于这等局面，我有啥脸面下去面对列祖列宗啊！"

"皇上，这一切都由老臣擅自定夺，与他人无关。后世骂名，由我来承担。"

李治又说："其他人也就算了，为什么荆王、吴王也要杀？你确定他们参与了叛乱？"

长孙无忌肯定地说:"老臣都是为了江山社稷着想,此时不杀,必有后患!今日有驸马叛乱,明日为何不会有兄弟谋反?"他又说,"当时,先帝选皇上为太子,就是因为皇上宅心仁厚,不会像太宗那样手足相残。但我长孙无忌为了皇上皇位的稳固,不惜替皇上背负骨肉相残这个罪名。"

李治的心提了起来,虽然为皇位骨肉相残不是鲜见的事,但长孙无忌的独断和狠心让李治对他有了忌惮。长孙无忌能杀王,为何不能杀皇?可现今长孙无忌一直打着为皇帝着想的旗号,李治只好使劲挥走心中的阴霾。

"唉,舅舅为朕忧虑了。杀都杀了,就这样吧,有劳你办好后事。"

回到蓬莱殿,李治跟武则天说起今天在大殿上发生的事:"媚娘,你不知道,长孙无忌把那些叛乱的人都杀了,连朕的兄弟也杀了。朕好心痛啊!"

"那些人是该杀,皇上不必多虑,如果是我,我也觉得不能放过他们。"

"可你不知道,房遗爱他们倒也罢了,活该,但荆王、吴王呢?"

"他们也是隐患啊,皇上,一日不除,终生为患。"武则天知道李治内心的不忍,试图宽慰他。

李治说:"可是,长孙无忌私自动刑,越权了。万一当初他没选择我,选择了别人,那今天死的就是我了。"

武则天心中一动:这是皇帝第一次公开表示对舅舅的不满,说不定可以借此机会,离间他们的甥舅之情。可她知道,事情得一步一步来,先用自己封妃的事试试水。

"皇上,这长孙无忌的确过分了。我们正好趁他心虚,向他提要求。"

李治猜到了她的意思:"你是说,跟他提封妃的事?"

"是啊,皇上,你想,他这次做得这么过火,你要是跟他提封妃的要求,他敢反对吗?他不说话,跟着他的那些大臣自然也不敢多说。"

"你这么说,倒也是个机会。明日下朝,我找他们说说。"

翌日朝堂之后,李治把长孙无忌、韩瑗和来济等人留了下来,也不废话,直接说:"朕今天有些事想跟你们说。武昭仪如今生了个皇子,我想封她为宸妃,你们意下如何?"李治看向长孙无忌。长孙无忌自知理亏,一脸阴沉,并没有作声。

"皇上,万万不可啊!"宰相韩瑷和来济双双跪倒在地。

"快快起来,我只是问问你们而已。"

"皇上,封四妃是自开朝以来就定下的规矩。要是坏了祖上的规矩,是要遭天谴的。"两人以死相谏的态度令李治难以下台。

"好了,好了,我这不就是问问你们吗?至于这样吗?散了散了。"李治见讨不着一点好处,自顾自地先走了。

武则天封宸妃的事,一时没了下文。朝廷内没她的人帮着说话,后宫内也处处被人放冷箭。眼见李治专宠武则天,哪怕是萧淑妃也难得见着皇上,更别说王皇后了。本是不对眼的后、妃二人,不约而同地走在了一起。

"皇后娘娘,听说武媚娘又有了。"萧淑妃试探着王皇后对武则天的态度。

"哼,比猪还能生。"王皇后只能鼻子里出气。

"是呀,刚生完儿子才多久啊。皇上真也不嫌臊。"

"媚娘,媚娘,还真是媚得很。皇上的身体要被这女人折腾坏了。"

萧淑妃看王皇后对武则天一脸的嫌弃,就趁势说起闲话来:"皇后,你说奇怪不奇怪,我算了算,她才八个月就生了儿子啊!"

王皇后一脸惊讶,笑着说:"萧淑妃,还真心细啊!你这么说,还真是,她入宫没几个月就生了儿子。她几月入的宫来着?"

"回皇后,五月入宫,次年一月生子。"

"是啊,是啊,这么一算,还真就八个月。你说,这皇上知道了会怎么想?"

"依我看呢,这事可不能让皇上知道,要是他怪罪下来,那可不得了。"萧淑妃哈哈大笑起来。

"淑妃,你这话说的,难道这个种不是皇上的不成?"

"这个怕是只有那个尼姑知道了,谁知道她在感业寺做过啥?"

"话可不能乱说,我们皇上吃起醋来,那可不得了。你们都听好了,今天这话,你们听听也就罢了,可千万别到处乱说哦。"皇后扫了一眼太监、侍女们,意思是这嘴长在你身上,我可管不了那么多。

这样的流言蜚语想不传到皇上耳朵里都难,或者说,有人故意想要传到皇上那去。但同时,受过恩惠的宫人也把这事告知了武则天。

武则天挺着大肚子,来到两仪殿,看到正在批阅奏折的李治,也没多说话,轻轻坐在一边。

李治抬起头看了看她,又批了一会儿奏折,才说:"媚娘,你怎么来了?大着肚子,就别到处乱跑了。"

"山不向我走来,我便向山走去。臣妾好几天没见到皇上,特来看看你。"

"唉,最近朝中事务繁忙,没那个时间,误了去看你。"

"我还要感谢皇上,特意把我母亲和姐姐接来陪我。"

李治有点走神,想起那武姐姐贺兰夫人,倒别有一番滋味。哎呀,怎么可以在媚娘面前想这种事?他忙干咳两下掩饰:"她们还住得习惯吗?"

"很好。母亲特意交代我,让我来感谢皇上。"

"应该的,有什么需要尽管提。"

武则天怀孕后,把母亲和姐姐接进宫来。自14岁进宫以来,武则天再也没有见过母亲。而亲人们的陪伴,令内外交困的武则天得到了极大的安慰。出身高贵又颇有政治头脑的杨氏夫人成为武则天在后宫中最为有力的参谋和帮手。至于姐姐贺兰夫人,早已守寡多年。武则天同情她的遭遇,愿意和姐姐一起分享荣华富贵。

可是,贺兰夫人并不理解妹妹的好意,反而对妹妹充满妒意。不过,她很享受宫廷生活,每天花枝招展地在后宫游荡,一有机会见到妹夫李治,便会装出一副楚楚可怜的样子,博取李治的同情和关爱。一开始,武则天对姐姐是不设防的,直到她的眼线告诉她,李治与贺兰夫人已暗度陈仓。

面对敌人的进攻,武则天越战越勇,可亲人的背叛是把尖刀,让她痛彻心扉。她不懂,亲姐为何不能体谅妹妹生存的艰辛,要破坏她与皇帝好不容易构建起来的情感世界？姐姐怎么不想想，一旦妹妹失宠，作为亲姐的她能在后宫笑到最后？

李治姐妹通吃，身怀六甲的武则天只能隐忍。她不能改变自私短视的姐姐，也不能责怪花心薄幸的李治。她本来就被王皇后和萧淑妃打压，要是再来个窝里斗，哪还有精力去斗后宫的那些人？就算便宜了自己的姐姐吧，也好过皇上去找别人。毕竟，皇帝是自己最大的依靠。想清楚这一点，自始至终，她都对李治和姐姐保持着友善的态度，这反倒令这对偷情男女心中有愧。

见皇帝很好说话的样子，武则天连忙顺杆爬，接着说："母亲说，让我代替全家谢谢皇帝，还有我姐姐，她也受了皇上不少的恩惠。"

李治似乎听出这话中的意思，忙转移话题："媚娘你好好养身体，少走动吧，有空我会过去看你。"

武则天点到为止，也不多说："哎呀，哎呀，皇上你快来听听，他在踢我呢。"

李治饶有兴致地趴在武则天的大肚子上，感受着小生命的萌动。

几个月过去，元宵节的庆典落下了帷幕，武则天想着皇上好多日子没来，便借机把皇上请了过来。

"皇上，前些日子元宵庆典，你忙坏了吧，都没来看望我。"武则天幽怨地说。

"是啊，那些文武百官、外国使节真是难应付，又赶上你生下了小公主，也想让你好好歇歇。"

"那今日臣妾好好给皇上松松筋骨。"武则天刚想给皇上按按肩膀，李治却不厌其烦地推开了她。

"媚娘，我有件事放在心里很久了，今日我正想问问你。"

"皇上你尽管说。"

"人们常说怀胎十月，可我们儿子弘儿，怎么只有八个月就出生了？"李治有点质问的意思。

武则天知道,皇上迟早会问此事。虽然她是无辜的,可不做好准备应对也是不行的。幸好,她早已给了太医和产婆重金。

　　"皇上!"武则天半是表演半是自怜,流下了眼泪,"皇上,到底是哪个卑鄙小人在背后这么说我?弘儿是早产啊,这是常有的事。"

　　"但你早产了两个月,实在让人……"李治对她还是特别怜爱的,见她流泪,心里的怀疑打消了一半。

　　"你可记得,当年我进宫时,太医给我诊断过,全身无恙。后来我怀弘儿时,太医又来跟你报喜。你要不信,把太医宣进来问个明白就是了。"说着说着,她委屈地抹起眼泪,声音更大了。

　　李治哪记得住这种琐事?心想太医和产婆还在,偷偷问问就知道了,面儿上只能连连点头:"朕只是有所疑惑,来问问你,快别哭了。"

　　"这怎么行!脏水都泼到我的身上了,更让皇上你蒙羞啊!这话传出去,三人成虎,我怎么还有脸活下去啊?"说着她埋头大哭起来。

　　李治被她这么一哭一闹,有点不知所措,细想想她说得有几分道理,连忙表态说:"朕怎么会不信你呢?那些人太闲了,净胡言乱语,我非要好好管管他们。"

　　"他们是谁啊?"

　　"他们还不是……"李治刚想说出王皇后等人,一想再说下去又是一顿吵,唉,头疼。

　　"算了算了,这事过去啦。以后我看谁还敢提这事。让我看看小公主有没有睡着。"说着,李治怜爱地抱着小公主,心想:弘儿的事再问问就好,可这小公主百分百是我的种。他嘴里嘟囔着:"我的宝贝女儿,太可爱了。媚娘,你看,她对我笑了。"

　　武则天见李治差不多信了,便不去提不高兴的事,凑过来,指着小公主的眼睛说:"皇上,你看这眼神,多像你。"

　　"像,真像。"李治又转头看了一眼武则天,笑着说,"后宫还是太平点好。

最好你们姐妹能和平相处,我也省得烦恼。元宵刚过,你也没去成宴会,我替你把后宫的人都叫来,你们好好聚聚,热闹热闹。"

武则天打量着李治,觉得这人的头脑怎么如此简单,可偏偏只能依附他,于是强笑道:"皇上说得是,真能如你所愿就好了。"

事实上,李治对后宫争斗无计可施。他虽爱武则天,对王皇后和萧淑妃也没好感,可后宫女人个个都有家世背景,后宫与前朝息息相关。对于皇帝来说,社稷安稳是第一位的,李治不可能太感情用事。

武则天很快看清了自己的处境。李治和稀泥的态度,对于在外廷毫无援助的她来说非常不利。王皇后在后宫根基深厚,在朝廷内又有重臣支持,如果没犯什么大错,地位难以撼动。而她唯一的依靠是皇帝。皇帝却是最不可靠的凉薄之人,朝秦暮楚、见异思迁乃常事,萧淑妃就是前车之鉴。那么,难道就此下去任人宰割?这绝不符合武则天的性格。

一定要扳倒皇后,否则没有生路!武则天紧紧地咬住嘴唇,下定了决心。她低下头,看着襁褓中花朵一般的小公主,心里闪出一个主意。

十六　欲加之罪

经过深思熟虑,武则天完善了新方案,开始做准备。

首先,她带着一些礼物来到皇后寝宫,主动向王皇后示好:"皇后,媚娘拜见皇后娘娘。"

"呀,原来是武昭仪,我还以为你得了势,就把我忘记了呢。"皇后酸溜溜地说。

"怎么会呢?我不是那样忘恩负义的人。自打我生下孩子以来,身体一直没恢复,所以一直没来拜见皇后。"武则天为了迷惑皇后和她身后的人,跪拜在地,诚恳地说,"这是一些丝绸和首饰,送给皇后,聊表心意。"说着,示意宫女把礼物呈上来。

王皇后瞥了一眼,发现有不少好东西,心里一喜,说:"看来你还算尊重我。起来吧。"

武则天就此与皇后重新走动起来。可同时,她动用多年来精心编织的情报网探听王皇后每日的起居和行踪。

"给我盯着她,我就不信,她没有行差踏错的时候。"

可过了一阵子,探子汇报说:"皇后按时起居,又遵守礼节,实在找不出皇后一点破绽。"

王皇后是受封建礼教熏陶长大的,循规蹈矩,无懈可击。这下,武则天有点着急了,她想:如果目前这样的胶着状态持续下去,后宫很可能会有新人出现,分去我的恩宠。到了那个时候,王皇后对付我就易如反掌。罢了,武则天横下一条心,决定放手做最后一搏。

武则天精心策划了很久,只等王皇后入彀。

这天,武则天早就从皇后的宫女口中得知王皇后会来探望小公主,而她自己却以去找皇帝为托词,制造了不在场证明。王皇后来到武则天居住的翠微殿,发现只有宫女在照顾孩子,便随便抱了抱孩子,留下礼物就离开了。

武则天掐准时间,假托为李治准备膳食,先走一步,要李治稍后前来看望公主。李治不知有诈,欣然同意。一回到寝宫,武则天赶紧支走宫女,颤抖着双手将女儿扼死,用被子盖上。接着,她镇定自若地出门迎接皇帝。李治兴高采烈地上前探视女儿,武则天按捺着怦怦乱跳的心脏,假作完全不知情。

看到女儿的惨状,李治勃然大怒。武则天号啕大哭,晕倒在地。宫女们吓得赶紧跪倒,纷纷禀报说:"奴婢们半步也没有离开过。但是,刚才王皇后来看过小公主,奴婢们没有陪同。"

盛怒中的李治不假思索地说:"皇后,是皇后杀了小公主。"

武则天短暂休克醒来之后,泪雨滂沱,哀泣不断,又几度昏厥,充分展现出一个心碎的母亲对女儿之死的伤心欲绝。这并不是作伪,而是一个母亲目睹女儿死状的真实反应。或许有人会问,早知今日,何必当初?

一代女皇的心路无法用常人的思维来理解。十几年来的冷遇和折磨已经泯灭了她作为一个女人的正常情感和逻辑思维,立李忠为太子的事件,正式拉开了她与王、萧二人所代表的派系的斗争。王皇后根基深厚,与皇帝又是多年夫妻,若不使出非常手段,他们的关系几乎牢不可破。虽然她以自己的退让争取到一定时间的缓冲,但这种胶着状态不会持续太久,一旦对方有所行动,她将毫无还手之力。武则天清楚,她宠冠后宫的同时也树敌无数,即使王皇后不出手,她一旦失宠,暗箭就会从四面八方射来。

古往今来,职场都是残酷的,但是现代职场中"此处不留爷,自有留爷处""东家不做做西家""条条大路通罗马"的规则在封建社会的后宫这个特殊的"职场"并不适用。后宫的晋升之路是一条单行道,一将功成万骨枯,不是你死,就是我亡。

武则天非常清楚,若是自己倒台,也会给自己的家族带来灭顶之灾。李治根本保护不了她的儿女,李弘首当其冲,一定受害,母亲杨氏夫人和姐姐等所有的亲人都会像老鼠一样死去。

就这个事件来说,一味指责武则天心狠手辣、冷酷无情并不公平。虎毒不食子,作为母亲,情商极高的武则天并不愿意以牺牲女儿为代价来换取生存的权利和阶段性的胜利,但是,襁褓中的女儿和自己乃至全族的身家性命相比,毕竟显得微不足道。因此,尽管她一度犹豫,事到临头却不会手软,并且,在心理上,她理所当然地把这笔血债记在了王皇后的身上。当然,武则天不可能对自己亲生女儿的死无动于衷,除了常常为她祈祷,还在当上皇后之后,追封那个早夭的小女婴为安定公主,谥号为"思",并且举行隆重的葬礼,而且加倍疼爱之后的太平公主,这些无不可以看成她赎罪的表现。

事实证明,武则天此次孤注一掷,嫁祸于人,成功离间了王皇后和皇帝李治之间的关系。只是,在对王皇后的处罚上,武则天并不满意。李治虽然不再见皇后,也不许皇后与其他嫔妃交往,还流露出废后之意,却未下定决心。

在小公主去世之后很长一段时间里,武则天都郁郁寡欢,她憎恨王皇后,却并未将此宣之于口。因为她发觉,义愤填膺、慷慨激昂的皇帝李治不过是发泄一时之气罢了,根本不懂把握全局和时机。对皇后的处理,武则天尽管不满,却也不敢再置一词。她很清楚,若是常在李治耳边聒噪,难保他不生厌烦之意。唯有充分展示自己的宽厚温柔,才能紧紧抓住皇帝的心。反正,堤内损失堤外补,她自有办法求得平衡。她加紧部署,计划在一两年之内,彻底铲除王皇后和她的家族势力。

首先,武则天趁此机会,搬到了李治所在的长生殿居住。

李治有点为难:"媚娘,你住长生殿不合适吧?人家会议论的。"

武则天哭得梨花带雨,说:"我留在翠微殿睹物思人,徒然伤心。再说了,皇后财雄势大。现在事情闹开了,她也无所顾忌了。我独居寝宫,要是她派人暗算我,我毫无还手之力啊。"

"那好吧。"李治听到这里,只得应允。如此一来,李治有大量的时间与武则天一起生活,武则天得以充分展现自己成熟妩媚的女性魅力,同时她对王皇后所持的宽容姿态也令李治感动万分。他受够了后宫妃嫔之间纷扰繁杂的矛盾争斗,而武则天在丧女之后展现出的顾全大局的精神,更增加了李治对其的重视和怜爱。为了回报武则天,李治在此期间几乎对她体贴入微、言听计从,坚定了立她为后的想法。

与此同时,武则天再次怀孕了。对皇帝的心理动态,武则天掌握得一清二楚,她乘胜追击,要求皇帝封自己的哥哥武元庆为宗正少卿,武元爽为少府少监,武怀良为司卫少卿。为了安慰她的丧女之痛,李治对她的要求无不应允,还追封武士彟为并州都督。

武则天加紧了向皇后宝座迈进的步伐,她从未如此急切地渴望得到这个位置,因为她感到自己开始衰老。对着熟悉的铜镜,无论她如何努力打扮得千娇百媚、光彩照人,岁月的痕迹不可避免地在她脸颊上留下痕迹。自再次进宫以来,她虽已竭尽全力,却依然在昭仪的位置上原地踏步,再难有所进步。

所幸,这几年李治几乎专宠武则天一人。当然,李治一定偷偷有过别的女人,例如韩国夫人,但是这些女人都不明不白地失去了踪影,她们的消失变成飘忽在那几页宫廷秘闻中的语焉不详的片段。

皇帝专宠武则天的最大收获是,她生下一群天真烂漫的儿女。可尽享天伦之乐,并不是武则天的终极目标。她很清楚,一旦青春消逝、人老色衰,皇帝对她的支持就会大打折扣。所以,她必须好好把握当下的机会。

柳奭已被罢相,一切都按照武则天的计划进行。下一步,武则天打算争取长孙无忌对自己的支持。

永徽五年(654年)七月,皇帝李治和武昭仪带着十几驾马车的礼物来到长孙无忌府中,意在拉拢国舅。

"媚娘,你觉得国舅会是什么态度?"皇帝问武则天。

武则天想了想说:"这个很难说。国舅可是个老狐狸,难对付得很。"

皇帝却带着几分自信说:"朕觉得问题不大。虽然他是朕的舅舅,但朕毕竟是九五之尊,放低姿态到臣子家里,还送那么多礼物,谅他也不敢打朕的脸。"

武则天在心里默默预演着面对长孙无忌后的种种局面,嘴里说:"皇上,凡事要从最好处打算,从最坏处着想。待会儿,你一定要按臣妾教你的话说。"

皇帝点了点头。在为人处世方面,李治远远比不上武则天,因此,在前去长孙府之前,武则天先对李治如此这般地教导了一番,教他到时应该如何应对。

李治御驾亲临,令长孙府上下受宠若惊。他们立即备好酒宴和歌舞,接待皇帝和武昭仪。李治再三表示,这只是家人的聚会,但长孙无忌在政治上可是行家老手,对他们的来意心知肚明,所以,长孙无忌外表恭敬地接待了李治和武则天,交谈中却总是顾左右而言他。

长孙无忌作为元老重臣、朝廷宰相,他的注意力向来只放在军政大事之上,但后宫争斗不可轻视,在废后之事中,武昭仪的能量令长孙无忌悚然心惊。不过,在他眼中,无论武则天有多大能耐,也不过是先帝的才人、感业寺的女尼,一个出身低贱、不值一提的贱妾。这样的女人,如何能够母仪天下?老谋深算的长孙无忌忽略了这几年皇帝李治的心理变化,也低估了武则天的政治智慧和对皇帝的影响力。其实,胜负已定,只是他一叶障目罢了。

李治按照原计划先兜个圈子问候长孙无忌的儿子们。长孙无忌有很多儿子,除了三个庶出的儿子,其他基本都有官职。

李治一拍大腿,说:"朕的表弟怎可赋闲在家?马上封三个表弟为从五品朝散大夫。"在唐朝,五品以上就是高官,可以世袭,且全家免除赋税。李治为了武则天,对长孙家可谓特别关照。

长孙无忌急忙离席,与三个庶子一起叩谢皇恩浩荡。

李治封官之后,自觉有了底气,就开始拐弯抹角接近主题,提出"不孝有三,无后为大",王皇后没有儿子,武昭仪却有,然后就等着国舅表态。谁知,长孙无忌除了向皇帝和武昭仪贺喜,毫无表示。

李治还不死心,让人把带来的礼物抬上来,满满当当摆了一个客厅。李治眼巴巴地望着长孙无忌,心想:这下你总该明白朕的意思了吧。可是,长孙无忌依然不接招。无奈之下,李治只好带着武则天悻悻地打道回宫。

二人回到宫中,武则天的母亲杨氏夫人听了事情的经过,自告奋勇去长孙府充当说客。她认为武士彠与长孙无忌曾经有点交情,若是她出面,长孙无忌也许会给面子。武则天觉得此事可行,经过母亲一提醒,她又想起了一个人,此人曾当过李治的太子右庶子,后曾任礼部尚书,可惜被人参了一本,丢了官。此人就是未来"拥武派"的核心人物之一,现任卫尉卿的许敬宗。

杨氏夫人有点犹豫:"许敬宗人微言轻,或许无法起到什么作用。"

武则天却咬牙切齿地说:"如果许敬宗支持我当皇后,我必定要皇帝恢复他礼部尚书的位子,让朝野上下看看,到底谁说了算。"但是,无论是杨氏夫人还是许敬宗,在长孙无忌那里都碰了一鼻子灰。

这三次挫折,让武则天彻底丢掉了拉拢长孙无忌的幻想,也让她明白,像长孙无忌这一派根深蒂固的世家望族根本看不上她给予的一点点小恩小惠。她要想爬上高位,必须想办法把长孙一族彻底扳倒。可是,长孙一族盘根错节,在朝堂上一呼百应,扳倒他们可不是件容易的事情。

苦思冥想多日,武则天有了主意,既然正路走不通,那就从外围着手。长孙无忌为人独断专行,在朝廷中必然有对立面,就从这些人身上下手,逐步将长孙一族孤立,再施以重击,不愁大事不成。至于王皇后,还得加大打击力度,让她再也无法兴风作浪。

尽管拉拢长孙无忌失败,但是武则天有了一个意外的收获,那就是皇帝李治的坚定支持。李治已不再是刚刚继位时那个战战兢兢,凡事都需要依赖舅舅的青涩少年,随着年龄的增长以及对国事的熟悉,李治的自我意识增强,对皇权的掌控欲也日益增长。他对长孙无忌的不满由来已久,之所以容忍至今,一是自己羽翼未丰,二是碍着舅舅的面子不忍苛责,还有一点,舅舅做事一直打着为国为民的旗号。从前,李治对此从不怀疑,但高阳公主谋反案等事件的出现,令李治对舅舅的信任发生了动摇。随着时间的推移和形势的变化,李治越发看清一点,舅舅的所作所为无不以长孙一派的利益为出发点,即使是扶持李治继位,亦是基于自身利益考虑。这样一来,李治对长孙无忌的信任大打折扣。

驾临长孙府却无功而返,此事更加深了李治与长孙无忌之间的隔阂。对李治来说,堂堂天子放低身段百般讨好一个臣子,臣子却依然不给面子,这置天子的尊严于何地?因此,李治坚定地站到了武则天这个阵营,而单纯的废立皇后的事件也逐渐演变为天子与元老重臣争夺皇权的政治斗争。

在这样严峻的形势下,王皇后的娘家一片愁云惨雾,王皇后的母亲柳氏夫人更是坐立难安,频频进宫探望女儿。她见女儿原本美丽的容颜日益衰败,身材也消瘦了不少,不由得心痛不已,大骂武则天不是东西,自责引狼入室、引火烧身。

柳氏夫人比起王皇后,多了几分心计,但只有小聪明,没有大智慧。她为王皇后出主意:"女儿,可以用厌胜之术诅咒那个狐媚子。"

何谓厌胜之术?说白了就是巫术。

柳氏夫人恶狠狠地说:"想法子弄来那狐媚子的生辰八字,写在一个人偶上,再请巫师作法,用银针狠扎,谅她不死也得脱层皮。"

以现代眼光来看,这种巫术至少能发泄施术者心中的仇恨,算是一种心理疗法吧。

王皇后有点犹豫:"母亲,在皇宫大内,厌胜之术是被明令禁止的,若是被发现,可是要杀头的。"

柳氏夫人说:"哎呀,女儿,你就是太仁慈,才被这狐媚子爬到头上。放心去做吧,有娘家为你撑腰。"

尽管有点犹豫,可被嫉恨蒙蔽了双眼的王皇后已经顾不得这些了,她依从母亲,让母亲安排好了一切。当巫师作法时,王皇后仿佛看到了武则天痛苦万分的惨状,感到十分解气,情绪果然得到了纾解。

王皇后这厢正暗自得意,却不知她们的一举一动早被密切监视。武则天正愁抓不到王皇后的把柄,如今王皇后却自己授人以柄。武则天哪里肯放过这样的大好机会?赶紧向皇帝禀报。得到圣旨之后,她火速派人去皇后寝宫内搜查。

皇后母女正咬牙切齿地盯着人偶,殷殷期盼诅咒生效,太监们突袭中宫,将王皇后等人抓了个正着。

王皇后端着架子坐在寝宫中间,叱责眼前穷凶极恶的太监们:"你们这些狗奴才,吃了熊心豹子胆,居然敢冒犯皇后!是谁派你们来的?我要去禀告皇上!"

太监们幸灾乐祸地举着搜到的证物:"皇后娘娘,您还是想想怎么跟皇上交代吧,顺便再想想以后的日子怎么过。"

皇后哼了一声,知道大难来临,索性豁出去了:"去吧,去向你们的主子领赏吧!我是大唐的皇后,我倒要看看,你们的主子敢把我怎么样!"

太监们被皇后的威严镇住,不敢造次,只得悻悻回宫向皇帝禀报。

皇帝细细翻看着太监们呈上来的证物,武则天也凑近细看。只见那人偶做得活灵活现,上头写着她的生辰八字,还刺着密密麻麻的银针,她气得浑身颤抖,带着哭腔喊道:"皇上,你看看,她们要了我女儿的命不说,还想要我死。你说,怎么处置她们?"

"确实太过分了!厌胜之术可是禁忌,她们怎么敢?!"李治也气得够呛。

见李治不痛不痒地说几句,全然没有处罚的意思,武则天板起面孔问道:"皇上,她们现在敢诅咒我,以后就敢诅咒皇上您。"

"这……这应该不会吧。"

"当然会！只要不如她们的心意,她们就会诅咒您。"武则天尖声说道,"只要您宠幸我一天,不如她们心意的事就多着呢。这次放过她们,以后她们只会越来越大胆。"

李治感觉她说得有道理,连忙命人去调查清楚这件事:"去查清楚,是谁泄露了武娘娘的生辰八字,又是谁施的巫术……"

此事发生在永徽六年(655年)六月,事发之后,李治还是没有如武则天所愿,置王皇后于死地,他只是禁止王皇后之母魏国夫人入宫,又将王皇后的舅舅柳奭贬为遂州刺史,中途又以莫须有的罪名贬为荣州刺史。至此,王皇后和家族的联系被完全切断,无甚心计的她在这种孤立无援的情况下,除了哭泣抱怨,无计可施。

十七　外廷声援

收拾了王皇后一族，武则天开始将目光延伸到外廷。在一次次晋升的失败中，武则天深深意识到了外廷的重要性，后宫中的一切都与外廷紧密相连，如果没有外廷的支持，她永远也无法到达理想中的高度。可是，因为父亲武士彠早逝，武则天在外廷毫无根基，而短时间内也无法组织起可以与长孙一派抗衡的力量。思来想去，她决定从熟悉的许敬宗下手，先争取一点舆论声援，为自己壮大声势。

说起许敬宗，也是名人一个。他是杭州人，父亲许善心曾为前朝礼部侍郎。许敬宗从小颇有文名，在隋朝官至从六品，属中书省。隋朝末年，天下大乱，宇文化及在江都杀死许善心之后，又想杀死许敬宗，许敬宗匍匐在地苦苦哀求杀父仇人，终于捡回一条性命。之后，许敬宗发现跟着宇文化及不会有前途，又跑去投奔瓦岗寨李密。李唐王朝建立时，许敬宗是功臣，又有文采，入选十八学士，与杜如晦、房玄龄、于志宁、虞世南等人并列，风光无限。到唐高宗李治时代，许敬宗升至礼部尚书，但是被人举报为了丰厚的彩礼，将亲生女儿许配给"蛮夷"首领冯盎之子，许敬宗被贬为郑州刺史。过了两年，他才回到京城任职卫尉卿。

此时许敬宗已年过六旬，但依然跃跃欲试，期望再升一级。无奈，长孙无忌对他鄙夷至极，处处打压，这令他对长孙一派非常反感。表面上，许敬宗对长孙无忌卑躬屈膝，暗地里，他一直在盘算如何绕过长孙无忌，寻找出路。上一次，武则天之母杨氏夫人上门求助，许敬宗硬着头皮前去长孙府游说，碰壁而归,更加深了他对长孙无忌的愤恨。

不过,武昭仪已经向许敬宗摇动了橄榄枝,他明白机会来了。许敬宗开出了一个名单,名单上均是受到长孙一族打压的,包括他的外甥王德俭和同僚李义府、御史大夫崔义玄等等。

许敬宗的外甥王德俭素来诡计多端,许敬宗将武昭仪的意思一说,王德俭琢磨了一会儿,说:"这是个天大的好机会,不过事关重大,如果我们上疏给皇帝,而废立皇后这件事不成功,我们会遭到长孙无忌的报复,那时候武昭仪可救不了咱们。所以,我们甥舅不宜当出头鸟。"

许敬宗一听,认为十分有理,着急道:"这可怎么办?我已经答应了武昭仪。"

王德俭说:"这个好办,只需要找一个替死鬼,挑唆他上疏。如果这事有希望,我们就跟着上,功劳都归我们;要是不成,我们就假装不知道。你觉得这样好吗?"

"简直太好了!"许敬宗高兴地说,"那么,找谁来当这个替死鬼呢?"

思来想去,王德俭锁定了自己的同僚李义府。

这个李义府又是怎样一个角色呢?他是中书令来济手下的中书舍人,自负才高,却一直郁郁不得志。近来,他因得罪了长孙无忌被贬为壁州司马,调令还未发出,他已经愁得像热锅上的蚂蚁,急忙找诡计多端的王德俭想办法。

王德俭呵呵干笑着说:"老兄,你得罪谁不好,非要得罪长孙大人。长孙大人权倾朝野,谁敢忤逆他的意思?"

"所以才来找王大人你呀。你快给我出个主意,莫再取笑我了。"李义府急赤白脸地说。

"办法倒不是没有,就看你敢不敢。"王德俭卖了个关子。

"当然敢。事到如今,只要不被贬官,我什么都敢做。"李义府拍着胸脯说。

"现在只有皇上才能救你。皇上的命令,长孙大人是不得不听的。"

"你的意思是让我去见皇上？"李义府皱眉道，"这是拿我寻开心吧？别说能不能见到皇上，就是见到皇上，皇上也不见得愿意帮我呀。"

王德俭瞥了他一眼："哼，那是你没挠到皇上的痒处。只要你挠准他心尖儿上的痒痒肉，什么忙他都会帮你的。"

李义府寻思着：说得倒是容易。你要是能挠到皇帝心坎儿里，早就当大官了，有机会还会便宜我？

王德俭见李义府满脸不可置信，终于亮出了底牌："兄弟，我这可是为了帮你，才出这个主意，你且听好了。皇帝喜欢武昭仪，这已经是尽人皆知的事。皇帝心里对皇后不满意已久，想废了她，立武昭仪为皇后。你要是在这个当口儿，出面上书给皇帝，提出立武昭仪为皇后，皇帝一定承你的情，说不定还会升你的官。"

李义府也不是省油的灯，他认为这个主意不错，但是废立皇后兹事体大，弄不好会遭后世唾骂。

王德俭取笑他迂腐："李大人怎么聪明一世，糊涂一时呢？武昭仪风头正劲。王皇后失宠，柳奭已被罢相，这么明显的信号都看不出来吗？即使你不上疏，武昭仪当上皇后也是迟早的事。"

李义府一想有理，但总觉得哪里不妥，便又质问王德俭："这样的好事，为何你不亲自上疏？"

王德俭故作生气："你李义府都已被贬官，一旦上任，离京城那是山高水远，后会无期。我帮你想出这么个好主意，你反倒还怀疑我，真是不识好人心。"

听王德俭这么一说，李义府胆气大壮，心想：反正我已经被贬官，从此难有出头之日，还不如就此放手一搏，说不定搏出个前程也未可知。于是，李义府立刻回家，洋洋洒洒写好奏章。第二天一大早，他急匆匆进宫，找到负责给皇帝上传奏章的内侍太监，塞了些金子，千叮咛万嘱咐，要赶紧把奏章递到皇帝手里。

这个太监是个实诚人，拿了人家的好处，就尽心为人家办事，想尽方法把奏章交到皇帝手里。

皇帝一看，龙颜大悦，急忙召见李义府，召见的结果是，不但让他继续担任中书舍人，还给他不少赏赐。

李义府公开上疏鼓吹立武昭仪为后之事，大大鼓舞了李治和武则天：外廷终于打开了缺口，不再是铁板一块。

武则天立刻要求李治恢复许敬宗礼部尚书的官职，提升拥武派大臣的职位，在朝臣中立一个榜样，才能有更多人追随。

起初李治还有些犹豫："媚娘，我们这么做，舅父他们会不会反对？毕竟，以往官员的升迁都是舅父他们决定的。"

武则天不断给他打气："这江山到底是谁的？是你的。你是皇帝，掌握天下生杀大权，提拔一个官员这种小事根本没必要跟任何人商量。"

李治一听，这才鼓起勇气，下了圣旨。

皇帝提升李义府的圣旨一下，朝廷上下议论纷纷，长孙一派更是表示强烈的不满。但是，多数的大臣只关心李义府这个即将被贬官的人是如何咸鱼翻身的。大家心里明白，这件事一定是皇帝的手笔。那李义府又是如何得到皇帝支持的呢？不劳众臣费心打听，李义府和王德俭等人早已将事情的前因后果、具体经过大肆渲染，从而制造出一种舆论——只要支持武昭仪，就能升官发财。这件事清楚地表明了皇帝决心废后，立武昭仪为皇后，也充分暴露出了皇帝与长孙一族的矛盾。这令那些受长孙一派打压，以及持观望态度的官员纷纷倒向武昭仪这边，以求获取更大的政治经济利益。一个以皇帝和武昭仪为后盾，许敬宗和李义府为核心的新政治派系就此建立起来，武昭仪的夺后之路终于露出了曙光。

在武昭仪争夺皇后的过程中，支持者固然很多，但是反对派也为数不少，这个事件逐步成为当时的政治热点。而长安县令裴行俭则成为反武派中第一个被打压的官员。裴行俭是隋朝名将裴仁基之子，文武全才，长孙无忌非常欣赏他的才干,常常和他一起探讨军国大事。

御史中丞袁公瑜意外探听到长安县令裴行俭对长孙无忌说的私房话:如果皇帝立武昭仪为皇后,国家就要遭殃了。于是,袁公瑜赶紧将这件事告知许敬宗等人。

大家纷纷建议借此机会上疏弹劾长孙无忌一派,老谋深算的许敬宗认为:"裴行俭还是小角色,为了这样的小事上疏,无法撼动长孙一派。还不如将此事私下告知武昭仪的母亲杨氏夫人,让她转告武昭仪。"

"这样也好。裴行俭是长孙一派中的后起之秀,既然动不了大的,就先动小的,先拿裴行俭开刀,杀鸡儆猴。"

第二天,圣旨传出,左迁裴行俭为西州都督府长史。这道诏书下得非常迅速,不经中书、门下两省,直接用"墨敕",令长孙无忌看到了武则天的铁腕。

经过一系列部署,武则天打垮了王皇后,又在外廷建立了自己的势力,她认为摊牌的时机到了,于是要求李治再提立后之事。

"朕不是已经答应立你为后了吗?"

"皇上,您从答应我到现在多少年了?可我还是在昭仪的位分上原地踏步,让人看笑话。"

"你让人笑话,难道还能怪我?谁让你当过先帝的才人?大家都抓住这一点反对你当皇后,我又有什么办法?"

武则天一听,不高兴了:"你是皇帝,有的是办法。我看你就是怕那些强势的元老,不敢跟他们正面交锋。"

李治被说到痛处,缩了缩脖子。

"看你那没出息的样子,连老婆孩子都护不住。你想想,为了你,我受了多少委屈?"武则天搬出已故的小公主,并且历数自己和皇帝在长孙面前所受的种种委屈,说着说着哭了起来,"我忍了又忍,还不都是为了皇上您,为了孩子?"

皇帝内心很爱武则天,见她泪眼婆娑的样子,不由得心疼起来,赶紧哄她:"别哭了,别哭了,是朕说错了还不行吗?"

武则天见皇帝态度转变,连忙趁热打铁,抽噎着说:"如果我不能顺利当上皇后,后宫会被长孙无忌把持,我和我们的孩子都会被他们杀掉。"

"这还不至于吧?"李治觉得她说得太严重了。

"至于!更重要的是,长孙无忌自恃功高,干涉朝政,现在手都伸到后宫来了。"武则天斩钉截铁地说,"如果连后宫这最后的阵地都失守,将来您这个皇帝哪里还有容身之处?皇上,只有我、孩子们和您才是一条心,您可要看清楚啊。"

武则天这番话合情合理、软硬兼施,可谓准确抓住了高宗李治的心理。李治被鼓动得热泪盈眶又豪情万丈,硬着头皮答应召见几位大臣。

第二天退朝之后,李治宣四位宰相长孙无忌、李勣、于志宁和褚遂良入内殿议事。四人面面相觑,彼此皆明了皇帝此次宣召的含义。于是,他们开始商量对策。

褚遂良抢先表示:"今天皇帝召见一定是为了立武昭仪为后的事情。看来皇帝是铁了心,如果不听他的,可能会招来杀身之祸。太尉是皇帝的舅舅,司空是开国的功臣,不能让皇帝背上杀死舅舅和开国功臣的罪名。我是先帝任命的顾命大臣,如果我不以死抗争,以后到了地下没有面目见先帝。"

长孙无忌是反对派的头头儿,他听了褚遂良的表态,却一句话也没说。

左仆射于志宁曾是废太子承乾的太子太师,李世民尊重他人品、学问俱佳,将他留下辅佐李治。所以,他一直谨小慎微,不愿卷入任何政治斗争当中,因此他也保持沉默。

司空李勣一看苗头不对,立刻说:"我打仗落下的病痛犯了,先告辞回家休息,请几位代为向皇帝告假。"说完,行了个礼转身走了。

走就走吧,强扭的瓜不甜。剩下三位宰相款款走进两仪殿。

事实上,在几位元老重臣进门之前,李治又打起了退堂鼓。想起即将到来的局面,他害怕得脸色苍白,浑身瑟瑟发抖。武则天暗叹,如此胆怯懦弱的皇帝,如何能给她安全感?怎能不让她心寒?可是,为了孩子,也为了自己的将来,她依然得去抗争。

为了防止皇帝反悔,武则天守在他身边,鼓励他:"皇上,不要害怕,我不会走远。这样吧,我躲在帘子后面,陪着你一起应付几个老臣。"同时又给他吃定心丸,"皇上,不管他们怎么反对,你才是真正的皇帝,皇帝的金口玉言才真正算数。"

武则天的激励宛若一针强心剂,令李治胆气大增。他端坐在龙椅上,故作镇定地等着大臣们。

三位宰相一进门,便觉察出气氛有些紧张,皇帝在龙椅上正襟危坐,帘子后面还坐着一个人,不用说,一定是武昭仪。一瞬间,长孙无忌有些许震撼:这武士彟的女儿究竟有什么能耐,居然令皇帝言听计从,不惜与朝廷元老重臣针锋相对。

不容长孙无忌多想,李治抢先开了金口,他这次直奔主题,说:"各位爱卿,我想跟你们商量废后的事。王皇后无子,武昭仪却有皇子,因此,我想立武昭仪为皇后……"

褚遂良迫不及待地打断李治,说了三层意思。第一,王皇后出身于名门望族,是先帝为李治所娶。第二,王皇后很贤惠,没有失德之处。先皇病重时,曾将他的"佳儿佳妇"托付给褚遂良,陛下当时亲耳听到先帝如此说,怎么可以忘记呢?第三,皇后没有过失,恐怕不能废。臣不敢违背先帝的意愿而屈从于陛下。

褚遂良这番话,除了对王皇后杀死小公主和实施厌胜之术两个过错装糊涂,避重就轻,几乎滴水不漏。由于皇后的两个过错并没有实质性的证据,而李治对她并未按照法律严惩,处罚范围也仅限于后宫,如今摆不上台面,因此,皇帝找不到理由来反驳褚遂良,只能打落牙齿往肚里吞。当天,关于立后的第一轮斗法,李治和武则天输了。

第二天早朝后,李治按照武则天的要求,又将三位宰相传到两仪殿,而李勣干脆连早朝也未参加，告病在家休息。

这次李治不再以礼相待，他单刀直入，重复了昨天的要求。

褚遂良却说："如果皇上真的不喜欢皇后，可以从天下的名门闺秀中再选，何必非要立武氏为后？武昭仪侍奉过先帝，天下人都知道，陛下怎么能够堵住天下的悠悠众口？千秋万代之后，天下人又会怎么看待皇上呢？"

俗话说，骂人不揭短。褚遂良真是哪壶不开提哪壶，把武昭仪侍奉过先帝的陈年旧事也抖搂出来。李治气得浑身颤抖，正想出言训斥褚遂良，褚遂良却抢先发了飙。他将手中的笏板往地上一摔，咚咚咚磕起头来，把额头都磕出了鲜血，又抬起头含泪说："皇上既然不听我的话，就让我告老还乡吧！"

褚遂良这一出唱得太过激烈，让李治大为光火，自古只有君要臣死，臣不得不死，哪有大臣向皇帝发飙的？简直就是欺君罔上！李治赶紧大叫："来人，来人，把褚遂良拉走！"

正当殿前闹得不可开交之际，武昭仪怒不可遏地大喊一声："何不扑杀此獠！"獠是武则天山西家乡的土语，用来骂人，她情急之下露出了河东狮吼的本来面目，把大家吓了一跳。

长孙无忌比较冷静，赶紧为褚遂良求情，把他的性命先保了下来。褚遂良回到朝堂上哭哭啼啼，这下，几个宰相和皇帝为了废立皇后之事争执不下的事件传遍了朝野，惊动另一个宰相韩瑗。韩瑗也来凑热闹，第二天在早朝上说武昭仪野心勃勃，常常干政，若是立武昭仪为后，将会颠覆整个大唐。接着，另一个宰相也上书反对，整个宰相集团几乎都站在对立面上。

李治闷闷不乐地回到后宫，以为会看到武则天的冷脸，没想到武则天不但给他端水端茶，还给他捶背解乏，令他大为感动。

"唉，媚娘，你歇歇吧，朕现在没这个心思，真是对不起你。"

武则天以退为进，和风细雨地说："臣妾宁愿不当皇后，也不愿皇帝为难。"

李治更加感动，马上表态："朕是铁了心要让你当皇后，只是这些朝臣太不给面子,都骑到朕的脖子上来了。"

武则天不过是试探一下皇帝立后的决心,见李治如此坚决,马上挑拨道:"皇帝就是太过仁慈,所以这些大臣才敢无法无天。现在就将带头挑事的褚遂良贬官,看谁还敢再支持长孙无忌!"见皇帝没有反对的意思,她又提醒皇帝,"有一个重量级人物还没有表态呢,他的态度也是至关重要的。"武则天提起的这个人,就是称病不上朝的李勣。

"可是他病了,没有上朝啊。"

武则天嘿嘿一笑,道:"他不会病一辈子的,过几天准来上朝,到时皇上再问他吧。"

李勣是三朝元老、开国功臣,同时又是一个军事家、政治家。在民间传说中,他是可以拿来与诸葛亮相提并论的徐茂公,因为战功显赫,唐太宗李世民赐他姓李,他名字中的"世"字冒犯太宗名讳,因此他改名叫作"李勣"。当时,他依然活跃在政治舞台上,他的意见甚至可以代表当时军方的意见。

过了几天,李治终于等到李勣上朝,他提前退朝,召见李勣,就立后之事询问他的意见。

李勣是山东寒族地主出身,不属于以长孙无忌为首的关陇贵族集团,因此,他保持中立的态度。对于李治的询问,李勣并没有直接回答,而是隐晦地说:"长孙大人他们娶妻纳妾,有没有问过陛下的意见?废立皇后,这在民间就是换个妻子,这是陛下的家事,与旁人何干?"

一语惊醒梦中人,有了李勣的表态,李治立刻觉得腰板硬了:是啊,朕家里的事,为何要问其他人的意见呢?

李治高兴地回到后宫,将李勣的话告知武则天。武则天笑笑,露出一个早知如此的表情。

很快,一纸诏书将褚遂良贬为潭州都督,令他远离朝堂。而许敬宗等人开始活跃起来,将李勣的言论做了粗俗浅显的注解,四处传播:一个乡巴佬要是多收了几斗麦子,还想赶走黄脸婆,换个新娘子,更何况坐拥江山的皇帝?

皇帝想立谁为皇后,关别人什么事？何必说三道四,自讨没趣？

褚遂良的贬谪、许敬宗等人的晋升和他的这番言论,令多数大臣都对立后事件保持了沉默。于是,针对武则天立后这件事,朝廷分成三个派系,沉默的中间派占多数。

以长孙无忌为首的关陇贵族集团是反对派,他们与唐太宗李世民有着共同的渊源,祖上同属关陇八柱国。事实上,以任人唯贤著称的唐太宗,在晚年也依然倾向于与自己同气连枝的关陇贵族集团成员,因此,他重用长孙无忌等人。自唐高宗即位至武则天称后之前的宰相,于志宁、柳奭、宇文节、韩瑗、来济、崔敦礼均属关陇贵族集团成员,当然唯太尉长孙无忌马首是瞻。为了维护自身的既得利益,他们不断排除异己,典型的例子就是立李忠为太子和力保王皇后。

而以许敬宗为主的出身较为低微的拥武派,正是从前被长孙一派打压的对象。拥武派一般都官位较低、怀才不遇,在长孙一派"一家独大"的环境下无法得到很好的发展。因此,他们渴望借助支持武则天登上后位,来改变朝廷的政治格局,谋求新的发展。

立后之事已定,李治将立后大典全权交给许敬宗承办。武则天向许敬宗提出了种种要求,比如让百官上书请命立她为后,庆典上使用的器具和礼服都需重新置办……

李治见武则天兴致勃勃,也不宜泼她冷水,嘱咐许敬宗一一照办。不知不觉就到了午膳时间,武则天提出以酒助兴。正在此时,宫女前来禀告,说萧淑妃酿了不少美酒,送给后宫各位娘娘尝尝,王皇后一人喝不完,便将一部分送来给皇上和武昭仪品尝。

李治睹酒思人,倒是有几分感伤。

武则天却面若冰霜,她说:"这两个人向来不安好心,怎么会在这个节骨眼上给皇上献酒？来个人,先试试酒。"

来了个小太监,倒了杯酒,尝了尝,立刻七窍流血,中毒身亡。

李治见状惊惧交加:"快,快来人,把王皇后和萧淑妃押来审问!"

"等等!"武则天对皇帝说,"王氏和萧氏这俩女人惯会施展阴谋诡计,已经不是第一次做这种事了。即使叫来审问,也问不出什么名堂,还是囚禁起来,免得再贻害后宫。"

李治长叹一声,挥挥手:"那就这样吧。唉,真扫兴!"

永徽六年(655年)十月十二日,李治下诏废后,诏书上说王皇后和萧淑妃企图以鸩酒害人,被废为庶人,她们的父母兄弟都被除名,全部流放岭南,没收全部家产。同时,王皇后的父亲王仁的棺材被挖掘出来,劈成几大块,以免"逆乱余孽犹得为荫"。

王皇后和萧淑妃即刻被押往偏院,粗大的绳子捆绑着这两位曾经的后宫之主、金枝玉叶,一群太监对她们推推搡搡,动辄打骂。一路上,目睹这个情景的宫人们无不胆寒凄恻。尽管这两个刻薄寡恩、仗势欺人的贵族女子罪有应得,无人同情,但是,往日尊贵无比的皇后、淑妃尚且落得如此悲惨的下场,更何况浮萍一般无所倚仗的普通宫人?兔死狐悲之感油然而生。

这个废后诏书下得非常迅捷,由于事前漫长的心理铺垫,李治对于王、萧二氏的恻隐之心已消失殆尽,反倒觉得如释重负。许敬宗和李义府等人欢呼雀跃,武则天也暂时松了一口气,同时又深感后怕。后宫之内的心腹大患终于铲除,她通往皇后的道路已经畅通无阻,可是,这个过程惊险万分,宛若在悬崖上行走,一个疏忽便会粉身碎骨。若不是她步步为营、痛下杀手,今天王皇后的下场就是她的"榜样"。于是,她赶紧催促许敬宗,加快筹备立后大典事宜,以免夜长梦多。

如今,武则天已经是准皇后,又是许敬宗的新主子,她的要求,他怎敢怠慢?废后诏书一下,许敬宗立刻将李义府、崔义玄、袁公瑜和外甥王德俭等拥武派核心人物集聚一堂,将准皇后的命令如此这般一说,大家开始马不停蹄地四处串联,游说文武百官联名上书拥立武则天为后。

都是朝廷中人,对目前的形势看得真真切切,因此不过几天工夫,李义府等人的游说取得了令人满意的效果。

十月十八日,早朝刚一开始,许敬宗便迫不及待地掏出百官签名的奏章,敬献给皇帝,要求皇帝立德才兼备的武则天为皇后。

李治翻了翻奏章,签名还真不少,高兴地问道:"众卿家同意立武昭仪为皇后吗?"

许敬宗等人带头答道:"立武昭仪为皇后,这是众望所归。"

长孙无忌见状长叹一声,深感大势已去。他明白,立武则天为后意味着他的政治生涯终结了,他几乎已经看到了不远处自己惨淡的结局。

皇帝十分高兴,赶紧回到内廷,将这个好消息告诉武则天。他惊喜地说:"想不到媚娘你足不出宫,却在外廷有如此人缘,百官一旦集体上书提议立后,事情就好办多了,我马上让太史令选一个好日子封后。"

武则天尽管心中狂喜,却装作平淡地笑笑,不过,她的言语却暴露出她急不可待的心情:"皇上,请您马上下达立后的诏书。"

"这么急?"李治笑道。

武则天不理会皇帝的调侃,严肃地告诉皇帝:"太史令早就查过,十一月一日就是个好日子。"

一切如武则天所愿,立后诏书当天就被颁布。这份诏书分三层意思,非常完整、系统地阐述了立武则天为后的理由,写得十分精彩。

第一,强调武则天出身高贵,是国家功臣勋贵的后代,因为才华横溢,被选入后宫。这样的身份足以母仪天下。

第二,李治在当太子的时候,整天衣不解带,在父皇唐太宗李世民的床边服侍。李世民看李治如此孝顺,就很想赏赐他。而武则天在后宫表现很好,大家都很喜欢她,因此李世民就将武则天赏赐给了李治。那么,李治立武则天为皇后也符合先帝的意思。

第三,当年汉宣帝看到太子心爱的司马良娣死了,就把身边的宫女王政君赏赐给了太子。王政君为太子生下儿子,太子继位后,王政君就被立为皇后。可见，立父皇赏赐的宫女为皇后这件事，是有先例的。

这篇精彩绝伦的诏书不啻一篇驳斥反武派的战斗檄文，它正是出自礼部尚书许敬宗之手。曾经怀才不遇、几度沉浮的许敬宗终于在武则天时代走上了大放异彩的康庄大道。

十八　皇后立威

册封新皇后的大典定在十一月一日,地点设在太极宫太极殿。

"许敬宗!"

"臣在!"

"立后典礼要极尽庄严豪华。"

"臣遵旨。"

武则天满意地望着匍匐在地的许敬宗。她希望这个典礼轰动整个长安城,她要她的臣民对此毕生难忘,从而将对王皇后的记忆彻底湮没。

武则天想起几天前,她对皇帝说:"皇上兼顾朝政和后宫,太过劳累,臣妾想全权负责立后典礼事宜。"

"媚娘,你确实能力出众,可这是国家盛典,你一个人能行吗?"

"放心吧,皇上,包在我身上。"

李治原本就是得快活且快活的个性,既然武则天主动提出负责,他乐得逍遥自在。

"那好吧,就辛苦你了。要是搞不定,就请许敬宗他们帮帮你。"

"哎呀,我的皇上,你就把心放回肚子里吧。这些许小事,还难不倒我。"

接手典礼事宜后,武则天立刻全身心投入,她每天调遣人员、安排流程、设计装饰、修改仪式、确定嘉宾……处理各项事务,考虑各种细节,有条不紊、严丝合缝。她的精力如此旺盛,一天工作结束回到李治身边依然不显疲态。

"媚娘啊,你有多久没跟朕谈论孩子、吃的穿的了?现在一见到朕,你就头头是道地分析各项事务的处理方式。"

"皇上,你这是在责怪臣妾冷落你了?"武则天半是认真半是撒娇地试探着。在这关键时刻,她可不想惹皇帝不高兴。

"没有没有。朕看你颇有太宗皇帝遗风,可惜你是女儿身,否则倒是大有作为。"皇帝真心实意地说。

"那还不是承蒙皇上垂怜?"武则天赶紧安抚皇帝,心知皇帝嘴里这么说,心里肯定有点不满,连忙给皇帝戴高帽子,"臣妾是狐假虎威,全靠皇上在背后支持我。"

这话让李治很受用,仅有的一点不满也消失殆尽了。他是真切怜惜和佩服身边这个女人,他看出武则天还有无限潜能。目前,他真有个棘手的问题需要武则天帮他处理,那就是如何处置几个反对废后的元老重臣。

"媚娘,你看那几个老家伙怎么处置?"

武则天心道:皇帝不想重罚元老重臣,我已达到立后的目的,皇后的位置还没坐稳,暂时不宜多生事端。于是,她以退为进,在这个问题上采取了温和的方法,反正褚遂良已经被贬。其他人是需要整治,但此刻还不是时候,她在等待一个时机。

立后大典这一天终于到来了,皇宫里布置得富丽堂皇、花团锦簇。文武百官早已按照官阶高低,身着全新的官服静候在太极殿前。

这一切都是按照新皇后的要求,由新上任的礼部尚书许敬宗等人大力操持的。而武则天彻夜未眠,在紧张中亢奋,在亢奋中紧张。这是属于她的大日子,怎能不让她心潮澎湃、激动难安?早在三更天,她便起床梳洗打扮了。

吉时一到,鼓乐齐鸣,铿锵恢宏的《普天乐》响彻云霄。身着皇后大衮礼服的武则天,在一群盛装宫女的簇拥下款款走来。她发髻高盘、浓妆艳抹、眉目如画、顾盼生姿,走起路来彩带飘飞、香风习习、步步莲花、风姿绰约。几十名随从托着她的裙摆,身后宫女执羽扇,宦官拿拂尘,挨挨挤挤一大群宫人簇拥着她,如同众星拱月。

册封皇后的仪式冗长烦琐,仿佛不如此不足以显示封后大典的庄严盛大。尽管心情激荡,但武则天落落大方地完成了所需要做的一切。仪式结束,武后又在前呼后拥中乘上凤舆,被抬到太极殿前。

这个时候,出乎意料的事发生了。早已端坐太极殿内的皇帝忽然大步流星地走了出来,笑容满面地伸出双手搀扶武皇后。

众大臣无不顾盼失色,自古皇帝立后,只有皇后参拜皇帝,从没有过皇帝降阶迎接皇后的先例。由此可见武皇后在皇帝心中的分量。

按照礼制,接着由皇帝授予皇后宝绶,然后皇后就可以回到后宫。这个时候,更出格的事发生了。

新上任的武皇后提出了一个要求:"皇上,能否带臣妾到肃仪门?臣妾想接受文武百官、外国使臣和百姓的参拜。"

这个要求可谓石破天惊,把李治吓了一跳:"皇后,这有点过了吧?太过违背祖制,朕在大臣的面前不好交代。"

武则天却说:"皇上,臣妾说的话已覆水难收。我们的臣民们正翘首等待见到他们的新皇后。皇上,就让我们共同创造这个前所未有的仪式。"

武则天软磨硬泡,终于说服了李治,群臣只好无可奈何地闭上了嘴。

当皇帝携着新皇后的手,走上张灯结彩、旗帜飘扬的城楼时,皇宫四下钟声齐鸣,乐队变换队形,奏起雄浑庄严的曲子,渲染出神圣的皇家气氛。艳压群芳、仪态万千的新皇后武则天上前一步,冲着所有的臣民展颜一笑,真是一笑倾城,再笑倾国。

城楼下的百姓看得目不转睛,不由得心潮澎湃、难以自抑,情不自禁地发出排山倒海的阵阵欢呼:"皇后千岁千千岁!"继而一起拜倒在新皇后面前。文武百官被这个场面折服,一起跪倒在地,高喊:"皇后千岁千千岁!"李治见众人如此爱戴他的新皇后,更觉面上有光,不顾皇帝的威仪,笑得合不拢嘴。

如此良好的效果出乎武则天的意料,她喜不自禁、心满意足。她喜欢这种感觉。皇帝催促了她好多次,她才依依不舍地打道回宫。这是一次新鲜的体验,主宰一切、凌驾一切的感觉太好了,而这一切都来自权力。尝到甜头的她发誓要将权力紧紧抓在手心。在以后的日子里,武则天成了一个非常具有仪式感的人,因为盛大烦冗的仪式常常是权力的体现。

永徽六年(655年),尝尽世态炎凉、酸甜苦辣的武则天,经过十八年的艰苦奋斗,在三十二岁这年,终于成功晋升为皇后,成为后宫的主人。但是,她也为此付出了巨大的代价。那么,她从此就高枕无忧了吗?并不见得。以长孙无忌为首的关陇贵族集团依然对她虎视眈眈。褚遂良的贬谪并未撼动长孙一派的根基,他们依然随时可能颠覆她的地位。而皇后这个位分,令武则天置身于政治斗争的核心,因此,在接下去的日子里,她不敢有丝毫懈怠。

晋升为后宫的主人之后,武则天时常在宫里走一走、看一看,享受着胜利的滋味。但是,她并不沾沾自喜、自我陶醉。十八年的浴血打拼,令武则天具备了一个政治家所必备的经验和谋略。她时常提醒自己,要居安思危,否则会落得王皇后和萧淑妃的下场。王、萧二氏失败的原因,武则天看得比谁都清楚。这两个女人出身贵族,被娇宠长大,很多东西得来得太过容易,因此缺乏危机意识和政治智慧。人生经验丰富的武则天却明白,要想坐稳后位,除了皇帝的宠爱,还需要子嗣的保障和外廷的支持。

在武则天着手在后宫立规矩的过程中,她在后宫的情报网反馈给她一个重要的消息:在她带着儿子去太庙祭祀的时候,太子李忠面见过皇帝。太子李忠向皇帝哭诉,说王皇后和萧淑妃被关在一个黑屋子里,房子没有门窗,只在墙上开了个小洞,每天将饭菜递进去。两人吃喝拉撒都在房子里面,时间一长,臭气熏天。

李治是个顾念旧情的人,武则天不在身边,他便想起了两位后妃与他十几年的夫妻之情,于是让人带路,悄悄前去看望王皇后和萧淑妃。看到她们的惨状,李治心如刀割。

"皇后、淑妃,你们受苦了,朕对不起你们啊!"

王皇后和萧淑妃没想到有生之年还能见到皇帝,连忙诉苦说:"皇上,我们早就不是皇后和淑妃了,这种日子,连普通的宫人也不如啊!"

说着说着,这一男两女隔着小屋的墙壁,一起放声痛哭。

王皇后和萧淑妃苦苦哀求:"皇帝,看在往日的情分上,救我们出去吧!我们哪怕是在你身边做宫女,或是带着孩子回乡种田,也比关在这个黑屋子里强。"

李治一听,心里更加难过,非常冲动地说:"你们是朕的女人,怎么可以这么对待你们!放心吧,朕一定救你们出来,再忍耐几天就好。"

武则天听了这个消息,勃然大怒,暗想:皇帝啊皇帝,你与我山盟海誓、耳鬓厮磨,现在更是日日夜夜与我相伴,早已唇齿相依,可你居然还有如此隐秘的内心世界。她又想起皇帝最近常常失魂落魄,动不动还会流几滴泪。这足以证明,他对这两个女人怀有愧疚之情。这种情感是危险的信号。一旦王、萧二女借皇帝的这点愧疚,找到机会逃脱,一定会变本加厉地报复自己。我必须斩草除根,杜绝后患。

武则天对心腹说:"本来还想放这两个贱人一条生路,可是她们不思悔改,都已经落到这步田地,还不忘记魅惑皇帝,真是太该死了!"

心腹附和道:"皇后娘娘仁慈,可惜那两个贱人不懂珍惜。她们不是想重见天日吗?就成全她们好了。"

武则天冷笑一声:"很好,这件事就交给你办吧。"

心腹领命,立刻找来几个太监,让他们砸了小黑屋,把王皇后和萧淑妃放出来,然后,"赠"给她俩每人一百大板。古代用于行刑的板子非常粗大,正常人都难以承受几下,更何况王、萧二氏这样娇生惯养的弱质女流?

太监们有点不确定,问:"这……这,下手简单,可打到什么程度?"

心腹笑笑说:"往死里打。"

太监们心里有数了,这意思就是所谓的"杖毙"。

小黑屋被砸开了,重见天日的王皇后和萧淑妃还幻想着是皇帝来救她们了。可她们高兴了没几分钟,便见到一群穷凶极恶的太监,吓得魂飞魄散。

再看看对方手里粗大的板子,她们还有什么不明白的?只是,两个女人面对死亡的态度却各不相同。

王皇后虔诚地跪下,向天拜了几拜,说:"恭祝皇帝万寿无疆!既然武昭仪得到了皇帝的宠幸,我自然该死。"王皇后的态度表明,她至死都不愿承认武则天是皇后,始终称她为武昭仪。王皇后又说:"既然皇帝不要我,那我的死,就是分内之事。"

而萧淑妃的态度截然不同。她恶狠狠地发出诅咒:"姓武的女人是个妖孽!来世我要变成猫,而你变成老鼠,我要生生世世掐住你的喉咙!"

不及说完这几句临终遗言,跃跃欲试的太监们已等不及,板子就招呼上了。

完事后,武则天听了回禀,简直怒不可遏:"你们是怎么办事的?行刑时为什么不堵住她们的嘴巴?"

"属下失职,属下有罪。"

"算了,现在说这些太晚了。"武则天也不想苛责心腹,只能想办法补救。考虑了一阵子,她说:"将那俩贱人砍去手脚,装进酒瓮。"武则天听说,这样可以令她们的鬼魂无法复仇。

"是,属下马上去办。"

"等等,传我的旨意,将王氏改姓蟒,将萧氏改姓枭。"意思是,这二人一个是毒蛇,另一个是恶鸟,武则天要在精神和肉体上毁灭这两个贵族女子。

武则天处理了王皇后和萧淑妃,首先就要面对皇帝的责难。可她并不惧怕皇帝,她知道怎么说能让李治不再追究此事。

果然,皇帝听说此事,怒气冲冲地前来质问她:"皇后,你怎么可以对王皇后和萧淑妃下此毒手?"

武则天淡定地说:"皇上,这两人迷惑皇上,论罪当诛。可我知道你心地善良,对她们还有些旧情,所以我并没有要杀她们的意思,否则不会容她们活那么久。"

皇帝一想有道理,就说:"可她们——"

没等他说完,武则天就接上话头:"我是皇后,她们是戴罪之身,还要迷惑皇上,我总要略施惩罚,否则难以服众。可是,手下人办事没分寸,下手也没个轻重。"

皇帝听到这里,气已经消了大半。

武则天见他脸色稍缓,继续说下去:"我刚刚当上皇后,位置还不稳固。那两个女人也刚刚被废,如果皇上马上把她们放出来,无疑向大家证明,皇上之前对她们的处置是错的,会被人抓住把柄,这容易引起后宫和外廷的动荡。我们才镇住那些老臣,得来一点胜利果实,如果因为这样的小事丢了,就太可惜了。"

此时的李治已不再是当年那个热血又懵懂的青年,已经习惯从皇帝的角度来考虑问题。他听了武则天的一番话,觉得很有道理。他心想:王皇后和萧淑妃有这个下场,固然让朕心痛,可人死不能复生,朕还是要团结好活着的人。这样一想,皇帝点点头:"后宫事情多,时常出幺蛾子,皇后看着处理吧。"

武则天知道,这代表皇帝默认,此事就这样揭过不提了。

皇帝说后宫事情多,其实有点多虑。因为新任皇后武则天对废后王氏和废妃萧氏的处理,产生了令人意想不到的效果,那就是后宫前所未有地风平浪静。要知道,各宫妃嫔有谁能比王、萧二氏更为得宠,或者背景更强大?肯定没有。而新皇后一上任,就在皇帝的支持下,以雷霆手段将王、萧二氏诛杀,还有哪个妃嫔吃了熊心豹子胆敢跳出来与武皇后抗衡?所以,在这之后很长一段时间内,后宫风平浪静,妃嫔和宫人们如履薄冰,一点事都不敢惹。武则天得以顺利地度过最初的"见习期",后位得到了稳固。

把后宫的风险处理干净之后,武则天为了巩固自己的地位,开始进行下一步计划:废掉现在的太子李忠,让自己的儿子李弘当上太子。经过慎重的考虑,武则天认为,祖宗的规矩是后宫不能干政,废立太子这么敏感的问题,由自己提出是不合适的。关键时刻,她在立后之前建立的班底——拥武派,又将发挥巨大的作用。

永徽六年（655年）十一月三日，武皇后向礼部尚书许敬宗发出秘密指示，让他上疏改立太子。许敬宗当然只得听命，不过他是个老滑头，既不想违抗皇后的命令，也知道直截了当提出改立太子不合适。于是，他很快上了道奏章，拐弯抹角地扯了大半篇：永徽初年的时候，武皇后还没有生儿子，于是暂时找了一个彗星，将它放在太阳的位置，让它发出点光亮。现在，皇后已经生下了儿子，那么，从前那个彗星怎么可以还占着太阳的位子呢？他还装模作样地说："我挑拨了你们父子之间的关系，明知道皇帝可能会降罪于我，可是，为了国家的繁荣昌盛，我已将生死置之度外了。"

这道奏章写得太晦涩了，态度模棱两可，李治看得不太满意，召来许敬宗说："许敬宗，你仔细解释一下，这奏章究竟是什么意思？"

其实，皇帝和许敬宗彼此心知肚明，只是等着将这层窗户纸捅破。

许敬宗见皇帝追问，只好硬着头皮说："皇上，当年立李忠为太子，只是权宜之计。如今武昭仪已经成为新的皇后，由她的儿子当太子才是比较合理的，这对国家社稷更有利。"

皇帝听了，心里直夸许敬宗拎得清，可表面的样子还是要做一做，于是假装大怒："许敬宗，你好大的胆子，居然敢随便讨论废立太子这种大事！"

老江湖许敬宗一直盯着皇帝，感觉皇帝只是语气严厉，可表情并没有半点不悦，心里就有了底，只管大胆地说下去："皇上，臣知道，太子是国家的根本。现在的太子出身低微，面对朝臣时，心里肯定非常没有底气。如果太子心里不安、没自信，对国家可不是件好事。"他这么说，其实是暗示皇帝想起唐太宗时代，太子承乾犯上作乱之事。

皇帝对立李弘为太子没意见，可听许敬宗这样说他的儿子李忠，心里很不痛快，马上说："其实，太子李忠已经主动上表，要求退位。"李治的意思是，太子李忠很有自知之明，还不至于包藏废太子承乾那样的祸心。

许敬宗听皇帝这样一说，大喜过望，连忙说："既然太子李忠已经提出退位,那皇上应该赶紧成全他。"

皇帝又说:"许卿家,这样的大事,是不是应该跟长孙太尉等人商量一下?"

许敬宗心想:跟长孙无忌商量,这事儿肯定就黄了。他赶紧说:"皇帝是九五之尊,决定了的事情就该马上去做,以免夜长梦多啊!"说罢,将已经拟好的废太子诏书递给李治。

皇帝接过诏书一看,诏书上写着:改封废太子李忠为梁王,要他即刻离开京城前去赴任。皇帝看得出来,诏书内容是武皇后的意思。

尽管皇帝深爱着武则天,但是她当上皇后之后,真正的个性逐渐暴露,这一点皇帝看得比谁都清楚。皇帝了解李忠的心性,李忠是个老实的孩子,没有做错任何事。皇帝明白这样的安排对李忠很不公平,可是,眼下平静的生活来之不易,皇帝不愿在这件事情上逆武皇后之意,再次掀起后宫的纷争。再说,皇帝相信,武则天所做的事,对于朝廷的稳定是有好处的。所以尽管怀着几分愧疚,皇帝还是很快在诏书上盖章签字。

废太子李忠改封梁王的诏书一下,原本辅佐李忠的官吏们像逃难似的,纷纷退避三舍。往日与李忠关系很好的人都害怕被他连累,惹来祸事。只有右庶子李安仁,非常同情李忠的遭遇,亲自将李忠送到城外,哭泣着跟他告别。

656年正月初六,武则天与李治生下的长子李弘被立为太子。为庆祝这一大喜事,国号改为显庆。

武则天终于暂时松了口气:废立太子这件大事,兵不血刃就办成了,这意味着她皇后的宝座更加稳固。心情愉快,自然干劲十足,她夜以继日地为太子册封典礼忙前忙后,无暇顾及其他。太子还是个五岁的小屁孩,什么都不懂,需要母亲的帮衬。

太子册封典礼举行了三天三夜。为了给儿子祈福,典礼期间,武则天要求皇帝大赦天下。武则天忙完这一切,待到亲自将五岁的李弘送到东宫,才确信她已为儿子奠定了登基成帝的基础。

十九　迁居洛阳

"啊,别过来——"

"皇上,救我!"

午夜,武皇后的寝宫里每每传出阵阵尖叫。宫人们面面相觑,吓得大气不敢出,私下偷偷议论说:"皇后又做噩梦了。"

熟睡的皇帝被武则天惊醒,见她披头散发,嘴唇发白,非常心疼,温柔地安抚说:"皇后别怕,有朕在。"说着,搂过她的肩膀,在她后背轻轻拍着。

"皇后,你这是怎么了?你当上皇后有一阵子了,后宫一直挺太平,弘儿也如你所愿做了太子,按理说,你该高兴才是。好好的,怎么还做起噩梦来了?"

武则天认为皇帝说得有道理。经过一系列的宫廷斗争,她基本铲除了对立面,达到了短期目标,应该高枕无忧才是。或许是这个过程走得太艰难,她每天殚精竭虑、费尽心思,染上了神经衰弱的毛病。

"也许是思虑过多吧。"武则天敷衍着皇帝。她心知自己杀戮太多,虽说是为了自保求存,可双手染满鲜血是事实。无论怎样为自己开脱,惊惧不安的情绪始终萦绕在她心房。因此,她夜夜梦魇,接连失眠。此时她已三十多岁,虽说正当盛年,保养得宜,可精力和体力的日益衰退,是不可抗拒的自然规律。

"皇后要放宽心,这样夜夜无法安睡,长此以往可不得了。"

这些武则天当然明白。她的儿子年纪尚幼,政敌还没被清理干净,她必须保持良好的身体和精神状态来应对以后变化莫测的局面。

"皇上,要不然我们搬家吧?"武则天思来想去,向皇帝提出了迁居洛阳的请求,"我想搬去洛阳住,不想住在长安了。这宫里阴森森的,我害怕。"

"这……容朕想想。"皇帝的犹豫是有道理的,即使普通人搬家也不是一件容易的事,更何况是皇帝。从长安到洛阳有八百里路,长路漫漫。皇帝搬家,那三宫六院、大大小小的皇亲国戚都得搬,大臣们也得跟着搬迁。

"皇上,难道您忍心见我每晚都这么痛苦?"武则天趴在李治怀里柔声问道。

"当然不忍心。"李治对她毫无抵抗力,犹豫半天,终于答应了,"皇后的身体重要。朕也感觉长安宫里潮湿阴冷,住着不舒服,搬家就搬家吧。"

皇帝金口一开,下面的人跑断腿。迁徙洛阳,简直像是迁都。迁徙过程持续了一个月,疲惫不堪的众人终于全部抵达了洛阳宫。洛阳宫是隋炀帝建都时修建好的,山清水秀,让人心旷神怡。武则天终于能睡个好觉了,精神状态肉眼可见地好起来。皇帝见状高兴地说:"看来搬家搬对了,皇后又恢复了从前那般美貌。"

"那要多谢皇上!"这是武则天的真心话。来到洛阳宫,她暂时摆脱了长安宫里可怕的梦魇。她深深庆幸,那些飘忽的幽灵被八百里秦川阻隔,只能留在阴冷寂寥的长安宫里徘徊。

自打皇帝和皇后搬来洛阳,洛阳成了陪都,整个城市都因武则天的青睐而迅速繁荣起来。武则天却在皇宫里种满了家乡并州的野蔷薇。这些来自乡野的蔷薇,卑微却美丽,尽管无法决定自己的命运,却依然坚强地活着,将肃穆的洛阳宫苑点缀得生机勃勃。武则天常常感觉,她就像这些野蔷薇,出身不高,但充满了强悍的生命力。除了种花,武则天还在宫中设置蚕室,亲自养蚕,打造勤劳的人设、亲民的形象,给天下的妇女做出榜样。皇帝见她主动这么做,非常高兴,立刻派人大造舆论,表扬皇后的贤德。在洛阳宫里,皇帝和皇后如此夫唱妇随,关系十分融洽。在这样愉快和睦的氛围中,皇后武则天生下了她最后一个儿子李旦和唯一活下来的女儿太平公主。当然这是后话。

　　武则天在洛阳宫里设置蚕室,亲自养蚕,是一种含有政治目的的行为。其实,她的一举一动都有政治含义。就在她被立为皇后两天之后,她上了一份奏表,皇帝一看,以为自己看错了。

　　"媚娘,朕没记错的话,韩瑗和来济可一直都跟你唱对台戏啊,你怎么还上奏奖励他们?朕惩罚他们还来不及呢。"

　　武则天心想:你真心想惩罚他们才怪,我还不了解你吗?拖着拖着事情就不了了之。既然如此,还不如我来做个顺水人情。她嘴里说道:"皇上,我既然要当国母,就要有国母的风范。对这两个老顽固,还是宽容点好,以免冷了大臣们的心。"

　　皇帝大喜:"还是我的媚娘有度量,不像其他女人那样鸡肠小肚。"

　　对韩瑗和来济来说,武则天这种居高临下、恩威并施的态度,既是一种试探,也是一种拉拢。

　　"这未来的皇后迫不及待地树起政治形象来了。"

　　"是啊,她想展现国母的宽厚仁慈,我们偏不给她这个机会。"

　　于是,韩瑗和来济不仅婉言谢绝了皇帝的赏赐,还上疏为褚遂良说情。

　　皇帝一见奏章,勃然大怒。

　　武则天明知故问道:"皇帝为什么事生气呢?"

　　皇帝把奏章往地上一摔,怒气冲冲道:"韩瑗和来济说褚遂良是社稷的忠臣,因为小人挑拨离间,才被贬出了京城,希望朕把他召回,继续任用。"

　　武则天冷哼一声:"这两个人还真不识抬举,拒绝皇帝的美意不说,还想为褚遂良说话。皇帝该不会忘了褚遂良当初是怎么顶撞你的吧?"

　　"褚遂良当初那咄咄逼人的模样,至今还历历在目。朕没再跟他算账已是宽容,他们居然还敢为他求情,他们的意思是朕错了?"

　　"您是皇帝,怎么会有错呢?我看您就是对他们太宽容了。要给他们点教训,下次就不敢了。"

"贬,我把褚遂良贬到更远的地方去,看谁还敢再为他鸣冤叫屈!"于是,李治一纸诏书,将褚遂良贬往桂州任都督。

倒霉的褚遂良被一贬再贬,终于承受不了了。以文采和书法自负的他,给李治写了一封信,细数自己往日的功绩,自以为可以打动皇帝。褚遂良没想到,今时不同往日,称帝多年的皇帝对他们这群依仗着功劳,不把主子放在眼里的顾命大臣不满至极,一心想摆脱他们的控制,希望他们滚得远远的。在这种心境下,褚遂良这封信无异于火上浇油,更坚定了皇帝整治他的决心。

韩瑗和来济见皇帝如此处理褚遂良的事,双双提出辞职。

皇帝见状有点慌,对武则天说:"皇后,两个老臣想要辞官回乡。"

"皇上是怎么处置的呢?"

"朕当然是慰留啦,否则会被人说闲话的。"

"哼,真是越来越过分!老虎不发威,拿我们当病猫!"武则天嘴里说着气话,心里暗喜:我正愁找不到你们的把柄,真是天助我也。等皇帝一走,她急忙召来许敬宗,授意他如何如何。

到了第二天,做好了准备的许敬宗上奏皇帝,说韩瑗、来济和褚遂良勾结,图谋不轨。还说韩瑗安排褚遂良到桂州当都督,主要是为了谋反,因为桂州自古就是养兵练兵的地方,来济也是他们的同党。

真是欲加之罪,何患无辞?可就是这样一份漏洞百出的奏章,皇帝李治马上认同了,即刻下旨,将韩瑗贬为振州刺史,将来济贬为台州刺史,并且终生不许朝觐。

唐朝有一项规定,地方长官定期朝觐。逢年过节的时候,地方官可以进宫面圣,进贡一些礼物,再汇报一下地方的政务。皇帝给予的这种处罚,断了这些老臣东山再起的念想。两年后,韩瑗死在任上。五年后,来济在亭州刺史任上战死。而褚遂良病死于显庆三年(658年)。

韩瑗和来济的贬谪,为拥武派官员的升迁空出了职位。在武则天的安排下,再次立下大功的许敬宗取代来济,升官做了侍中。而李义府当时已经升官为中书令。如此一来,他们都进入了当时的宰相集团。这意味着,武则天在接下来的日子里,贯彻落实自己的想法变得更为便捷顺畅。

武则天不会放过任何一个阻挡她入主后宫的政敌,所以,当上皇后以后,她便狠狠打击反武派,提拔拥武派,团结中间派。

反武派的"带头大哥"是长孙无忌,他明白,武则天被立为皇后之后,他在政治上再也不可能有所作为,因此闭门不出。家里人见他如此,很不理解:"大人,如今武皇后不停地出新招,打压我们这边的人,您怎么不出面对付她,反而躲起来写书啊?"

长孙无忌说:"朝廷里正大换血,我心里当然很明白,也知道武皇后在针对我们。可是,我已经无可奈何了。只怪我从前太轻敌,小看了这个女人,现在后悔也来不及了。"

"大人过虑了,武皇后毕竟是区区一个女人,不见得有多厉害。"

"哈哈,我以前也这么想,现在知道错了。我只能躲起来,避其锋芒。可是,树欲静而风不止,武皇后绝不会善罢甘休的。"

"我不信,我不信武皇后敢动您。"

"那就走着瞧吧。"

长孙无忌的担忧是有道理的。除了韩瑗、来济和褚遂良,长孙无忌的亲戚也在劫难逃,他的表弟太常卿高履行被贬为益州刺史,族侄工部尚书长孙祥被贬为荆州刺史。长孙无忌知道,下一个很可能轮到自己了。

那边,许敬宗等人也十分不解:"武皇后,长孙无忌是首恶,为何还留着他不处置呢?"

武皇后说:"长孙无忌早年跟随先帝李世民东征西战,是玄武门事件的策划者,既是开国元勋,又是顾命大臣,在朝中最为根深蒂固,关系盘根错节,实在不好对付。况且,他又是皇帝的舅舅。皇上对这位国舅一直尊崇有加。"

"那倒是。臣记得,永徽元年(650年),洛阳人李弘泰状告长孙无忌谋反,皇上二话不说,将李弘泰处斩。"

武皇后点头:"是的,所以我不敢贸然出手,只好隐忍几年。"

许敬宗说:"可如今,我们从外围着手,已将他的羽翼一一剪除,再没有虾兵蟹将为他做马前卒了。"

武则天心想:还有一点你不知道,那就是如今的皇帝一心独掌皇权,再也不需要长孙无忌了。

许敬宗见武皇后微微颔首,心知收拾长孙无忌这条大鱼的时候到了。

显庆四年(659年)春,许敬宗根据武皇后的授意,精心策划了一个朋党案。

一天,有人向李治告密:"太子洗马韦季方和监察御史李巢结党营私,图谋不轨。"

这似乎正中皇帝下怀,他一边说"舅舅怎么这么糊涂",一边召来许敬宗:"许卿,此案由你审理。"

得到了皇帝的授权,许敬宗亲自审理此案,对韦季方和李巢严刑逼供,暗示两人招出长孙无忌为幕后主使。

可是韦季方说:"长孙大人高不可攀,我位卑言轻,哪有资格能结交到他?再说,长孙大人是国舅,诬陷国舅罪加一等。"

许敬宗冷笑道:"那你就好好尝尝鞭子的滋味吧。"

韦季方受尽酷刑,实在熬不过去,于是试图撞墙自杀。

许敬宗可不会让他这么死掉,将他救活之后,许敬宗面见皇帝李治,汇报说:"韦季方等人与长孙无忌勾结谋反是事实,见事情败露后,韦秀方试图畏罪自杀。"

李治闻言很是震惊,继而伤心地说:"舅舅被小人挑拨离间,对我不满意是有的,可为什么要谋反呢?"

许敬宗是多聪明的人,一听皇帝的口气,知道他已经认定了长孙无忌谋反一事,不由得精神大振。

许敬宗一本正经地说:"国舅谋反之事铁板钉钉。当年宇文化及父子两代都受到隋朝王室的重用,还因隋炀帝的女儿南阳公主的下嫁而结有姻亲,可是他们还不是发动了'江都之乱',将隋朝灭亡了?"

皇帝点点头,说:"许卿家,你回去再好好审审,这个案子务必审理清楚。"

许敬宗一愣,望向皇帝,希望看出点潜台词,可皇帝一挥手让他跪安。他不好再多问,只好说:"臣遵旨。"

许敬宗回家后,苦思冥想了一夜,一拍脑袋:我怎么那么笨呢?皇帝的意思,应该是除恶务尽。于是,第二天,许敬宗又编造了韦季方的供词,坐实了长孙无忌谋反的罪名,同时还将长孙无忌一派尽数株连。

"皇上,案子深挖下去,还真有收获。韩瑗、于志宁、柳奭、褚遂良都参与了谋反,他们的亲属子女等也与此案有关。"

皇帝听了连连颔首:"这就对了嘛,办案要严谨。"教训几句后,随即下令,"来人,削掉长孙无忌的官爵,流放到黔州幽禁起来。但他毕竟是我的舅舅,给的待遇依然维持一品官员的水准(一品官员的待遇是每月给羊二十只、猪肉六十斤、鱼三十条、酒九斗)不变。其他涉案人员全部免去官职。"

许敬宗堂堂一位宰相,亲自审理韦秀方、李巢这两个一般官员的朋党事件,其意图可谓司马昭之心,路人皆知。朝堂下议论纷纷,朝堂上风起云涌,一部分有眼色的官员开始弹劾长孙无忌一派,希望投皇帝、皇后所好,为自己谋个前程。在这样一种形势下,皇帝又召来了李勣、许敬宗等人。

"卿等应尽心尽力,继续审理长孙无忌谋反案。"

李勣、许敬宗一愣。

李勣心想:看来帝、后二人感觉这个案子的剩余价值还没有利用到位。

许敬宗想:长孙无忌被贬逐已有三个月,这事怎么还没完?看来,皇帝和皇后想乘胜追击,痛打落水狗。挺好!趁你病,要你命,这一次看我怎么收拾你。谁让你长孙无忌从前那么骄横!

"臣遵旨!"

接旨之后,许敬宗找到中书舍人袁公瑜:"你马上去一趟黔州。"

"长孙无忌就在黔州,这是要属下——"袁公瑜是个聪明人,还是拥武派的元老级人物。当年,裴行俭私下向长孙无忌说反对武昭仪当皇后,就是袁公瑜告的密。

"你去找长孙无忌,针对他的谋反案,再做个笔录。"许敬宗颇有意味地加了一句,"这是皇上和皇后的意思。"

袁公瑜很拎得清,立马打起包裹去了黔州,并没有多费唇舌逼长孙无忌认罪,直接逼他自尽了。

许敬宗得到消息,立即禀告皇帝:"皇上,罪臣长孙无忌已经畏罪自裁了。"

"国舅啊,你为什么这么想不开啊?"李治假装流了几滴眼泪,下手却没有含糊。

"来,传朕的旨意,将柳奭和韩瑗问斩。"柳奭是王皇后的舅舅。接着,长孙无忌的从弟渝州刺史长孙知仁、族弟长孙恩、儿子驸马都尉长孙冲、族侄驸马都尉长孙铨、长孙祥,褚遂良之子褚彦甫、褚彦冲等,不是被流放,就是被杀死。

"从前还以为当今皇上是仁慈的,如今下手可真够狠辣。"

"就是,杀的可都是皇亲国戚。"

"你们懂什么?皇帝杀的都是反对他的人。"

"何以见得?"

"你们仔细看看,这一次处斩和受到株连的,都是七年前拥立李忠为太子的那一批大臣。"

"皇亲国戚自恃出身高贵,总跟皇帝、皇后唱反调。反倒是平民出身的官员,听话好用啊。"

众臣细细想想,果然如此,吓得不敢乱说话了。

中国中古社会前期,实行的是世袭性很强的门阀贵族政治,后期实行非世袭性的科举官僚制度。长孙一派几乎都出自关陇贵族集团,许敬宗等人则属科举出身的一般官僚。山东寒族地主出身的李勣实际属于拥武派。各个派系之间阶层壁垒森严,政治、经济利益相互冲突,立后之争不过是矛盾长期积压后的一个爆发点。

"所以说,斗来斗去,就那么两个派系。皇上支持哪个,哪个就上位。千万别跟皇上作对。"

"嘿嘿,与其说别跟皇上作对,倒不如说别跟皇后作对。皇上事事听武皇后的,可武皇后是平民出身。看来以后的官场,不再是贵族的天下喽。"

众臣默默在心里盘算:可不是,最近宫里大事连连。先是废立皇后,接着改换太子,如今外廷也重组过了。在这"三部曲"之后,朝廷上下形成了一种新的政治格局,出身一般的官僚纷纷上位,取代关陇贵族集团,占据政治权力核心。他们根基浅薄,注定无力瓜分皇权。长孙无忌一派的倒台,标志着在一个多世纪中把持中央政权的关陇贵族集团的覆灭。

武则天成为皇后之后,一出手便施展出技巧纯熟的宫廷阴谋,与王皇后之流的小打小闹不可同日而语。武则天取得成功的关键是,得到了渴望独掌皇权的皇帝李治的倾力支持,她作为他的亲密战友享受到了皇帝独霸皇权带来的胜利果实。在这组"宫廷变奏三部曲"中,武则天正式以一个政治人物的身份走出后宫,亮相历史舞台。

在唐朝,重视家族门第可谓蔚然成风。而十多年前,武氏家族给予武则天的,除了宦游于上层社会的富贵荣华,更重要的还是曾经沉寂于底层草根的寒门根底。前者给予她良好的教养、才学和上进心,后者却使她饱受世俗的冷眼、鄙视。即使在唐代如此开放的社会风气中,女性本身低下的地位,注定其追求进步的道路坎坷重重,这种双重境遇造就了武则天独特的性格——追寻男女平等与实现女性自身价值的女权主义,以及不择手段颠覆一切、追逐至高利益的女皇性格,这些特质在她少年阶段初见端倪。十多年的冷遇进一步刺激了武则天,尽管基于客观原因,她不得不暂且收敛起锋芒避祸,但是,当时机成熟时,那曾被反复压制的独特个性将爆发得更为彻底和激烈。

武则天虽已贵为皇后,但是在她的奋斗史中,出身小姓这个瑕疵,一直是朝廷内外攻击她的由头,令她十分沮丧。因此,显庆四年(659年)六月,长孙无忌被贬谪两个月后,武皇后召来许敬宗等人:"许敬宗,交给你一个任务,带些人重新修订《氏族志》。"

"这是好事啊。多谢皇后娘娘委以重任!"许敬宗连连叩首。

许敬宗如此高兴,是有道理的。所谓《氏族志》,是贞观时期修订的将整个社会分为三六九等的索引。李世民的本意是抬高李唐皇族的社会地位,将本族列为一等,外戚后族列为二等。而在实际的操作中,隋唐时期业已没落的旧贵族崔氏依然位列首位。

重修《氏族志》出于三重考虑:一是,皇帝李治本身就急于打压瓜分皇权的旧贵族势力,而朝堂上以长孙无忌一派为首的关陇贵族已被铲除殆尽。二是,出身小姓的武皇后意欲抬高自家的门第。三是,以许敬宗、李义府为代表的新贵亦想得到社会的承认。因此,在许敬宗不遗余力的操作下,新修的《姓氏录》很快出台。

许敬宗向帝、后二人献上新鲜出炉的《姓氏录》:"皇上、皇后,《姓氏录》以当朝官僚等级为准,李唐皇族和武氏后族为第一等,其余都以本朝的官阶大小来排序,依然分为九等。只要在本朝获得五品以上官阶,就可以成为士族。"

李治和武则天翻阅过后,感到满意。李治马上下旨:用《姓氏录》取代《氏族志》。

这一举动具有划时代的意义:《姓氏录》结束了数百年来国家用行政手段来确定氏族等级的做法,有利于"不拘一格降人才"和国家社会的进步。

同时,武皇后也借此抬高了自家的门第。她对皇帝说:"皇上,请追封我的亡父武士彟为周国公,母亲杨氏为代国夫人。"后来她又要求皇帝改封母亲杨氏为荣国夫人,品级第一。

皇帝有点为难:"可是,按照我朝的规定,你的母亲杨氏的封号应该与父亲武士彟一致。"

武则天却说:"皇上,《氏族志》都可以被《姓氏录》取代,可见规矩是人定的。您是皇帝,您说了就算。"

"那好吧。依你,都依你。"皇帝按她说的做了。

其实,武则天是以这种方式昭告天下:母亲杨氏获此殊荣,皆因为她生下了一个杰出的女儿,而不是因为嫁了一个能干的丈夫。

《姓氏录》一出台,遭到了不少人,尤其是很多缙绅士大夫的非议。他们说:"什么《姓氏录》,不就是'勋格'吗?那是用来论功行赏的规定,我们不认可!老祖宗的《氏族志》,怎能说不用就不用了呢?"

广大出身平民的官员却十分推崇《姓氏录》。

"世家大族把持朝政的日子够久了,风水轮流转,也该轮到我们了。"

"那些贵族子弟靠一本《氏族志》就能世代安享富贵,凭什么?"

"贵族子弟没法再霸占着好位子不放,没法再阻挡我们晋升了。"

"《姓氏录》出台得好啊!我们可以依靠自身的力量跻身上流社会。皇上万岁,皇后千岁!"

李义府是这群平民官员中的激进派,他上奏皇帝:"请皇上将社会上的《氏族志》都没收,集中焚烧,强行推行《姓氏录》。如此一来,社会各界只有姓氏的区别,不再区分氏族的高下,身份变得较为平等。"

当然,意识形态的差异根深蒂固,一朝一夕不可能改变。《姓氏录》的颁布,并不能改变旧贵族自矜身份,彼此间通婚、通谱的陋习。即使是新贵李义府,也借机与同姓大族赵郡李氏通谱,借机抬高自己的门第。后来,李义府一度失势,被李氏大族踢出族谱,其子又遭退婚。李义府怀恨在心,上奏修改《姓氏录》,严禁"五姓七望",即定陇西李宝、太原王琼、荥阳郑温等旧贵族通婚。此举招来旧贵族世家莫大的反感,也为李义府日后的倒台埋下了一个祸根。旧贵族之间通婚积习难改,有的甚至偷偷将女儿送至夫家,也有的贵族女子宁愿终身不嫁。这场新旧势力和观念的明争暗斗贯穿整个唐代,直到经历了唐朝末年的农民起义,从五代起,这种重视谱牒、家世的社会风气,才逐渐衰落。

在抬高自身门第之后,已经辅政多年的武则天凭借出色的政治头脑再接再厉,在后宫和朝野上下不断提升自己的声望。

对皇后来说,后宫是一个大家庭,皇后的本分就是管理好后宫各项事宜。在家庭里,孩子往往是最重要的。武则天有权之后,马上大肆封赏自己的儿子李弘、李贤和李显。教育问题是重中之重,武则天组织起一支实力派教师队伍,希望将儿子培养成德才兼备的全能皇子。安排好了自己的儿子,她还需防着皇帝的其他儿子。为了严防庶子作乱,武则天将李治的其他儿子都贬往京师之外担任刺史。

接着就该安排娘家的亲戚了。武则天对他们的态度是严厉的。她先是召来许敬宗,说:"你们给我组织团队,编写一本《外戚戒》,好好敲打敲打我娘家的亲戚。"

许敬宗说:"臣领旨。武氏一家老小托皇后洪福,升官又发财,应时时牢记娘娘的大恩。"

"哼,这帮白眼狼,他们记不记恩我可不知道。传我旨意,《外戚戒》修订好之后,发给他们人手一本。你派人监督,让他们读到倒背如流为止。"

"是,是。"许敬宗连连答应。

武则天并没有忘记家道中落之时,武家兄弟是如何欺负她们母女的。而前几天发生的一件事,更是触碰了她的逆鳞。

那天,武则天正陪着儿子们玩闹,她的母亲杨氏夫人哭哭啼啼地进宫找她。

"母亲,你这是怎么了?"

"女儿啊,还不是被你那些堂兄弟气的。他们见到我,不但不行礼,还说,你给他们做的官太小,跟他们国舅的身份不匹配。"

"岂有此理!他们口出狂言,还这么不尊重你。"

"唉,他们自恃是男丁,觉得他们才是武家的正统。你是武家的女儿,给他们好处是应该的。"

"好啊,好啊,要更多的好处是吧?我马上就给他们。"

武则天找到皇帝,把这件事告诉他,还哭唧唧地说:"皇上要为臣妾做主,我们娘儿俩都快被欺负死了。"

皇帝听了此事大怒:"朕的皇后和岳母,怎能容这些狂徒如此欺负?皇后如果早点告诉我,什么官我都不会让他们做的。"说罢,皇帝依从武则天的意思,一纸诏书将她同父异母的兄弟和堂兄弟统统贬到偏远荒凉之地。在那种蛮荒艰苦的环境中,武元庆很快郁闷致死。

这个消息传回朝廷,大臣们又议论纷纷,觉得武则天对自己的亲人太狠辣了。不过,以许敬宗为首的拥武派到处宣扬:"自古以来,只有皇后帮着外戚篡权的。只有当朝武皇后贤德,不但自律,还管好亲戚们,不让他们干扰朝政。"这样一来,在许敬宗等人小心翼翼的操纵下,武氏家族的内部矛盾,成为新皇后为防止外戚权力扩张而采取的政治手段。

"母亲,女儿这么处理此事,你满意吗?"

"当然满意。许敬宗等人办事得力,你要好好封赏他们,他们才会死心塌地地对你。"杨氏夫人提醒道。

"女儿晓得。女儿的权力仅限于后宫,在外廷,就全靠许敬宗这些老臣支持了。女儿能当上皇后,他们功不可没。所以,我一直找机会给他们各种赏赐,笼络他们。"

"嗯,笼络人心也是门学问。"杨氏夫人又说,"许敬宗他们虽好,可惜年纪不小了,帮不上你几年,你还得再发掘点新人,毕竟你的路还长着呢。"

"母亲放心,女儿早就留心了。皇上现在不怎么处理政事,基本都依赖我。我刚好借这个机会,多培植点亲信。科举制度选出的人才,不少出自寒门,我也从中挑了不少有用的人。"

杨氏夫人点头称赞道:"女儿如此有远见,娘就放心了。"

此时的武则天,已经在刻意打造自己的政治形象、培植亲信,为逐步实现自己在政治上的野心奠定基础。实际上,纵观这个阶段武则天的表现,无不是在努力打造一个合格的皇后形象。

整肃过后的朝廷面貌一新,李治正准备放手大干一场,可是,天有不测风云,显庆五年(660年),李治的风疾(心血管类的疾病)突然发作,这是李唐皇室的遗传疾病,症状是经常头痛不止,晕眩乏力,需要休息静养。

"哎呀,哎呀,朕的头又痛了。"这天皇帝高兴,喝了几杯,老毛病又犯了。

"皇上,你去床上躺躺吧。"武则天体贴地扶起李治。

"可还有一大堆奏折没看呢。"

"由臣妾代劳吧,皇上只管放心休息。"

"那就辛苦皇后了。"

类似的场景,每天都在上演。皇后武则天所表现出来的政治智慧和能力令李治很是欣赏,因此,在患病期间,他不断对武则天委以重任。当然,这并不表示李治愿意与任何人分享皇权,他之所以暂时将皇权委托给皇后,是他一厢情愿地认为皇后最终将还权于他。可是,随着武则天对国事的日益熟稔,她逐步在朝廷中建立了公开的势力,对权力的欲望也渐渐强烈。然而,李治并不愿意看到这种局面,于是,这对曾经的亲密战友和恩爱夫妻之间产生了嫌隙。李义府的失势,便是双方矛盾公开化的一个表现。

李义府是个有才无德之人。显庆元年(656年),他看上了一个杀死丈夫的女犯淳于氏。这个女犯长得非常美丽,李义府对她很是迷恋,就命令大理寺丞:"你把那淳于氏悄悄放了。"

大理寺丞闻言大惊:"李大人,这可是杀人嫌犯,卑职万万不敢私放啊!被人发现,卑职就死定了!"

李义府不耐烦地说:"我把她藏在自己家里,谁会知道此事?"

见大理寺丞还在犹豫,李义府恐吓他说:"你要是不把她送来,我先要你的命。捏死你还不跟捏死一只蚂蚁似的?"

大理寺丞只好按他说的做了。可这件事情败露之后,李义府为了防止大理寺丞供出自己,将大理寺丞逼死了。

御史王义方就此事上书弹劾李义府,但是当时李治不愿损失一名得力干将,就下旨将王义方贬职。

如此一来,李义府更加跋扈,不但纵容家人卖官鬻爵,还在朝堂上与另一名宰相杜正伦争吵。这件事闹到皇帝那里,李治各打五十大板,将他俩双双贬职。杜正伦死在贬职的地方,而李义府却被武皇后调回朝廷,官复原职。

李义府见帝、后二人对他如此维护,更加为所欲为。他贬职期间曾遭到亲家退婚,如今他一朝得势,立刻将亲家逼死。

李义府的这些丑闻,不断传到李治耳朵里,这让他对右相李义府逐渐产生了厌恶感。这种厌恶感,更来自李义府脸上时常挂着的掩饰不住的倨傲和鄙夷的神色。这种表情,李治偶尔也能在其他大臣脸上看到。

显庆五年(660年),武则天协理朝政一段时间之后的一天,李治端坐龙椅上,望着大殿里以李义府为代表的大臣们脸上神秘莫测的表情,忽然产生了一种物是人非的沮丧感。偏偏李义府还不识相,全然不知收敛。这天,他又被人参了一本。

"右相李义府在迁徙自家祖坟之时,让朝廷官员帮忙。有个县令亲自上阵帮忙,结果累死在工地上。"

"这种事简直闻所未闻,舆论影响太坏了。"

"臣也有本要参。右相李义府在选官过程中,公然大肆卖官鬻爵,价高者得,造成了极大的民愤。"

"朕知道了,退下吧。"

皇帝想给李义府最后一次机会,私下召见了李义府:"李义府,最近弹劾你的人实在太多了。朕提醒过你很多次,你怎么还不收敛些?"

李义府不高兴地说:"皇上,我也解释过很多次了,那些都是嫉妒我的小人故意编派的。"

"空穴来风,未必无因啊。朕也是为你好。"

"皇上,你要是真的为我好,就不会相信那些谣言。"李义府气冲冲地说,"臣还有事,告退了。"说着,拂袖而去。

李治脾气再好,也压不住心头怒火:可恶,你这个李义府胆大妄为,仗着皇恩,连皇帝都不放在眼里,简直该杀。李治气上心头,也不跟武则天商量,直接召来大臣:"李义府勾结罪臣家属,罪无可赦,给我斩了,全家流放。"

武则天知道这件事后,怒气冲冲地质问李治:"皇上,处置李义府这么大的事,怎么也不跟臣妾说一声?"

"李义府罪恶滔天,人人得而诛之。怎么,皇后还想保他不成?"李治不紧不慢地说。

武则天说:"那倒不至于。可是,他毕竟是我的人,抓他之前至少跟我通个气啊——"

不等她说完,李治带着几分怒意道:"皇后的人?难道他不是朕的臣子?怎么,朕处理个臣子还不行吗?"

武则天语噎,心道:不好,皇上开始对我不满,觉得我权力太大,要与我争权了。

李治见她不说话,缓和了语气又说:"再说,朕提醒过他多次,让他别再干那些丑事,可他不但把朕的话当耳边风,还敢当面顶撞朕。朕不处置他,皇帝的威严何在?"

是了,是了,李义府冒犯了皇帝的尊严,这才是倒台的关键。武则天再心有不甘也没有办法,她不能公然跟皇帝对着干。况且,李义府造成的民愤太大,保他恐怕会惹祸上身。

唉,真是可惜了!李义府对我忠心耿耿,又能做事,可我只能放弃他了。武则天想到这里,愠怒地瞥了一眼皇帝,心道:皇上啊皇上,看来你是借李义府事件,开始跟我斗法了。

二十　帝后斗法

"皇上,有紧急奏章!"

这天,李治还在睡梦中就被吵醒了。可他头疼病犯了,起不来床,就说:"给朕念念,是什么事?"

"是!百济入侵新罗,已经占领了三十多个城镇,新罗王请求支援。"

一听要打仗,李治慌了神,这事儿从没遇到过啊,这如何是好?

想了一会儿,他见身边的皇后一言不发地盯着奏章,灵机一动,心想:皇后干涉政务已久,如今发展到事事都要插手。眼下,高丽问题迫在眉睫,干脆将这个烫手山芋交给皇后,也好借此杀杀她的气焰。于是,他慢吞吞地将下巴朝皇后抬了抬,说:"把奏章给皇后。"又对武则天说,"皇后啊,朕身体不适,这件事只好辛苦你了。"

武则天等的就是这句话,她唰地接过奏章,连鞋都来不及穿上,就大声呼喊:"快,快,将李勣以及兵部相关人员都召进宫来,开紧急会议。"

皇帝见她接手此事,蒙上被子,继续呼呼大睡起来。

武则天见怪不怪,兀自穿衣下床,简单梳洗后匆匆赶到议事的宫里。众臣很快陆续来了,大家围绕出兵百济问题讨论起来。

李勣老成持重,态度保守地说:"臣以为,出兵百济和高丽胜算不大。即便英勇智慧如先皇(唐太宗李世民),当年亲征高丽也铩羽而归。倒不是大唐的将士不给力,主要是战线拉得太长,粮草供应跟不上。那边的自然环境也很恶劣,将士们很难适应。"

其他人纷纷发表了自己的看法。

武则天集思广益,思考了一会儿,说:"我觉得,这场仗非打不可。困难总有办法克服,关键是战术要合理。"

皇后既然已经定下基调,众臣莫敢不从。经过一番周密布置,武则天决定立刻出兵。

事实证明,武则天决策英明,大将苏定方根据她的战略部署,出其不意,一举攻陷敌军阵营,带着俘虏得胜归来。

李治见打了胜仗,非常高兴,头痛都减了几分。

"来,今晚给朕大摆宴席,好好犒劳一下得胜的将士们,也让众卿家跟着高兴一下。"

"遵旨。"

庆功宴上,大家纷纷恭维武皇后:"这次打胜仗,要给皇后娘娘记头功。"

"若不是皇后娘娘坚持出战,我等也不会喝到今天的庆功酒。"

"皇后娘娘巾帼不让须眉,运筹帷幄,决胜千里。"

对于这些歌功颂德之词,武则天笑纳。

见皇后和大臣们热烈地攀谈,皇帝李治心里很不是滋味:皇后,你也太爱出风头了。这些大臣也不是东西,都忙着拍皇后的马屁,忘记了我才是皇帝。

这时候,中书侍郎上官仪站起来:"臣想作诗,歌颂皇帝的恩德。"

李治龙颜大悦,立即将上官仪引为知己,认为他是自己人。一年多之后,皇帝还将上官仪封为同东西台三品,参知政事。

上官仪升官之后,先是拜谢了皇恩,又在同僚的提点下前去拜见武则天。武则天原本对上官仪的突然升官很是不满,见其主动前来,怒气稍减。她认为,上官仪这样书生气的文官翻不出多大风浪,因此,她对上官仪敲打了一番之后,便放他去了。

百济之战胜利之后,大唐帝国更为稳固,国泰民安、歌舞升平。然而,在这样的大好形势下,李治的头痛病日益严重,以致无法管理朝政,万般无奈之下,他只得将政事交给皇后武则天代理,自己则在后宫休养。

"天天躺着养病,太无聊了。去给朕找点乐子。"

太监说:"给皇上来点歌舞?"

"太吵了,吵得朕头都要炸了。"

"找几个杂耍艺人进宫?"

"不看不看,耍猴有什么好看的?"李治想了想,压低嗓门说,"要不给朕找个美人来?"

太监一愣,小心翼翼地说:"皇上想找哪位妃嫔?"

李治呆呆地想了半天,叹了口气道:"皇后把朕拴在她一个人的床上,三宫六院的美人都惧怕皇后,竟没有人敢承宠。朕这皇帝做得有什么劲啊!"

太监眼珠子骨碌一转,小声道:"皇上,魏国夫人一向对您很热情。要不我把她叫来陪您?"魏国夫人是武则天的外甥女,是武则天的姐姐韩国夫人的女儿。

皇帝说得没有错。自从武则天回宫以来,李治的三宫六院早已徒有虚名。武则天要求皇帝对待自己用情专一,在这一点上,她无法容忍男女的不平等,而李治也几乎每天都陪伴着武则天,只是偶尔有所例外。

但是,那些与李治关系密切的女人最终都不知去向,武则天的姐姐韩国夫人就是其中之一。韩国夫人与李治本来就有一段情缘,被武则天发现之后,从此人间蒸发。

宫中传说,韩国夫人被武则天秘密赐死,但这终究只是猜测,她的去向成为千古之谜。不过,人们其实并不关心真相,却愿意相信流言都是有原因的,譬如李治的风流韵事,譬如韩国夫人的一双儿女的下场。

武则天非常优待姐姐留下的一双儿女,不仅给他俩尊贵的封号和优越的待遇,还经常将他们接进皇宫游玩。然而,武则天万分疼爱的外甥女魏国夫人,在武则天疏于防备之时,被李治的贴身太监带领着,溜进了皇帝的寝宫。

"皇上,我跟姨母比,谁更让你喜欢?"

"当然是你啊。你的姨母再美,毕竟上了年纪。"得偿所愿的李治轻抚着魏国夫人的长发,"你正青春年少,长得漂亮,又充满活力。朕有了你,感觉自己年轻多了。"

"我的心情也好多了。"魏国夫人得意扬扬地抱着李治,认为自己抢走姨夫,报复了姨母,为亡母出了口气。

"朕有你相伴,重新感觉到了男女之事的美妙。心情一好,身体也比从前好多了。"

"那太好了!皇上,以后不许你再碰姨母。"

"知道了,你这小妖精。"说着,两人又胡天胡地起来。

李治和魏国夫人就这样日复一日地厮混在一起。

这天,武则天好不容易有了点空闲,便去看望皇帝。来到皇帝的寝宫外,武则天见李治的贴身太监慌里慌张想要去禀报,心里咯噔一下,连忙喝止道:"别作声,我要给皇上一个惊喜。"说完,抬脚便进了门。

武则天径直走进内室,见皇帝穿着内衣,斜躺在卧榻上,脸上有个鲜红的唇印。她瞥见被子隆起一块,床榻下面放着一双女鞋。武则天一眼认出,这是魏国夫人的鞋。整个后宫,只有魏国夫人会穿如此别致而鲜艳的鞋子。

武则天定了定神,尽量平静地说:"出来吧,我看到你了。"

魏国夫人本躲在被子里瑟瑟发抖,见武则天并无怪罪的话,急忙爬起来,整理好衣服,跪倒在地上行礼:"拜见皇后姨母。"

武皇后点了点头:"起来吧!亲戚之间不用拘礼。"又转头看向皇帝,"皇上近来身体如何?头还疼吗?"

这会儿皇帝脑子嗡嗡的,下意识地回答:"朕好多了。"

"那就好,也不枉臣妾一直为皇帝担心。贺兰是我唯一的外甥女,皇帝要好好对待她,千万不要以大欺小。"

"朕知道了。"

"如此,臣妾还有事要忙,就告退了。"武则天风姿绰约地离开了。

武则天已经走远,留给这对男女一个出尘脱俗的美丽背影。魏国夫人这才醒过神来,感到又惊又怕。见太监们用幸灾乐祸的眼神看着自己,她连忙扭头问皇帝:"皇上,姨母会不会杀了我?"

"这……不会的。你是她外甥女,她刚才也说了。"

"得了吧!她说的你也相信?皇上,你知不知道我母亲的下落?是不是姨母杀了她?"

面对魏国夫人的质问,李治心里发虚,却只得满面堆笑。他梳理着这个女孩凌乱乌黑的发髻,安抚着她的情绪:"小宝贝,你不要胡思乱想了。你母亲是失踪了,我们找不到她。"

"你骗我,一定是姨母杀了她。"

"现在说这些还有什么意思呢?你应该往前看。我会封你为贵妃,你的好日子还在前面呢。"李治许下诺言,希望小情人高兴起来。

果然,魏国夫人对贵妃这个头衔很感兴趣,可想起武则天的存在,她将信将疑地问:"皇上说的是真的吗?皇后姨母会允许吗?"

"我可是皇帝,一言九鼎。你的姨母当年曾在感业寺出家,还是我接她回宫,让她当上了皇后。你难道还不相信我的能力?"

魏国夫人毕竟年轻稚嫩,她轻信了李治的承诺,转惧为喜,又和李治厮混在一起。

对于魏国夫人和皇帝的暧昧关系,最感到担心的莫过于武则天的母亲杨氏夫人。她最清楚女儿武则天的心性,知道外孙女跟姨夫混在一起,无异于在拿自己的小命开玩笑。为了外孙女的安全,杨氏夫人时常劝说她:"你没事在家绣绣花,不要到宫里去晃悠。"

魏国夫人不解地问:"为什么呀?"

杨氏夫人不愿捅破窗户纸,含糊地说:"宫里人多,是非多,没什么好玩的。外婆在家给你做好吃的,再带你出去玩玩,买些首饰、胭脂,不好吗?"

魏国夫人是小孩儿心性,有吃有玩就不大眷恋宫里那个糟老头子了。反倒是武则天对这档子事很宽容,经常让人捎信要魏国夫人来宫中玩。

魏国夫人接到武则天的口信,天真地对杨氏夫人说:"外婆,宫里没那么可怕。你看,姨母很欢迎我呢。"

"希望如此吧。"杨氏夫人心里祈祷,希望女儿年纪大了,变得宽容了,可以让这件事风平浪静地过去。

在这平静的背后,是武则天的咬牙切齿,她的心像在被刀子凌迟:你是我唯一的外甥女,有什么好东西,我都不介意跟你分享。可你不但不知恩图报,还敢跟我分享丈夫,妄想取代我。没错,自古以来就有三宫六院七十二嫔制度。可我当皇后一天,就不容许这个制度存在。这是对我这个皇后、对所有的女人最大的侮辱和践踏。

武则天感到心里闷,走到花园里头透透气。宫女们知道她心情不好,一声不吭地陪着,大气不敢喘。武则天漫无目的地走在花丛里,心里乱糟糟的:我贵为皇后,需要皇帝的专一和尊重,如果皇帝无法做到,那么我只能动用非常手段,逼迫他做到。唉,我都当上了皇后,还要跟女人斗,之前是王氏、萧氏,后来是我姐姐,都不是什么光彩的事。可是,这怪谁?罪魁祸首还不是皇帝?我真恨啊,皇上啊皇上,你又一次逼我,逼我双手沾染血腥。武则天一把扯下娇艳的花朵,扔在脚下。她对自己说:斗就斗吧,我不急,我会像以往那样等着,等到合适的时候,再要你的命。

时间一天天过去,眼看朝廷快要前往泰山举行封禅大典了,武则天的堂兄武怀良、武怀运和其他各地刺史一起回到京城,准备动身参加封禅。

回来以后,武怀良对武怀运说:"咱们兄弟外放之后吃尽了苦头,却有苦难言。都是我们的破嘴惹的祸,以后可不敢胡说八道了。"

武怀运说:"没错。兄弟,我实在不想回去受罪了。要不咱们去求求皇后妹妹,放咱们回来?"

武怀良说:"不妥,皇后既然外放我们,就不会轻易松口。这样,我们去求求杨老夫人,老人家心软,说不定肯为我们说好话。"

苦难可以教育人,此次回来,武家兄弟学得乖巧多了,求人不能空手,就准备了很多礼物去拜见杨氏夫人:"老夫人身体好吗?我们身在外地,一直都很牵挂您。"

杨氏夫人是皇亲出身,气量宽宏,见他们主动前来拜见,便不计前嫌,很礼貌地接待了他们:"我身体还好,你们倒是看着消瘦了不少。"

武怀良和武怀运一听,赶紧接上话头:"可不是嘛,外地的条件实在太艰苦了,不能跟京城相比。我们俩从前无知,冒犯了夫人,现在知道错了,也吃尽了苦头,得到了教训。希望夫人看在同宗的分上,替我们在皇后面前美言几句,把我们调回京师任职。"

杨氏夫人见他们俩真心道歉,心里的一点怨恨也放下了。她进了宫,对武则天说:"武怀良和武怀运来探望我了,送了很多礼物,还道了歉。我看他们是真心悔改。毕竟是亲戚,我们得饶人处且饶人吧。"

武则天笑笑说:"一切都听从母亲您的意思,您高兴就好。"

杨氏夫人很高兴,又说:"他们想调回京师,这个你看着办,我不勉强。对了,他们很想见你。你若得空,就回来吃个饭吧。"

武则天点点头,说:"母亲您先回去,我安排好手里的事情就回去。"

过了几天,武则天果然带着随身的宫女琴瑟和卫兵,微服回到娘家,参加家宴。

杨氏夫人见女儿回家,非常开心,努力将宴会办得很是气派,除了准备满桌珍馐佳肴,还请了一队乐师伴奏。江南丝竹轻柔婉转,营造出温馨团圆的家庭氛围。魏国夫人忽然不合时宜地狂笑起来,一杯一杯地喝着波斯进贡的葡萄酒,说:"姨母,我把你喜欢喝的酒都喝完了,你不会怪我吧?"

武氏兄弟听到这一语双关的话,吓得不敢吭声,暗自咒骂:你这疯婆子,你发疯且发疯,干吗选今天?你存心坏我们的好事。

杨氏夫人心里很不安,低声对武则天说:"她喝醉了,这是醉话,不能当真。"见武则天沉吟不语,又哀求说,"她还小,不懂事,你饶了她吧。"

武则天浅笑着点点头,温言安慰杨氏夫人说:"母亲不要担心,没事的。"

杨氏夫人的一颗心还没来得及放下,魏国夫人突然掐住喉咙发出一声尖叫,随即倒在地上,痛苦地挣扎起来。

乐师们的演奏没有停下,那悠扬绵软的曲调给人一种如梦如幻的不真实感。在乐声中,魏国夫人停止了挣扎,美丽的面孔可怕地扭曲着,双眼圆睁,不甘地瞪着这个世界。

武则天勃然变色,厉声道:"来人,把武怀良和武怀运推出去斩首!"

"是!"如狼似虎的卫兵立刻反剪两人的双手。

"冤枉啊,这都是什么事啊?"武怀良和武怀运莫名其妙。

武则天冷笑道:"你们投毒,想毒死我,不想却毒死了魏国夫人。"

"哪有此事?冤枉啊!老夫人帮我们求求情,我们冤枉啊!"

杨氏夫人扑到魏国夫人的尸体前探视,见她一缕芳魂早已飘走,眼泪控制不住地唰唰落下。

"孩子,你为什么不听外婆的话呢?"杨氏夫人心里清楚到底发生了什么,可她不能责怪女儿,唯有迁怒于武家兄弟,哪会再管他俩的死活?

武怀良和武怀运被处死的第二天,远在安徽濠州的武元爽受此案的牵连被发配振州,后来他很快在发配地病逝。

魏国夫人暴毙,武氏兄弟被处斩,家中事情已了。武则天吩咐卫兵道:"你们留下一队人,处理后事。其他人护送老夫人和我外甥进宫。"

武则天瞥一眼母亲,见她呆呆地坐在马车里,还沉浸在失去魏国夫人的伤痛中。武则天没有去打扰母亲,但她无法回避母亲哀怨的眼神。武则天默默地想:母亲啊母亲,你别怪我。虽然今夜拔除了眼中钉,可我的心并不轻松。我是真心对待姐姐和外甥女,可她们恩将仇报,陷我于不义。至于武家兄弟,母亲,难道你忘记了从前他们对我们孤儿寡母的百般凌辱?亲人间的杀戮非我所愿,但不这样不足以抚平我的刻骨仇恨。

"姨母好手段,一箭双雕啊!"坐在一旁的外甥贺兰敏之终于忍不住,出言讽刺道。

武则天没理会他,暗想:臭小子,你母亲死了,妹妹也死了,我知道你不甘心。可我会给你机会,向我投诚,毕竟我是你唯一的靠山。如果你不识相,就别怪我收拾你。

魏国夫人去世以后,杨氏夫人就带着贺兰敏之在宫里生活。长期以来,杨氏夫人都对李治和魏国夫人的关系忧惧交加,如今魏国夫人已死,她的心结却还没消失:女儿和外孙女是我的心头肉,都怪杀千刀的李治,害得孩子们命丧黄泉。孩子们啊,虽说是姨母(妹妹)要了你们的命,可这不怪她。要算账的话,你们就去找渣男李治。杨氏夫人泪水涟涟地想:李治啊李治,我恨不得生吃了你,可你偏偏是皇帝,我连一丁点恨意都不敢表现出来。唉,罢了,罢了,也许是天意。我唯一能做的,就是加倍疼爱二丫头和敏之。

用现在的眼光来看,贺兰敏之是不折不扣的"高富帅",长相英俊,又官爵加身,是洛阳少女心中的白马王子。而武则天的厚爱和外婆的骄纵则令他变得放荡不羁、骄奢淫逸。

武则天曾经十分疼爱贺兰敏之,她赐给他"武"姓,希望他继承武家所有的一切。但是,贺兰敏之并不感激武则天,他对姨妈杀死母亲韩国夫人的流言深信不疑。为了报复武则天,他诱奸了侍奉太平公主的宫女。后来,他又做出了一件更出格的事,逼奸了武则天亲自选定的准太子妃——司卫少卿杨思俭的女儿。当然这是后话。

听到魏国夫人的死讯,李治躺在床上默默流着眼泪。

他的近身太监王公公见他如此悲伤,就问:"皇上,皇后说是武家兄弟毒死了魏国夫人。这件事要不要再派人去查一查?"

"不用了。她怎么死的我最清楚。"

"那,要不要再找个美人来陪陪皇上?"王公公讨好道。

"不必了,免得逼死更多的人。"皇帝有气无力地说。

王公公见主子这么消沉,带着几分气愤说:"皇后的手伸得也太长了,可皇上又何必如此忌惮皇后?"

"我不想再跟她吵、跟她争。我拗不过她的。都这把年纪了,就让朕过几天安生日子吧。"李治依然躺在床上,抱着头说,"朕的头又疼了,快去请太医。"

皇帝从此清心寡欲,日复一日地沉浸在自己的思绪中,除了王公公,谁也不清楚皇帝真正的心思。

帝后之间的感情危机逐渐成为后宫里公开的秘密,宫女、太监们都噤若寒蝉、小心翼翼。就连武则天的心腹宫女琴瑟也不敢多说话,唯恐行差踏错,成为出气筒。唯有千金公主常来看望武则天。

"你们李家的人,好多都看我不顺眼。难为你有这个心,经常来陪我解闷。"武则天说的是真心话。在李氏皇族中,主动向她示好的只有千金公主。

"应该的,我们是闺密嘛。咦,我看你的气色不太好啊,是失眠吗?"千金公主细细端详着武则天的脸。

"不瞒你说,我最近的日子不好过呀。"武则天大吐苦水,"皇帝怀疑我杀了他的情人,恨上我了,每天躲在宫里不知捣鼓些什么。我天天那么忙,还每晚做噩梦。"

"睡不好觉,对我们女人可不友好。"

武则天抱怨道:"可不是嘛。再这样下去,我也要跟皇帝一样,犯头疼病了。"

"这个问题,也许我可以帮到你。明天我给你送一味'药'来。"

"什么药?"武则天狐疑地说,"安眠药我可不吃,伤身体的。"

"放心吧,这味'药'安全有效,用过你就知道了。"千金公主笑着说。

第二天,千金公主如约将"特效药"带进了武则天的寝宫。这味"药"就是仙风道骨的道士郭行真。郭行真不但善于驱魔,还精通其他旁门左道之事,从前也经常受邀进宫。

千金公主笑嘻嘻地对武则天说:"郭道长是我们皇族的老熟人了,你一定认识他。不过你一定不知道,他对按摩术也略有研究。"

武则天猜到千金公主的意图,并不反感,倒是有几分好奇,便顺水推舟:"那就请道长展示一下呗。"

千金公主连忙推推郭行真:"快,快给皇后展示你的绝技。"

面对母仪天下的皇后,郭行真有些畏缩,心想:听说武皇后手段了得,是个厉害人,万一没伺候好她,我可别人头落地。

千金公主急了,连连催促:"你赶紧啊!"

武则天也笑着说:"我又不是大老虎,不会吃了你的。"

郭行真把心一横:皇后不就是个女人吗?上就上吧,我就不信搞不定你。于是,他先装模作样地作法,以便掩人耳目,然后脱鞋上榻,动手为武则天按摩穴位。

武则天感受着有力的按摩,神经渐渐放松,不再紧绷,好像泡在温水里,浑身麻酥酥的:"嗯,很舒服,我感觉好多了。"

见武则天一脸享受,郭行真才真正放开了手脚。在他的悉心抚慰下,皇后武则天还原成了一个普通的女人。

郭行真入皇后寝宫这件事,被偷偷传到了王公公那里。王公公心怀叵测,马上向李治告密:"皇上,听说皇后请了个道士进宫,已经好几天了。"

"是个什么人哪?"

"听说叫郭行真。"

"郭行真?这个人我认识。我们好多次请他进宫,是老熟人了。"

王公公好不容易得到这个消息,但见主子不放在心上,心想:这可不行,必须让主子重视起来,否则我怎么邀功?这样想着,他赶紧挑拨道:"以皇后之尊,这么做很不合适,要遭人非议的。"

"这也不算什么大事。"李治虽然怨恨武则天,可做了多年夫妻,对她还是了解的,并不认为她会出轨。

王公公见李治还是漫不经心,连忙添一把火,说:"皇上想要纳个美人,皇后都不允许,她自己却在宫里藏了个男人,还一藏好几天,这像话吗?"

果然还是王公公了解李治的心事。美人的事,戳到了李治的痛处。李治对武则天本就积怨已久,无处发泄,一听"美人"这两个字,立刻想起了芳魂杳然的魏国夫人,压抑已久的悲痛和怒气腾地在心间升起,说:"你说得没错!皇后不许朕染指宫中任何美人,自己却在宫里藏个道士。"他刻意略去自己也曾请道士这个事实。

王公公自以为听懂了李治的潜台词,忙说:"皇上说得对。怎么能请道士入宫呢?宫里可是明令禁止厌胜之术的。"

李治被王公公带偏了节奏,厌胜之术?朕是这意思吗?不管是不是,我就要抓住你武媚娘的这个把柄,赶你下台,看你还敢不敢再管着我。

"厌胜之术?嗯,当年王皇后就因为在皇宫里施厌胜之术被废,今天,朕也要废了这个跋扈的皇后。"

王公公被惊住了:糟了,这下玩脱了。我只想利用帝后的矛盾,得到皇帝长久的宠信,可没想撺掇他废后啊。这武皇后是好得罪的吗?

可是,王公公悔之已晚,皇帝下定了决心,厉声说:"快传上官仪来见朕!"

事到如今,王公公也只好硬着头皮挺下去了。皇帝的命令是不可以不听的。

上官仪匆匆赶来,见皇帝脸色铁青、嘴唇发白、面色潮红,很明显正处在盛怒之中。

一见到上官仪,皇帝劈头盖脸说了一句话:"快替朕拟一份废后的诏书。"

上官仪大吃一惊,饶是儒士出身的他书生气十足,不大懂人情世故,也明白废后一说不是闹着玩的。他暗想:废后是大事,更何况对象是武则天这样生猛厉害的皇后。皇帝一时冲动倒没什么,可是我上官仪弄不好脑袋就得搬家。他嘴里应着,瞥一眼王公公,想得到点提示。可王公公像王八似的缩着脖子,就是不跟他眼神接触。

"上官仪,朕的话你听到没有?还在磨蹭什么?"皇帝怒问。

"皇上,这是大事,您可要再考虑一下?"

"考虑什么?怎么,连你也怕了皇后,不听朕的话?"

"臣不敢。"

作为大臣,上官仪无法跟盛怒中的皇帝争执,只得鼓起勇气,硬着头皮写下几行字:"皇后专恣,海内所不与,请废之。"

上官仪的担心非常对。武则天的耳目遍布皇宫,李治召见上官仪商议废后之事,立刻有人以最快的速度向武则天打了小报告。于是,这废后诏书的墨迹还没干,武皇后已经气势汹汹地走进殿内。

李治一见到她,马上慌了手脚,结结巴巴地问:"皇后,你……你怎么来了?"

"怎么,你不想让我来?背着我干什么见不得人的事呢?"

对于李治的为人,武则天比谁都清楚,她先声夺人镇住皇帝,接着一把抓起诏书,看了一眼,气得手都颤抖起来。武则天一步步逼近李治,历数自己为他所做的一切,然后问他:"我没有功劳,也有苦劳吧?"

皇帝连连点头称是。

武则天又逼问他:"这真的是你的旨意吗?你真的想废掉我吗?我们的孩子还那么小,你想让他们跟我一起被废为庶人,任人宰割?我到底犯了什么大错?"

一连串的质问令李治彻底乱了阵脚,他不停地后退,直到退无可退,这才赶紧抛出一个替罪羊,将所有责任都推给了上官仪:"是他,是上官仪怂恿我写的。"

上官仪倒是镇定自若,从武皇后走进门的一刹那,他已经预见了自己的下场。对这样一个毫无骨气的皇帝,上官仪嗤之以鼻,更不想为自己辩解。上官仪大义凛然地说:"没错,诏书是我写的。"

"是吗?"武则天冷哼一声。

上官仪淡淡地说:"臣满腹的才学,本可以用来报效国家。臣惋惜得很。

臣还惋惜自己温暖的小家。"他没说出口的是,只因为如此差劲的皇帝的一念之差,上官家上下便将面临灭顶之灾。

"既然如此,你为何还要撺掇皇帝行此大逆不道的事?"武则天嘴里问上官仪,鄙夷的眼神却瞟向皇帝。

欲加之罪,何患无辞?上官仪没再回答,随即坦然向殿外走去:"臣回家等候发落。"

见上官仪走远了,担心皇后责怪的皇帝又说:"不关朕的事,都是他,都是他。"

武则天自然知道上官仪不过是代人受过,不过,既然皇帝如此推卸责任,她也只能顺水推舟。尽管她是如此鄙视眼前这个胆小怕事的皇帝,也不得不将错就错。

"皇上,臣妾知道你不会这么狠心,都怪小人挑拨。"说着,武则天看了一眼王公公。这一眼把王公公吓得差点趴下,还好武则天没再深究。她想:既然这件事了了,还得好好安抚皇帝,唉,我就委屈一下吧。

"好了,皇上,夜深了,我们一起回去休息吧。"

皇帝哪里敢不答应?乖乖被她挽着手,回寝宫了。

几天后,皇帝下了诏书,上官仪被诬告与废太子李忠合谋造反。

"上官仪书呆子一个,他谋什么反?"

"你没听诏书上说,上官仪曾经在陈王府当差,跟皇帝的近身太监王公公一起侍奉过当时还是陈王的李忠。"

"啊?那这事还牵扯皇上身边的人?"

"可不是吗?王公公算是小虾米了。听说,为这事,上官府被满门抄斩,只剩下不满一岁的上官婉儿和她的母亲郑氏,二人被赶进掖庭充作宫婢。"

"何止啊,远在三千里外的废太子李忠也被赐死。随后,与上官仪交往甚密的右相刘祥道因失察之罪被逐出宰辅之列,其他与上官仪有来往的大臣也受到牵连,或被流放,或被左迁。"

"嘘,我们少讨论这事,免得被认为是上官仪的同党,受到牵连。"

众臣这种态度,是武则天所希望看到的。她就是要杀一儆百,以儆效尤。

武则天的心腹宫女琴瑟听说了外头的情形,说:"哼,看谁还敢效仿上官仪和王公公,离间您和皇上的关系。"

"你想得太简单了。"武则天说,"这次废后的事,我只是涉险过关。没想到,一向优柔寡断的皇帝也会狗急跳墙,也有不择手段的一面。"

"我还一直以为皇上钟情于您呢。"琴瑟说,"毕竟,自打我进宫以来,皇上对您很专一。"

"钟情?哈,现在我们之间只剩点亲情,更多的是相互利用吧。"

"在奴婢看来,您的权力已经顶天了,皇上都仰仗您,就连政事也要您处置。"

武则天摇摇头:"从前我也这么认为,可现在看来,我虽贵为皇后,却一样由皇帝掌握着生杀大权。"她没说出口的是,这件事狠狠教训了她,她再也不能轻视皇帝、轻视皇权。

二十一　垂帘听政

"琴瑟,从我私人的库房里拿几枝上好的人参去御厨房,叫他们做点参汤给皇上送去。皇上最近更乏力了。"武则天说。

"是,娘娘。娘娘对皇上真好。"琴瑟想了想补充道,"皇上对娘娘的态度也温柔多了。"

武则天笑笑,心想:这都是我委曲求全,笼络好皇帝的结果。琴瑟这种年纪的小丫头,还不懂得其中深层次的道理。从前,我仗着和皇帝是夫妻,又得他宠幸,太不把他当回事了。时间长了,皇帝和我之间的裂痕越来越大,早晚会出大事。废后事件狠狠教训了我:我们是夫妻,但首先是君臣。所以,在那之后,我是事事检点,事事尊重皇帝,以他为先,他也清楚地感觉到了这一点,我们的关系这才缓和下来。

"琴瑟,去交代皇帝身边的李公公,让他盯着点。皇帝每天要见什么人,跟什么人说了什么话,都派人来禀报。"武则天道。为了确保自己地位稳固,她需要清楚明白地知道皇帝的一举一动,因此,除掉王公公之后,她又派了一批宫女、太监到皇帝身边,李公公就是其中之一。

"是,娘娘。"

望着琴瑟远去,武则天又陷入了沉思。废后事件算是慢慢平息了,她和皇帝的关系也进入平缓期,可她的心情并没有平复,想起来还心有余悸。后宫经过清洗,算是安全多了,可这还不够,需要更加严密地监控皇帝,杜绝他和外廷的朝臣单独接触。对了,自古就有垂帘听政的例子,那我也可以上朝。

于是,到了晚上,武则天来到皇帝寝宫,聊了会儿政事,她就向高宗李治说:"皇上,明天开始,我想和您一起上朝。"

"你的意思是,帝、后同时临朝听政?"皇帝愣住了。这个要求,乍一听匪夷所思,他需要时间消化一下。

"这样我批阅起奏折就更方便了。"武则天不紧不慢地回答。说完,她安静地看着李治,等他的答案。

李治很久没有这么认真地思考问题,刚一动脑,头又痛了起来:"哎呀,哎呀,朕不舒服,要上床躺躺。"

"臣妾扶您上床。"武则天撸起袖子,帮高宗宽衣解带,把他扶到床上,又体贴地盖上被子。

"皇上,臣妾来服侍您吃药吧。"说着,武则天端过宫女手里的温水。

皇帝有点感动:这些琐事可以由宫女来操持,媚娘她贵为皇后,又劳累了一天,还亲自服侍我,很难得了。

待服侍皇帝喝过药,武则天又用自己的手帕给皇帝擦嘴,给他重新掖好被子,坐在床头。

李治心里叹息:媚娘除了醋劲大,还有点霸道,其实是个好妻子,也是个贤内助。她既然想要上朝,那就上朝吧,反正国事也都是她在处理。自打废后这件事失败,我就明白了,家事国事,我都没有能力和她斗,也斗不过她,还是老老实实回到与皇后所组成的家庭里,别再想入非非,牵扯无辜的人。

"皇后,朕同意你上朝。"李治闭上眼睛,轻轻地说。

皇帝语气轻轻,内心却是不平静的。他很清楚,自己这种变化与健康状况的不断恶化息息相关。疾病不断啃啮他的身心,消磨他的意志。他常常想:我不再是以前那个意气风发的青年了。我这破身体,日渐衰弱,满腹愁肠,皇后却是越老越精神啊。这么多繁杂的国事,我想起来就害怕,只能仰仗皇后全权负责。毕竟,她是我的妻子,更是我的主心骨啊。

这其实是帝、后两人之间建立的一种新的动态平衡。长期以来,李治已习惯将武则天视为自己的主心骨,而此时,武则天的检点和退让更是换来了李治对她至死不渝的信任,所以,李治同意武皇后"垂帘听政"。

第二天,朝臣们惊讶地发现,在皇帝宝座后面放下一道帘子,后面赫然坐着一个女人。

皇帝宣布:"从今天开始,武皇后与朕一起临朝听政。"

对此,朝廷内外都议论纷纷。

"听说,现在的政事都由武皇后做主,皇上就是个摆设。"

"嘿嘿,牝鸡司晨,前所未有。"

"你情愿不情愿都好,都必须习惯对一个女人俯首帖耳、唯命是从。"

"谁让她是独一无二的武皇后呢?"

在皇帝的全力支持下,武则天公然走上了政治舞台。经过一段时间,武则天的政治实力稳步增长。

经过一轮又一轮大清洗,朝廷和后宫终于暂时恢复了平静。从表面上看,武则天应该获得了前所未有的安全感,可只有她身边的宫女们知道,皇后的内心是非常不安的。每一夜,皇后寝宫里都传出瘆人的尖叫。

这是又一个月黑风高、夜深人静的午夜。

"娘娘,娘娘,你这是怎么了?快醒醒!"琴瑟拼命摇动着武则天。

武则天大汗淋漓地醒过来,看到床前满脸焦急的琴瑟,缓缓吐出一口气,紧接着惊恐地看着四周。

"他们又来了,又来了。"

"谁、谁来了?这里只有我呀。"琴瑟不解地问。

"我的哥哥们,我的姐姐,还有——"那些命丧于武则天之手的亲人,总会在夜里,从四面八方飘然而至,纠缠于她的梦境之中。

"这些都是我赌上性命,浴血奋战换来的胜利果实。我给过他们好处,可他们是怎么对我的?说我的坏话,抢我的丈夫,恨不得我死。我到底做错了什么?"

"皇后,您这样下去是不行的。不如搬到皇上的寝宫里一起住,有皇上的龙气镇着,他们就不敢作祟了。"

武则天觉得这是个好主意,当下搬到了李治的卧榻上。可是,这些梦魇依然没有放过她。

"皇后,皇后!媚娘!"

李治的呼唤将武则天从噩梦中唤回人间。武则天大汗淋漓地惊醒,才惊觉,这弥漫在历史与现实之中的魔障,从来不会消散。这是真正的定理,是无法回避的哀怨——自私、贪欲之下,仇恨和战争永无休止。

皇帝知道武则天的心魔,也不忍她继续痛苦下去,主动提出:"不如请个高人进宫吧?"

武则天一下子想到了郭行真,又想起了很多不愉快的往事,连忙拒绝道:"不用了,还是不要坏了规矩。"

没有了道士郭行真为自己作法驱魔,武则天只得自己想办法将那些东西从梦魇中赶走。

武则天跟皇帝说:"皇上,我想在龙门西山的石窟中建造一座最雄伟的寺院。"

李治秒懂她的心意,一口答应:"朕全力支持你。明天朕就下令拨款。"

武则天说:"我想捐出自己的脂粉钱。"

皇帝理解她的心情,说:"好,钱不够,再跟朕说。朕陪你去监工。"

寺院建造期间,武则天和李治多次亲临工地视察,她捐出无数脂粉钱用于施工,整个工程耗时三年,死伤无数。据说,寺庙供奉的佛祖形象是以武则天为原型的,这当然已无从考证,但是这个顶天立地的大佛成为龙门石窟中最大的佛龛,也是盛唐时期雕塑艺术的巅峰。

这一天,武则天召来许敬宗,说:"许卿,我有了个新想法。"

许敬宗已经习惯了皇后的折腾,每次都会全力配合,可这次,皇后的话让他惊掉了下巴。

"我想搞一个封禅大典。"武则天说。

武则天的垂帘听政,确立了她在朝堂中的政治地位,但是她从来不是一个安于平淡、止步不前的女人,她渴望不断挑战权威、创造奇迹、名垂青史。这次,她将目光投向了封禅大典。封禅大典是盛世王朝彰显政绩和秉承天命的重大活动,是历代君王孜孜以求的盛大仪式。

许敬宗说:"皇后,按规矩,封禅大典是由皇上主持的。"

"这我当然知道。"武则天倨傲地说,她试图借助这个机会在全天下人面前展现自己的威严,可这话她不好说出口。为了给自己留有斡旋的余地,她想派许敬宗打头阵:"你只管去向皇上提出这个请求。因为此事涉及朝廷,还是由朝臣出面更合乎规矩。"

许敬宗领命而去。他的效率很高,过了两天,就向武则天回报:"皇上对这件事犹豫不决。他说,当年太宗皇帝也曾动念封禅,但因国力不足而作罢。皇上说自问没有这个资格。"

"那你是怎么应对皇上的呢?"武则天问。

许敬宗说:"臣回禀说,高祖皇帝建立唐朝,太宗皇帝贞观之治更是功绩甚大,如今国富民强,更甚从前。在这个时候,皇上应该举行封禅大典,了却祖先的遗憾,也是为社稷求福。皇上听了我的一番话,依然难以立即决定……"

武则天不耐烦地打断许敬宗:"你不懂!皇上这个态度就是默许了封禅的事。"

"啊!"许敬宗汗颜,心道:还是你最了解皇帝。

武则天说:"我马上封你为封禅史,负责筹划这次大典。"

许敬宗大喜,随即又想到一个问题,大着胆子问:"皇后,历代封禅都是皇帝参加,皇后只能随行。"

"我才不理这一套老规矩。"武则天来回踱了几步,说,"你就按我说的行事。这次封禅大典,由皇帝封天,皇后祭地。以后都照这个新规矩。"

"是,是。"

武则天不管许敬宗震惊的表情,兀自说:"男人是天,女人就是地。所以,祭地禅礼由我带着女官们以及内外命妇来主持。"

许敬宗已经忘了惊讶,赶紧记下一个又一个新要求。

经过几百几千轮的讨论、修改,这天,许敬宗终于对李治和武则天说出这句话:"皇上、皇后,封禅大典筹备了一年多时间,各项工作已准备就绪。"

"太好了,朕还真怕等不到了。"李治高兴地说。

武则天嗔怪地白了皇帝一眼,道:"皇上洪福齐天,不要说这种不吉利的话。泰山封禅之后,皇上的龙体会越来越好的。"

"那我们就赶紧出发吧,我等这一天都等得不耐烦了。"皇帝下令。

"遵旨。"

麟德二年(665年)十月,李治带着武则天和大队人马浩浩荡荡地向泰山进发了。

"哇,这么大阵仗,是哪家出行啊?"

"看那气派,当然是皇家啊。"

"为什么里头还有外国人?"

"你们有所不知,这是皇帝去泰山封禅的队伍。队伍里除了三宫六院的嫔妃、文武百官、皇亲国戚等等,还有四夷诸国朝圣者和他们的随从。"

"这么多人,路上吃喝拉撒都不是小事。"

"当然咯。喏,那跟着的就是运送物资的队伍,加上御驾前后的仪仗,绵延了数百里。"

"哈哈,这队伍乌泱泱的,看不到尽头,走得那么慢,啥时候才能到泰山?"

"估摸着怎么着也得两个月吧。"

沿途的百姓和各地官员议论着这冗长的队伍,看着热闹。而一路上,李治看到国泰民安、欣欣向荣的景象,心情非常之好。

"皇后,朕很难得出一次门,真是不枉此行。朕没想到,在你我的治理下,我朝已经如此繁华。"李治开心地说。

武则天谨记之前的教训,心里虽得意,嘴上却谦虚地说:"那都是皇上您的功劳,我只是从旁协助罢了。"

皇帝听了更高兴了。只是,路途实在太长,走到中途,皇帝就吃不消了。

武则天连忙吩咐道:"快来人!在马车里多垫几层锦被。吩咐前面,再走得慢一点。"想了想,又说,"回来!去找点人,专门给我们的马车开道。有点眼力见儿,路上有坑,就用泥土和小石子填平,以免马车颠簸,震到皇上。"

武则天的悉心,李治看在眼里,感动地说:"皇后,还是你对我最好、最贴心。"

"那还用说?我们是夫妻嘛。"见李治还是不舒服,武则天干脆坐在他身边,抱起他的头,让他枕在自己的腿上,"皇上,这样有没有好一点?"

"好多了,朕睡一会儿。"

五十多天后,皇帝终于在武则天的精心照顾下来到泰山脚下。可惜的是,他早已病体不支,再也没有能力攀登台阶,只好由随从将他抬上了山顶。

按照规矩,封禅大典得在元旦举行。乾封元年(666年)正月初一,李治手捧秘而不宣的玉牒祭文,神情肃穆、步态庄严地登上了祭坛。典礼还没完成,李治已经脸色苍白,瑟瑟发抖。

"糟了,皇上扛不住这山顶的逼人寒气。"

"你们随时准备好,去扶皇上。万一他支持不住,也得扶起他完成仪式。"

不远处的随从密切观察着皇帝的动静。

好在,皇帝用意志力支撑自己,咬牙完成了仪式。待到走下祭坛,他已摇摇欲坠。

"还是武皇后主持的祭地仪式热闹好看。"

"嘿嘿,祭坛周围布置了锦绣屏障,你还能看清?"

"遮不住六宫颜色。"

武则天才不管别人如何议论,达到目的就好。祭地仪式开始后,她拖着华丽的裙裾，带着女官们缓缓登上祭坛，由后宫人员组成的歌舞团队一起在半山腰唱起了封禅的"登歌"。

朝臣们看到这里，都面面相觑，继而交头接耳、窃窃私语起来。

"这群花枝招展的老太太在干吗？表演节目？太搞笑了！"

"也不全是老太太。那些贵妇人还是挺性感妖艳的。"

"你看戏呢！这是祭地仪式，怎么能让一帮女人这样胡搞？"

"就是！女人懂什么？就会搞什么赏花会、赏月宴，要不就是满街买东西，愚不可及！"

"就这？说好的庄严氛围呢？说好的神圣气息呢？"

琴瑟见状不高兴了，心想：你们这群糙汉懂什么？看我回头不告诉皇后，整治你们。见皇后走下祭坛，琴瑟连忙告状："皇后，他们都在取笑你们。"说着，一指大臣们的方向。

"不用管他们。就他们那榆木脑袋，知道什么啊？"武则天道。朝臣们的不解和嘲笑，都无碍武则天此时的踌躇满志。

"皇后，你不准备惩罚他们？"

"琴瑟，成大事者，不拘小节。"武则天说。她心想：以皇后身份取得了继皇帝之后主持亚献的殊荣，古往今来只有我一人而已。我坚信自己是天命所归、所向无敌，又何必与这些人一般见识？

封禅典礼结束，皇帝和皇后在帐殿接受朝觐。

李治兴奋地说："皇后，这盛大的场面真让人精神振奋，这说明我们大唐国力雄厚啊！"

"皇上说得太对了！"武则天附和说，接着提出一个建议，"皇上，不如请您颁诏，天下七十岁以上的老人都给官爵，另外三品以上朝臣赐爵，四品以下的加阶。"

皇帝说："这是个好主意，就这么办。"

朝臣们私下议论着。

"武皇后可真会笼络人心。这诏书颁布下去,成千上万的官员都会对她感恩戴德。"

"她在民间的威望也高了一截。"

"武皇后在政治上更成熟,也更活跃了。"

按照程序,封禅大典之后,还将举行盛大的宴会,辅以各种精彩的歌唱舞蹈节目和杂技表演。李治和武则天看得兴致勃勃,他们的孩子们也同样看得目不转睛,这让侍候这帮皇子、公主的随从们暂时松了口气。

"今天几位小主子倒是挺消停,平日不是打架就是吵架。"

"就是。表演太吸引人,把几个小主子都迷住了。我宁愿这样的表演多来几场。"

"想得美,这封禅仪式是可遇不可求的。我进宫这么久,也是头一回。"

"他们这会儿只顾看表演,没心思吵架,过会儿新鲜劲过了,又会掐起来。你看你看,又吵起来了。"随从们见李贤耐不住性子,与其他兄弟拌起嘴来,连忙跑过去相劝。而太子李弘则如往日一般平静地坐着,对兄弟们的争斗不管不顾。

二十二　天皇天后

泰山封禅归来之后,琴瑟见武则天依然每天殚精竭虑地处理事务,忍不住劝道:"皇后,如今您已功成名就,可以歇一歇,不要那么辛苦,身体要紧哪。"

武则天放下手中的朱笔,说:"我倒是想歇一歇,可形势不容许啊。"

琴瑟不解道:"封禅大典后,您的威望一路走高,朝中又有许敬宗大人等臣子支持,您还担心什么?"

武则天叹道:"许敬宗?他已是耄耋之年。而当年拥戴我成为皇后的官员们,在一轮又一轮的政治斗争中倒下来大半。我还有个李勣可用,可惜他也垂垂老矣。行将就木之人,如何担当大任?"

琴瑟道:"看来您需要物色新的帮手了。"

武则天喜道:"没错,你倒是长进了不少。"

琴瑟羞涩地说:"都是皇后教导有方。"

武则天笑着说:"封禅大典后,形势一片大好,我固然踌躇满志,但绝不能陶醉在暂时的荣耀当中。要清醒地审时度势,制定下一步战略。"

琴瑟又问:"那您下一步打算怎么办?"

武则天说:"我自有妙计。你好好学习,待一定时日,我封你个女官做做。"

琴瑟高兴地说:"多谢皇后。"自此,她细心观察,向武则天学习如何处理政务,期待早日从"生活秘书"变身为更有前途的"行政助理"。

经过一段时间的观察,琴瑟发现:在帝制政权中,皇帝与宰相的权力相互依存,又相互制约和争夺,总是处在一种动态平衡中,拥武派在宰相团队中逐渐处于弱势,令皇后贯彻落实意图再也不像从前那般通畅。所以,当务之急,皇后需要重新物色一批亲信,为拥武派输进新鲜血液。

这天,武则天下令:"特许这一批文人学士从皇宫北门即玄武门出入大内。"这群文人被世人称为北门学士。

琴瑟问:"娘娘,这群学士怎的有人出身科举,有人出身士族?"

武则天说:"用人之道,不拘一格。这群人还嫩着呢,没法委以重任,先打发他们去做编书、记录等文字工作,好好磨炼一下。"

北门学士所编纂的书有《列女传》《臣轨》《百僚新诫》《乐书》《少阳正范》等。其中著名的《臣轨》二卷,成为历代朝臣必修之书。在此后的二十年中,北门学士宛若武则天的智囊团,为其打造舆论、出谋划策,多数官至三四品,直到嗣圣元年(684年)武则天称帝才换血。

北门学士中比较重要的有刘祎之、元万顷、范履冰、苗神客、周思茂等。上元元年(674年),武则天向李治提出要求:"皇上,请给列祖列宗追加封号,以彰显他们的丰功伟绩。"

"好好好,都听你的。"皇帝觉得这是个好主意,连连答应。

武则天又说:"臣妾有个主意:为了避尊者讳,希望将对我和皇上的称呼改成天皇、天后。"

"什么?"李治吓了一跳,"这、这太荒唐了吧。你的花样实在太多了,还把年号改来改去,弄得百姓都不知道朕究竟当政多少年。"

"求新求变是好事。不改变怎么能进步呢?"

"可你太形式主义了!"

武则天的确是个形式主义者,随着她的政治目标的不断变化,她的年号也变幻莫测。从她成为皇后直到驾崩,年号更换过二十三次,可谓历史之最。另外,她还热衷于更改百官的服饰和国旗的色彩,变化之快,令百官无从招架,充分印证了"女人心,海底针"这句话。

"皇上啊,新的称呼更能体现民众对皇帝、皇后的尊崇啊。"武则天劝道。

作为一个较为无能的皇帝,李治比其他皇帝更渴望万民尊崇,武则天这句话可谓说到了他心坎里。

"好吧,朕答应了。"

"多谢皇帝。"

皇帝叹口气,心想:皇后改的是封号,只怕又有了新的政治目的。她似乎已不再满足当朕的皇后,隐隐想要统揽朝纲。

这天的早朝,大臣们惊讶地发现队伍中多了一位翩翩少年。

"这年轻人是谁?我怎么没见过?"

"这是皇后的外甥贺兰敏之。"

"真稀奇。皇后一向对外戚绝不容情,怎会对这个外甥另眼相看?"

"嘿嘿,皇后和娘家人关系不好。从前她打击外戚,一来为报儿时之仇,二来为自己捞取大公无私的政治资本。"

"如今形势不同了,皇后想进一步掌控皇权,又想要娘家人帮衬了。"

武则天对贺兰敏之是有心结的,他毕竟是姐姐韩国夫人的儿子。可她没亏待过他,封他为三品大员,让他继承武家的一切。但贺兰敏之并不领情,他始终记得,是武则天杀了他母亲和妹妹。他听说武皇后为儿子李弘选定了太子妃——司卫少卿杨思俭的女儿,认为机会来了。

这天,贺兰敏之偷偷买通了杨思俭的仆人,溜进杨府见到未来的太子妃,并且花言巧语将她骗到了手。贺兰敏之本意是想让太子弘吃个哑巴亏,谁知耳目众多的武则天很快得知了这个消息。

"岂有此理!贺兰敏之竟敢玷污未来的太子妃,简直把皇室的脸面放在地上揉搓!"武则天大怒。

皇帝唉声叹气说:"好在还没过门,但也是件丑事。如果现在取消婚事,一定闹得尽人皆知,可不取消,又咽不下这口气。现在怎么处理才好啊?"

"婚事马上取消。"武则天断然说。

李治瞥一眼武则天："那怎么处置贺兰？他毕竟是你的亲外甥。"

"亲外甥，那又如何？吃里爬外的东西！来人，废掉贺兰敏之武姓和所有的官爵，将他流放雷州半岛。"武则天觉得还不解气，气呼呼地在原地打了几个转，对琴瑟耳语几句。

琴瑟已不是当年的琴瑟，听了武则天的秘密指示，面不改色地出去了。

李治还有什么不明白的？长叹一声，转身上床躺下。

贺兰敏之被废后，流放的路程走了一半，就被护送他的人打死，暴尸荒野。

武则天听到回报后，这才解气："哼！我自问待他不薄，他不但不帮我，还处处与我作对，该有此报。"

贺兰敏之这枚弃卒被解决后，其他武氏子侄渔翁得利。此时，武则天想起了真正的武家人，就是武则天同父异母的哥哥武元爽的儿子武承嗣等人。

"我就不信，个个都像贺兰那么没良心。"武则天下令，"来人，将武承嗣等人从岭南召回来。"

年纪最大的武承嗣继承了贺兰敏之曾经拥有的一切。

"叩谢娘娘大恩大德！我们愿为娘娘赴汤蹈火，在所不辞。"其他武二代也不断被封官晋爵，他们在感恩戴德的同时聚拢在武则天身边，成为她的得力助手。

就这样，李治和武则天成为天皇天后。这个时期，是武则天统揽朝政的过渡期。而封禅大典后，她提出了著名的建言十二事，作为施政纲领：

一、劝农桑，薄赋徭；

二、给复三辅地；

三、息兵，以道德化天下；

四、南北中尚禁浮巧；

五、省功费力役；

六、广言路；

七、杜谗口；

八、王公以降皆习《老子》；

九、父在为母服齐衰三年；

十、上元前勋官已给告身者,无追核；

十一、京官八品以上,益禀入；

十二、百官任事久,材高位下者,得进阶申滞。

建言十二事的提出,有特殊的时代背景。在泰山封禅之后,整个社会环境并不见佳,朝廷面临前所未有的危机。

"媚娘,刚才朝臣们的上奏,朕听了心惊胆战啊。"皇帝狠狠揉捏着太阳穴。

武则天不紧不慢地说:"我总结了一下,主要是经济形势不乐观;高丽、新罗、吐蕃等接连叛乱,我朝军事压力很大;各地又自然灾害不断,导致四处饥荒。"

皇帝苦恼地说:"危机重重,危机重重,要是不能安然渡过,我朝基业要毁在我手上了。"

"不必担心,有我在。"

皇帝眼睛一亮:"媚娘,你有什么好办法?"

武则天胸有成竹地说:"马上颁布建言十二事。"她详细地为李治解释起来。

"我们可以颁布革新政策,主张休养生息,尽力议和休战。对内,我们鼓励百姓种地、养蚕、纺纱、织布。这是为了努力发展生产力。"李治听了连连点头。

"我们可以减免苛捐杂税,可以分几步走,没必要急于求成。先免除长安及其附近农民的徭役,减轻农民的负担。"

李治说:"这个办法好是好,可是远水解不了近渴,边疆驻军的粮草还是供不上啊。"

"这好办,驻守边远地区的军队的粮草供给问题,只能让他们自己解决。"

"啊?"皇帝没听明白。

"让军队自己垦荒屯田呗。"

李治喜笑颜开:"妙计,皇后真是聪明绝顶!"

"建言十二事可不止这些。我们还可以广开言路,给天下人讲话的机会。"这是为了杜绝百官向皇帝进谗言,给予她自身一种保障。武则天心想:我恢复长孙无忌的官职,允许他葬入昭陵,也是广言路、杜谗口的一种姿态。当然,这层意思就不必跟皇帝细说了。

"臣妾还想提高女子的地位,令子女尊重母权。"

"这如何改得?"

武则天不忿:"如何改不得?往年,如果父亲去世,母亲健在,子女需要服丧三年;若是父亲健在,母亲去世,则只需服丧一年。臣妾的新政要求,即使父亲在世,子女也必须为亡母服丧三年。"但是,一般为母服丧的丧服档次低于为父服丧的服装,这一点,她无力改变。

"新政涉及面果然很广,可似乎漏了文武百官。"李治提醒道。他虽平庸,可毕竟当了多年的皇帝,基本的政治头脑还是有的。

武则天笑道:"别急,听臣妾接着讲。目前这种形势,我们对臣子要采取笼络的态度。臣妾建议:一是停止对专业军人在前线功勋的审查,给他们落实好待遇,借此鼓励士兵奋勇作战;二是提高京官的待遇;三是提拔有才能的下层官吏,同时让他们拥有发言权。"武则天笼络百官的手段是有效的。新政实施后,得到好处的官员都成了武则天的支持者。

见皇帝沉思不语,武则天微笑着说:"新政还要求百官都学习《老子》,并将其纳入科举考试的教材之中。"她清楚,李唐皇族向来信奉老子为自己的祖先,这一举动表现出对李唐皇族以及皇帝李治的一种尊崇,以此来赢得皇帝对自己的信任和放心。见李治的脸上露出了满意的笑容,武则天心想:皇帝,我还搞不定你吗？

　　建言十二事涉及经济、政治、军事、社会等各个方面，也在一定程度上契合了武则天个人的需求。从提高本族地位、培植亲信、笼络百官，到提出政治纲领，武则天有步骤、有章法地逐步扩大自己的影响，树立自己的威信，增强自身的实力，在政治上显示出非同一般的成熟和智慧。

二十三　太子李弘

在很长一段时间里,武则天为处理政务殚精竭虑,却没有滋生过称帝的野心。这个时期里,李治的身体日益孱弱,对权力的掌控逐渐减弱;武则天的长子李弘在不知不觉中长大成人,对权力的欲望开始苏醒。而武则天本人的权力欲望在与李唐皇族微妙关系的此消彼长中逐步演变。

"皇后,太子的老师都在夸太子仁孝呢。"一天,皇帝高兴地说。

"皇上何出此言?"武则天警觉起来。

"朕听弘儿的老师说,他不愿意阅读孔子的《春秋》,对于楚国商臣逼死父亲一段更是不胜唏嘘。他问老师,这样残忍的故事怎么可以写在书上?"

"老师怎么回答?"

"老师对太子说,孔子写书是为了惩恶扬善,让世人明辨是非。弘儿却不高兴地摇摇头,将书随手抛在桌上,要求改读《礼记》。"

"这就是老师夸赞的仁孝之心?"

"不止这些。"皇帝谈起儿子来兴致勃勃,"弘儿还上疏给朕,希望不再追究那些逃兵家属的责任,认为边境士兵已经非常艰苦,不该再连累家人。"

"我看着是心慈手软,难成大事!"武则天不高兴地说。

"皇后,你这么说自己的儿子就不对了。"

"皇上,难道我还会忌惮自己的儿子?"武则天没有说出口的是,正因为适时怀上李弘,她才有机会从感业寺回到皇宫,也因为李弘的诞生,她得以晋升为昭仪,搬出王皇后的寝宫。何况,他是她的第一个孩子,她对他倾注了无限母爱。

"皇帝啊,我给弘儿请了那么多有学问的名师,就是为了把他培养成出色的接班人。"

"这个朕知道。弘儿天资聪颖,悟性又高,读书勤奋刻苦至极,是朕的好儿子,所以朕才容不得别人说他不好。"

武则天知道李治偏爱李弘,除了他聪明勤奋这个原因,还有一个原因,就是李弘身体非常孱弱,自幼体弱多病。这一点像李治。另一个原因是,她孕期殚精竭虑、担惊受怕,日日处在王皇后的淫威下,过着朝不保夕的生活。因为这些,夫妻俩难免对李弘格外疼爱。是以这位先天不足的太子身体虽弱,个性却倔强、敏感。熟读"四书五经"的长子在老师们的教导下,儒家思想深入骨髓。当李弘成年,开始独立思考问题时,他就必然与崇尚创新、女权甚至偶尔离经叛道的母亲发生冲突。

待武则天觉察到这点时,为时已晚:"唉,都怪我太忙了,放纵那些老师将他教成了个四不像,总跟我对着干。"

咸亨二年(671年),李治和武则天去东都洛阳巡视,留下太子李弘监国。

临走时,李治谆谆教导:"弘儿,为父身体不佳,难以处理朝政,你好好学习处理政事,多多历练。等你完婚之后,历练几年,我就把皇帝的位子传给你。"

李弘听得心酸,赶紧磕头:"父皇不可如此悲观,好好保重身体。"说着流下了眼泪。

送走父亲之后,李弘在左右庶子的辅佐下开始监国。

"唉,各地报上来的都是灾报,天气大旱,土地干涸,颗粒无收,百姓苦啊!无奈国库空虚,没多少钱赈济灾民。"李弘唉声叹气。

辅佐李弘的大臣本就对武则天不满,趁此机会说:"太子,四处征讨固然是国库空虚的原因,可武皇后连年修建皇宫花了更多的钱。如今连宫里的士兵都吃不饱肚子,何况是百姓。"

李弘听了一阵烦躁,在老师们的影响下,他对母亲的不满由来已久。今天这件事,他心里认为母亲做得不对,嘴上却不好附和,只好说:"你有什么好办法?"

"宫里养着很多马,很多都没什么用处,却消耗很多钱。可以卖掉一些马,减轻财政负担,卖马的钱还可以周济百姓。"

"这……这不太好吧?"李弘知道,虽然父皇放权给他,可真正做主的是母亲。不经母亲同意,私自卖马,母亲一定会生气。

见李弘犹豫,属下说:"太子亲自去马场视察一下,就知道我说的是真话了。"

李弘点头答应了。到了马场,他眼见圈养的良种名驹有那么多,吃了一惊,又详细了解了养马所需的费用,更是咋舌。

"这些宫廷御马吃得膘肥体壮,百姓却饿着肚子,太不合理,也不人道。传我的命令,把一半的马送给百姓,耕田使用。"

马倌连忙阻止道:"太子殿下,这些马可是皇后的心头好,要不等她回来,请示过她,再决定吧。"

"不用请示,就这么办。母后如果怪罪的话,就由我来承担责任。"

像这样的事,李弘做得太多了。其中最著名的一件事,就是两个公主的婚事。

自打监国以后,李弘经常在宫中巡视。这天,他走到偏僻处,忽然发现了一个大门紧锁、守卫森严的庭院,很是惊奇。

"你们把大门打开,我要进去看看。"

守门的士兵说:"殿下,我们没有钥匙。"

"这么神秘,难道有什么秘密?"李弘很好奇,"去找掖庭令,把门打开。"

院门开了,里面有两个未老先衰的女人,惊恐地望着他。

李弘问掖庭令:"这是什么人?废妃吗?"

掖庭令不敢对太子撒谎,说:"这是皇上的废妃萧淑妃的两个女儿,义阳公主和宣城公主。"

李弘一听,居然是自己的姐姐,就问:"既然是公主,为什么会被关在这里?"

掖庭令说:"自从萧氏被杖毙,两位公主便被囚禁在这里,不许与外界接触,即使是皇上也未必知道她们的下落。"

"真是岂有此理!快把她们放出来,好吃好喝地伺候着。我的姐姐怎么能过这种日子?"

过了几天,从陪都洛阳传来诏书:要太子前往洛阳成婚。

武则天在处死了逼奸准太子妃杨氏的贺兰敏之后,又为李弘选择了新的太子妃,是大臣裴居道的女儿。

李弘遵照武则天的指示来到洛阳,对母亲说:"母后,我的两位姐姐还没有成婚,我怎么可以先成婚呢?"

留在长安的耳目已经将李弘的所作所为禀报给武则天,武则天饶是有心理准备,也没想到李弘敢公开违抗她的旨意。她气道:"太子啊太子,作为母亲,我处处为你打算,不惜背着骂名,也要为你扫清前进路上的所有障碍。而你的回报,就是这样来羞辱我?"

李弘磕了个头说:"儿臣不敢,儿臣只是觉得,要顾念伦理,顾念血缘。"

"好啊,好啊,我的儿子这样仁慈,倒显得我这个母亲冷酷无情啦!"武则天气得说不出话来,转头问皇帝,"皇上,你说,这件事怎么办?"

"朕……朕……哎哟,朕的头疼得要裂开了。"皇帝又惊又怒,老毛病犯了。

"看你把父皇气成什么样了!"武则天连忙去搀扶皇帝,见皇帝的病来势汹汹,心知不能再刺激他。她极力克制震怒,对李弘说:"你提出的这件事,母后会好好处理。你先退下吧,你父皇要休息了。"

李弘追问道:"母后打算怎么处理?"

武则天极力压制的怒火腾地又燃烧起来,冷笑着说:"你不是希望姐姐先嫁人吗？我会给她们找两户好人家的。你退下吧。"

等李弘一走，武则天马上下令："将两个公主嫁给御前的两个侍卫王遂古和权毅。今晚就成婚，婚事一切从简。"

待李弘得到消息，前去质问武则天，武则天说："我已经满足了你的愿望，两位驸马也升职成为刺史，你还有什么不满意的？"

李弘虽然一肚子气，可木已成舟，也无计可施。

皇帝对两个公主的婚事有点不满，武则天解释道："两位公主年纪已经不小，姿色也普通，她们的母亲又是罪妇，有哪位皇亲贵族愿意娶她们进门呢？那两个侍卫出身还可以，长得帅，品行也端方，我还升了他们的官，他们绝对配得上两位公主。"

皇帝说："毕竟是朕的女儿，也不能太苛待了。"

武则天说："我已下旨，让他们来洛阳谢恩。等你见到她们，可以问问她们自己对亲事是否满意。"

过了些时日，两个公主和驸马果真来到洛阳。皇帝见两个女儿站在英姿勃勃的驸马身边满脸娇羞，心知她们是满意的，对武则天的态度也就缓和下来。

"太子，现在你可以放心成婚了吧？"武则天问李弘。

李弘再也不能推托，很快与裴氏结婚了。

大婚之后，武则天对李弘说："太子，现在是饥馑之年，所以你的婚礼简朴了点，请你多担待。"

李弘却心满意足地说："婚礼奢华与否并不重要。我要感谢母后为我挑选了贤良温柔的裴妃。"

太子夫妻关系良好，这一点正是武则天希望看到的。武则天见李弘情真意切地感谢她，感到很安慰："母亲只希望你好好的，与太子妃琴瑟和谐。"

"我会好好与太子妃相处。"

武则天又说："弘儿，你个性像父亲，身体状况也像，跟我恰好是互补。只要我们母子俩好好沟通,是可以和谐相处的。"

可李弘没有答话。他心想:我已有了裴妃的温柔乡作为后盾,再不想费心跟你相处。从此,李弘便不再努力修补与武则天的亲子关系。之后,双方因为政治观点不同,发生了更大的分歧。

见李弘不答话,武则天猜到他的心意,心里不痛快起来,挥挥手让他走了。

琴瑟忍不住问:"您已主动让步,太子怎么如此不知趣?"

武则天说:"哼!这才是他的真面目。他已急不可待,想要干政篡权。"

琴瑟惊道:"不会吧?"

武则天说:"两个公主的婚配问题,就是他在借题发挥。你当他真的在意两个素未谋面的异母姐姐?想当家做主才是真的。"

琴瑟说:"那就难怪了。我听说,朝中反对您的那些大臣,还有围绕在太子身边的太子党,已经多次向皇上提出,希望皇上让位于太子。"

武则天说:"这也是我的心病。虽说皇上没有对此表态,可他迟早要让位给太子的。"

琴瑟明白:武则天的心情是矛盾的。武则天知道太子执政在所难免,可多年的摄政生涯令武则天的权力欲望前所未有地膨胀。对琴瑟而言,为了自己的前途,她更不希望武则天放权。

武则天叹道:"太子还年轻,耳根软,能力弱,能否掌控大局是个问题。再说,他又是这么自以为是,丝毫不想想,他并非天生的太子,他所拥有的一切都是我这个母亲争取来的。要是他掌了权,恐怕不会把我放在眼里,那我多年苦心经营的一切便会毁于一旦。"在这种心境下,武则天对太子的一举一动更加敏感。

而对天性敏感的李弘来说,武则天对两个公主的指婚带给他莫大的震动。他对太子妃裴氏说:"母亲为两个姐姐赐婚后,对我再也没有好脸色。那种严厉冷漠的态度,让我噤若寒蝉。"

裴氏安慰道:"也许你突然提起两个姐姐的婚事,让她感到很突然,所以不太高兴。你们毕竟是母子,慢慢就会好的。"

李弘枕着裴氏的胳膊说:"你不知道,我小时候是多么依恋母亲。有一次,父亲母亲带着大队人马前往洛阳,将我独自留在长安监国。我见不到母亲,终日哭闹不休。母亲得知之后,流着眼泪要求父亲将车队停下,在路上等了好多天,将我接到她身边。"

裴氏不解地说:"既然如此,后来你们的关系怎么变差了?"

李弘轻叹道:"长大之后,身边的老师们总是在我耳边诉说母亲残忍至极,还指责母亲牝鸡司晨,不仅干涉朝政,还对父皇指手画脚……我不知该何去何从。"

裴氏安抚道:"别人的话,听听而已,你现在真正长大了,可以自己去看,去判断是非。"

李弘纠结地说:"我不知道,真的不知道。我现在辨不清是非真伪。"

"怎么会呢?"

李弘说:"监国的时间长了,我发现,同一件事,站在不同的立场,处理方式完全不同。也许,老师没有错,母后没有错,是我错了。"

裴氏见太子开始自我怀疑,连忙柔声安慰,可是李弘钻进了牛角尖,饱受煎熬。长久处在这样的心境中,李弘旧病复发,很快病入膏肓,不久便撒手人寰了。

关于此事,史学家们大做文章,认为是武则天杀死了李弘。事实究竟如何,已无法得知。

失去长子的武则天夜夜以泪洗面。琴瑟见武则天如此,安慰说:"娘娘,您要节哀。"

武则天擦着眼泪道:"弘儿是我的长子,我是那么爱他,他的夭折真是让我伤心欲绝。"

琴瑟迟疑一下,说:"娘娘,说句不中听的,太子早卒固然是件伤心事,但他去得恰到好处。如果他还在,势必与您争权夺利。"

武则天眼里闪过一丝怒意,似乎恼怒琴瑟说中了她的心事:我不用面对即将到来的母子斗法的尴尬场面,这可谓伤痛中唯一的慰藉。

为了寄托对爱子无限的哀思,武则天下令:追封李弘为孝敬皇帝,并以天子的规格为孝敬皇帝修建一座气势恢宏的陵墓。

李治说:"陵墓的建造要动用大笔资金和苦力,如今国库空虚,你是不是再考虑一下?"

武则天说:"为了弘儿,我不惜工本。"

李治已悲伤得说不出话来,便不再与她争论。

如今的武则天已是出色的政治家,她没有沉浸在悲痛之中无法自拔。太子去世三天后,她便再次临朝,将权力牢牢控制在自己的掌心。

二十四　李贤上位

李弘去世之后，武则天和李治的次子李贤被册立为太子。朝臣们对此十分赞同。

"新任太子不仅文采出众、举止文雅，而且精通武艺，弓箭、骑射都十分出色。"

"帝、后二人有四个儿子，就数太子最具太宗皇帝的遗风。"

"新太子如此优秀，保不准很快就会摄政。"

"正是，正是。"

然而，上元二年（675年），李治召集宰相团体开会："朕的风疾日益严重，难以处理政务，以后将由天后摄政。"

"啊？"

李治的退出，让一心指望新太子上位的宰相们大跌眼镜。

武则天看着宰相们的反应，心想：从垂帘听政到二圣临朝，我的政治实力有了进一步的增长。可我始终无法直接向群臣发号施令，所有的决议都必须经过皇帝的同意才能得以贯彻落实。如今，只要皇帝的提议通过，我就将代替皇帝执政。

李治同意皇后武则天执政，这在当时的时代背景下是一种比较开明先进的思想。但他的提议，更多出于自己的私心。他考虑过：媚娘的才干是毋庸置疑的，可我愿意这么干，并不是看中她的才干。太子年富力强，我一旦让位给他，退位成为太上皇，无异于将手中的皇权拱手让人，日后我再想对朝政发表看法,会引起儿子的警觉和猜疑,给我带来麻烦。"逊位"给皇后就不同了,她是我老婆,等我病好之后,她会将皇权归还给我。

武则天当然知道皇帝的想法:他当初跟我连成一线,打击瓜分皇权的朝廷元老重臣,就是基于这种心思。只是不知,眼下这帮宰相会不会同意。

当时的宰相团体兼任辅佐太子的使命,李弘去世之后,他们便成为新任太子李贤的僚属。听到皇帝想"逊位"给皇后武则天,他们持反对态度。

郝处俊言辞激烈地说:"皇后只能负责后宫事宜,临朝处政绝不可以,而且天下是李唐皇朝祖宗的天下,皇帝没有权力将它让给皇后。如果皇帝因病实在无法临朝,也应该将皇位传给子孙。"

"郝大人说得对!"中书侍郎李义琰极力支持郝处俊的意见。

这些受儒家思想影响的宰相,代表着当时朝廷中对李治让位给武则天事件的普遍看法,其中不乏门第不同等因素。

武则天有点心惊:我自认为政治实力已不容小觑,可还是没法完全掌控外廷,尤其无法左右这些高层官员。

李治见宰相们群起反对,不敢正面冲突,无奈地说:"既然爱卿们持有异议,那此事改日再议。"说着,抱歉地看了一眼武则天。

武则天见皇帝的态度改变了,心知接管朝政这件事时机未到。等宰相们退下,她主动对皇帝说:"皇上,这件事先缓缓,您别气坏身子。"

李治有气无力地说:"唉,你也别折腾了。那些老古板,想法是很难改变的。"

武则天心想:这可未必。他们越是反对,我越是要统揽朝纲,给他们看看。不,我还是太保守了,我要登上皇位,成为第一个女皇帝,让这些看不起女人的老顽固趴在我脚下俯首称臣。

李治见武则天的眼神变幻不定,心知她在生宰相们的气,有心为她出口气,说:"反对你的人,你打算怎么处置?"

"嘿嘿!"武则天感激地看了眼皇帝,干笑几声,心想:皇帝对我倒是很关心,可惜他不是优秀的政治家,不懂得打败对手需要等待时机,"皇上,宰相们都是玩弄权术的老手,要想教训他们得有耐心,得仔细筹谋。您就别费心了,我自会处置。"

皇帝为难地说:"现在宰相团队里几乎都是太子的人,与太子连成一气,你想单打独斗对付他们是很困难的。我看,还是好好栽培贤儿,我们老两口安享晚年算了。"

武则天笑着说:"他们会连成一气,我就不会逐个击破吗?"说着,推着皇帝去休息,"去睡会儿吧,皇上,今天您费了好多精神,一定倦了。"

李治嘀嘀咕咕回宫去歇着了。武则天却神采奕奕地坐到案前,跟琴瑟商量下一步计划。

"琴瑟,把几个宰相的履历拿来我看看。"

"娘娘,您是想……?"

"宰相们的年龄越来越大,总会有几个要退休。我可以把北门学士补充进去,不断分割宰相集团的力量。"武则天说。

琴瑟眼睛发亮,崇拜地看着武则天:"娘娘真是走一步算三步。早在招募北门学士充作秘书团队时,您便已在创造机会培养他们成为宰相集团的后备力量了吧?"

武则天笑着说:"是的。北门学士出身较低,资历也浅,在朝中没有援引。我提拔他们当宰相,这一下子平步青云,他们自然对我感恩又忠诚。"

"那是,他们在朝廷没有根基,当了宰相也没本事跟娘娘对抗,凡事只能依靠娘娘。娘娘真是好筹谋!"琴瑟又拍起了彩虹屁。

除却补充进宰相团队,其他北门学士在为武则天参谋政事的同时,逐步干涉国事,时常牵制其他官员,引起了太子党的不满。太子党成员向李贤建言:"太子,您可以学习武皇后招募北门学士的模式,以修撰图书为名,培植自己的心腹党羽。"

李贤说:"这个建议不错。你们选择一本古书,拉一帮文人对其进行注释。"借着这个名义,东宫迅速聚集起一帮文人雅士、各级官僚。参与著书的有左庶子张大安、太子洗马刘讷言、洛州司法参军格希元、学士许叔牙等著名学者。

李贤招人编纂的这本书叫作《〈后汉书〉注》。编好之后,他将书献给李治。

李治高兴地说:"贤儿真有出息,赏赐给你三万匹绸缎。以后,就由你来监国。"

琴瑟听到这个消息,赶紧告诉武则天:"娘娘,皇上的身体越来越糟糕,常常几天都起不来床。如今他又让太子监国。说句不中听的,万一皇上有个三长两短,大权就会落到太子手里。娘娘要尽早筹谋啊。"

武则天说:"我也担心这一点,看来要加强对太子的控制。我们先礼后兵。"

她召来北门学士,下令说:"你们去编撰《少阳正范》和《孝子传》,编好之后,就交给太子诵读。"

过了不久,北门学士回报说:"臣等已按娘娘旨意,将《少阳正范》和《孝子传》献给太子,可太子不理不睬。"

武则天说:"我来给他写信,细数他种种失德的行为,我不信他无动于衷。"

李贤接到武则天的信后,更是不以为然。

"娘娘,太子借着监国的机会插手朝廷事务,到处拉拢大臣,建立自己的势力网络。"琴瑟对武则天说。

"我知道。他的一举一动,我了如指掌。"武则天道。

琴瑟一惊,心想:看来,娘娘在宫中的情报网大到难以想象,太子做什么都逃不过娘娘的法眼。她一边想,一边说:"娘娘,太子如今公然与您作对,您再不出手,半生心血很可能化为乌有。"

武则天笑着说:"琴瑟,你的胆子是越来越大了,这么无法无天的话也敢说出口。"

琴瑟把心一横，说："我只是忠于娘娘。我是依附于娘娘生存的，娘娘好，我才能好。"

武则天大笑道："人有私心是正常的。我就欣赏你够坦白。"说着，收敛了笑意，肃然道，"你说得对，太子是不能留了。"

琴瑟不禁打了个寒战，不知怎的，想起了早卒的李弘。她甩甩头，将杂念甩出脑海，听到武则天说："去把明崇俨找来。"

琴瑟嘴里答应着，心想：宫廷阴谋向来是娘娘的强项，太子要倒大霉了。

琴瑟吩咐小太监去传话。小太监不知道明崇俨是谁，一头雾水地找到太监总管，将此事汇报给他。

太监总管一听，赶紧屁颠屁颠地找人，同时告诉小太监："明崇俨可是主子身边的红人。"明崇俨名义上是谏议大夫，正五品官员，其实是武则天的私人健康顾问，有时还兼职心理医生。

小太监咋舌道："这么牛啊？"

太监总管说："你是自己人，我才告诉你。这明崇俨精通巫术，又略通医道，娘娘可宠信他了。娘娘还把他推荐给了皇上。如今连皇上都对明崇俨深信不疑，允许他随时入阁。"

小太监说："这……这有些不成体统了吧？"

"嘘！别胡说！皇上希望明崇俨用巫术治好他的病痛。"

待到层层级级的通知到达明崇俨家里，已经是深夜，明崇俨早已入睡。可一听是武则天召唤，他赶紧穿衣入宫。

武则天正软软地斜倚在卧榻之上，眼睛睁得大大的。

明崇俨见此情形，急忙跪倒行礼，然后小心翼翼地问："皇后为何事烦忧？"

武则天满脸倦意，长叹一声："我浑身乏力，却一点睡意都没有。"说着，揉了揉酸胀的太阳穴。

明崇俨见状急忙上前:"让臣来服务吧。"说着,主动伸出细长的手指为武则天按摩起来。

武则天原本昏昏沉沉的大脑经他抚弄一阵,果然纾解不少:"我觉得松快多了,你可真神啊。"

"皇后觉得舒服就好。"明崇俨惯会察言观色,他耐心等待着皇后放下心防,向他一吐胸中块垒。

不出所料,武则天缓缓睁开了眼睛,开口向明崇俨诉起苦来:"在别人眼中,我这个皇后不仅能够管理后宫,还可以干涉朝政,可谓风光无限、威风八面,我的痛苦又有谁能了解?"

"是,是,他们都不了解您。"明崇俨适时附和道。

"皇上身体孱弱,力不能逮,可如今的大唐内忧外患、风雨飘摇,我这个皇后不得不走出后宫,辅助皇帝处理朝政。然朝中大臣不仅不甚理解,反而诸多指责、诋毁,还反复怂恿太子与我针锋相对、争权夺利。"

明崇俨愤愤不平:"这些人真是忘恩负义、迂腐可笑。"

武则天又说:"如今弘儿已死,贤儿争权之心更甚,根本不把我这个母后放在眼里……"说着说着,武则天不由得声音哽咽,几欲落泪。

明崇俨连忙掏出绢帕为武则天拭泪,安慰说:"皇后切莫难过。明眼人都看得出来,大唐江山若不是由皇后尽心尽力地操持,根本不可能有如今的繁荣昌盛。"

"你是明白人,其他人未必明白。就连我的亲生儿子也不明白,一心想跟我抢……"武则天就差把话挑明了。

明崇俨听懂了,暗道:原来是太子想统揽朝纲。若是太子登基,皇后失势,那我就惨了。我这点旁门左道的微末本事,哪能胜任眼下的职位?我今天的荣华富贵,都是皇后所赐。如果皇后倒台,我所有的一切都将灰飞烟灭。所以说,我的命运与皇后紧紧相连。不行,绝不能让皇后倒台。

"皇后,有什么需要我去做的?我愿意助您一臂之力,赴汤蹈火,在所不辞。"明崇俨赶紧大表决心。

武则天心想：我兜来转去说了半天，等的便是你这句话。于是，她慢慢引入正题："明大人，你是大师，看人算命最准不过。依你的高见，贤儿究竟能否成为未来的一国之君？"

明崇俨马上心领神会："让我算一算。"他装模作样地掐指一算，说，"从面相上看，李显和李旦更有贵气。您的儿子很多，不一定非要李贤继承大统。"

武则天一听，心中暗喜，脸上却不显，继续道："这话你我说了不算，关键得让皇帝相信这一点。不过，目前还不适宜在他面前提这个，要等机会。"

密谋良久，武则天确认明崇俨已经完全领会自己的意思，这才让他离开。

过了几天，朝野上下便开始传出流言。

"你听说了吗？太子贤其实不是皇后所出，是当年皇上和皇后的姐姐韩国夫人私通生下的孩子。"

"这怎么可能？贤太子是皇后还是昭仪之时，去昭陵的路上生下的。"

"嘿嘿，这我知道。贤太子出生的前两年，皇后生下了长子，后头还有个夭折的小公主，你仔细算算时间，贤太子怎么可能是皇后亲生的呢？"这种言论倒是不无道理。从李贤的结局来看，他是武则天和李治的子女中最为悲惨的一个。武则天对亲生孩子们可谓关怀备至，而李贤除外。这些仿佛给流言增加了可信度。

"韩国夫人和皇上纠缠了数年，不为皇上生下一男半女实在不符合常理。可他俩的孩子没有合法的名分，而当时的武昭仪根基不稳，对于姐姐和皇上的奸情不敢发作，只能装聋作哑，将他们的私生子认作亲生的也不无可能。毕竟，多一个儿子，就多一个固宠的砝码。"

"我猜是这么回事：皇后确实在两年内生下三个孩子，但第三子先天不足，再加上去昭陵的路途颠簸、天气严寒、环境艰苦，孩子生下不久便夭折了。皇上授意宫人将韩国夫人秘密产下的孩子充作皇后的孩子也未可知。"

"那当年的武昭仪不知道此事？"

"有可能不知道。后来武昭仪晋升为皇后,势力渐大,便有知悉换子内情的宫人主动告密。"

"那为何皇后允许韩国夫人的儿子登上太子宝座?"

"皇后不能完全控制外廷,立谁为太子,她还决定不了。"

真相如何已不重要。自古以来,流言从来都具有极强大的生命力和破坏力。"李贤不是皇后亲生的"这一说法的威力,在短时间内对李贤造成了不可估量的影响。

琴瑟禀报武则天:"皇后,不少大臣对太子能否顺利登基持怀疑态度,保持中立明哲保身者有之,避之唯恐不及者也不少。"

武则天笑道:"这些墙头草反应还挺快。"

琴瑟说:"可太子党里也不乏坚定不移的人。"

武则天冷冷地说:"坚定者毕竟是少数,太子的实力一定大不如前了。"

李贤是聪慧机敏的,可毕竟年少,没经验,一遇到这种事就焦急无措,赶紧去找太子党的核心人物张大安。

"张先生,这可怎么办呢?"

张大安比李贤敏感得多,一听到流言,便立刻派人秘密打听流言的出处,还真被他查出是明崇俨干的。

张大安深知里面的利害关系,警告李贤说:"流言是明崇俨传出来的,可依我看,明崇俨没那么大胆子,敢在太子出身的问题上做文章。我猜是皇后在背后指使的。"

李贤生气地说:"母后怎么能做出这种事?"

张大安说:"权力之争,自古就是你死我活。太子与皇后实力悬殊,千万不能硬拼。唯有避其锋芒,不与其争一日之短长。"

李贤对武则天一向猜忌,他说:"母后为人心狠手辣,哥哥李弘说不定就是命丧母亲之手,她说不定也会对我下毒手。"

"太子可以假装投闲置散,暗地里培植自己的亲信。皇后一旦感觉不到威胁,就不会有所行动。"

"张大人说得是。我也只能如此,才能保命。"李贤心有余悸地说。

第二天,太子一改往日的勤勉,不再勤于政务,开始纵情声色。他每天呼朋引伴、骑马打猎、喝酒吃肉、观赏歌舞。

这天,帮李贤编书的大臣问他:"太子,今年的编书工作又要启动了,您想编什么主题的?"

李贤忙着喝酒取乐,顺嘴问:"你有什么好建议?"

"臣建议再编一本文史著作,类似《后汉书注》,可以编成一个系列。"

"不好不好。"李贤摇摇头,想了一会儿说,"这样吧,这次编一本笑话集。"

"啊?"来人怀疑自己听错了。

李贤肯定地说:"就编一本笑话集,编好之后呈给父皇。"见来人还站在原地发呆,他挥手道,"快走吧,别耽误本殿下取乐。"

就这样,文武双全的李贤日日纸醉金迷、夜夜笙歌。外人不知道他实在情非得已,只道他堕落了。李贤内心痛苦压抑,无处释放,时间一长,心理逐渐变态。

这天,宫里有个劲爆的消息传开了。

"听说了吗?太子有龙阳之癖。"

"不会吧?他身边有那么多美女。"

"他不爱美女,恋上了男人——户奴赵道生,每天与这个赵道生同吃同住、同榻而眠。"

"啊?这与当年的废太子李承乾娈童事件差不多。"

唐朝社会风气开放,男子三妻四妾很平常,对女子的风流韵事,舆论也相对宽容。然而,同性恋绝对被视作洪水猛兽,被认为有违伦理、不可饶恕,更何况当事人居然是太子李贤。

武则天终于逮住了李贤的把柄。为了这个时刻,她隐忍多时了。

"明崇俨,你可以闪亮登场了。"

"是！看微臣大显身手。"

这天,李治又抱着头哎呀哎呀喊痛:"唉,自打弘儿去世,我这病歪歪的身子骨儿越发弱不禁风,一天到晚躺在床上,都不见好。"

"皇上,要不要再请明大人进宫来瞧瞧?"贴身太监李公公说,"前几次,明大人给主子治疗之后,主子似乎就好多了。"

"对,对！快请他来！"

明崇俨得知皇帝召唤,跑得飞快。这次,他可是肩负着特殊使命的。

李治一见明崇俨,心情大好:"哎呀,你可来了,快帮朕看看,朕头痛得片刻都睡不着。"

明崇俨得到批准,马上脱鞋上榻,又是气功,又是按摩,忙得满头大汗。

李治开心地说:"朕浑身松快多了,头也没那么疼了。明大人真是神医啊！"

李公公在一旁附和道:"那是,这要感谢皇后将明大人引荐给皇上。"

明崇俨见李治心情好,连忙顺着李公公的话头说:"臣可以缓解皇上的痛苦,却无力帮助皇后。皇后最近常常唉声叹气、暗暗流泪。"

"啊?皇后可是个女强人,什么事都难不倒她。发生了什么大事,让皇后这样忧心忡忡?"

"这……臣不敢说。"

"哎呀,你快说！朕恕你无罪。"

在皇帝的连连追问下,明崇俨吞吞吐吐地将太子同性恋的劣迹添油加醋地汇报一番。

李治一听,将信将疑:"太子想要什么美女都可以,怎么会对一个粗野的男人感兴趣?"

明崇俨说:"太子近来不知怎的,不理朝政,沉迷酒色,天天玩出新花样。"他压低声音道,"这断袖之癖,从前宫里是有的——您的兄长李承乾也好这一口。"

李治哑然,心道:这事我可不会忘记。没有这个不争气的哥哥,也不会有我的今天。不管怎么说,兹事体大,得赶紧调查一下。

"把东宫的侍卫找来,朕要问问清楚。"

"是!"

侍卫一见皇帝,不敢说谎,把李贤和赵道生的事如实说了,证实明崇俨没有说谎。

李治勃然大怒:"你们这些狗侍卫,俸禄都是白领的!还有太子的老师,一个个都不称职,为何不严加管教太子?"

明崇俨嘿嘿冷笑,说:"皇上,太子唯我独尊,任谁都不放在眼里。他连武皇后的话都不听,又怎么会听老师的话?再说,老师指望着依靠太子飞黄腾达,又怎么敢得罪他呢?"

李治想了想,说:"你说得有道理。唉,这个不肖子,不肖子啊!"他扶着额头长吁短叹,忍不住流下了眼泪,"天哪,朕的头又痛了,早晚被这不肖子气死!"

明崇俨见状,急忙安慰李治:"皇上龙体要紧,千万不要为不肖的太子伤神。"

李治擦擦泪,有气无力地问明崇俨:"朕一直认为太子精明能干,现在怎么会变成这个样子?"

明崇俨一直在寻找机会切入正题,见李治主动问起,正中下怀,忙说:"这个,臣要算一卦。"说着,他掏出法器瞎算一气,然后装作一脸为难的样子。

李治说:"答案是什么?你但说无妨。"

明崇俨依然犹豫,不肯吐露。

"说吧说吧,到了这个时候,朕还有什么接受不了的?"李治又说,"不管什么答案,朕都赦你无罪。"

明崇俨这才用他那如簧之舌,滔滔不绝、云里雾里地说了一番。

李治说:"听你的意思,太子没有帝王之相,大唐的永续发展可能得依靠李显或是李旦?"

明崇俨默认了。

皇宫里到处都是耳目,明崇俨的这番话迅速被太子党的探子得知,汇报给了李贤。李贤连夜召集心腹商议对策。

"明崇俨胆大妄为,竟敢挑拨皇上和太子的关系。"

"何止如此,他居然敢妄议废立太子之事,实在该杀。"

"臣提议,马上暗杀明崇俨。"

这个提议,李贤的智囊团一致通过。在一个月黑风高的夜晚,太子派出的杀手暗杀了明崇俨。

"娘娘,不好了!"琴瑟得到消息,晓得不是件小事,次日天蒙蒙亮就叫醒好不容易入睡的武则天,"明崇俨大人遇刺身亡了!"

"岂有此理!是谁敢杀我的人?"武则天震怒。

琴瑟说:"搞不好是太子干的。"

"这个孽障!"武则天心知肚明,此事的幕后主使十有八九是太子,"我们暂时没证据,这事先别声张。"她稳了稳神,下令说,"派人在城内四处搜查,缉拿凶手,以虚张声势,同时秘密加派人手监视太子,还有他身边人的一举一动。"

"是!"琴瑟担忧地说,"娘娘,太子开始行动了,朝廷里支持他的大臣可不少呢,不知下一步会做什么。"

武则天冷笑着说:"与他有嫌隙的人也不少,我偏偏升这些人的官。"

琴瑟眼睛一亮:"这招妙啊!有他们的牵制,太子在朝中的势力削弱不少。"

武则天思索了一会儿,道:"对了,前几天有人上疏,希望太子检点一下私生活。你去把这个折子找出来,再把新上任的宰相裴炎叫来。"

一个时辰后,武则天对跪拜在地的裴炎说:"有人弹劾太子有作风问题。你带头去彻查此事,务必查得一清二楚。"

"臣遵旨。"

裴炎办事很给力："去，先把太子的同性恋人赵道生缉拿归案。"

"大人，抓来后怎么处置？"

"先打一顿杀威棒再说。"

遭受一番严刑拷打，赵道生吃不了苦头，供出了与李贤的关系，还承认："是我杀了明崇俨。"

赵道生的被捕令太子党受惊不小，李贤更是惶惶不可终日，召来智囊团开小会。

李贤惊慌地说："我太了解母后的性格了，她这次一定不会放过我。我们干脆一不做，二不休，准备好兵器甲胄，预防不测。"

太子的铁杆心腹张大安是个典型的书生，他听太子有谋反之意，吓得急忙劝阻，说："虎毒不食子，只要太子向皇后请罪，皇后一定会原谅太子。"

其他人也附和说："如果太子私藏枪械，一旦被抓，牵连就大了。太子被废不说，我们都会株连九族。"

李贤见他们都反对，只得说："好吧，我现在就写请罪书，交给母亲。"他表面上听从建议，写了不少请罪书交给武则天，私底下他还是积极备战，拿出私藏的银票，交给心腹："你秘密帮我招兵买马，再准备大量武器盔甲，以备不时之需。"

心腹领命而去，迅速备齐了军用物资，将它们藏在马棚里。

"娘娘，收到密报，太子正派人秘密练兵，还购入好多盔甲和刀剑。"

太子的异动早已被武则天派出的情报人员获知，密报于她。武则天气得咬牙切齿，立刻派人向皇帝禀告，说："去告诉皇帝他的好儿子干的好事。皇帝要问起消息来源，就说是户奴赵道生招供的。请皇帝马上派人去太子府搜查。"

"你说什么？太子要谋反，还杀了明崇俨？"李治最忌讳的便是谋反，马上批准武则天的要求，"去，多派些人搜查东宫。"

大批羽林军迅速包围了太子的府邸,控制了局面,将太子余党监控起来,并且搜出了五百副崭新的铠甲。

武则天对李治说:"太子的好情人、户奴赵道生早就招供太子有谋反之心。如今证据确凿,请皇上将太子废了。"

李治明白武则天的心思:李贤触怒了她,她不想放过李贤,想置太子于死地。皇帝舍不得儿子死,为李贤辩解道:"事情也许没那么严重。东宫的一些侍卫本就承担保卫工作,藏有铠甲很正常。"

武则天也明白皇帝的心思,冷笑道:"不少人招认,太子私藏军用物资,就是为了等待合适时机,进宫逼皇帝退位,谋反之心昭然若揭。太子的谋逆之心天地不容,不能够饶恕,依律应该废掉太子名号,然后处死。"

"朕坚决不同意处死儿子。"李治说。

"皇帝,一国之君,更应大义灭亲。对待造反的人绝不能心慈手软,否则没法坐稳江山。"武则天激昂的语气低缓下来,说,"李贤也是我的儿子。儿子造反,我作为母亲,比你这个父亲更痛心。但是,朝野上下都在盯着你,看你如何处理这件事。如果你处理得不公平,恐怕对江山社稷没有好处。"

李治知道武则天说得有道理,可要他亲自下旨处决儿子,实在于心不忍。他不禁老泪纵横:"朕老了,不忍再白发人送黑发人,能不能留贤儿一命?"

武则天暗想,不宜逼皇帝太紧,便退了一步:"既然皇上这么说,那就留他一命,毕竟是我们的儿子,我也舍不得他死。但是,这太子,他是当到头了。"

"只要他不死,随你如何处置他。"

"好吧。那就将他废了,贬出皇宫。"

皇帝默默点头,流着泪在废太子的诏书上盖上印章。同样的,这场风波引起了朝廷上下的各种议论。

"听说了吗?太子被逐出京城,被押解到蜀地巴州一座破败的行宫。"

"唉,太子曾经是多么风流倜傥、意气风发啊!"

"谁让他等不及要谋反呢?听说他倾尽财力购买的武器铠甲被尽数焚

毁,东宫外面浓烟冲天,经久不散。"

"那是武皇后故意这么干的,敲打那些怀着谋逆之心的人。"

"听说太子的亲信、朋友和同性恋人赵道生全部被处斩了。太子左庶子、同中书门下三品张大安因为失察之罪被贬为普州刺史,太子洗马刘讷言也被发配到了振州。"

"嘿!现在谁都怕跟东宫搭上边啊。听说东宫太典膳丞高政被遣送回家后,害怕受到牵连的父亲和大伯合谋将他杀死,又把他的尸体扔到大街上。"

"这、这——唉!"

武则天的寝宫里,琴瑟说:"娘娘,经过这番整肃,废太子的势力已被连根拔除,您在外廷的权威进一步地稳固了。"

武则天举起茶盅,略带点冷意地说:"你再多派些人手盯着,务必斩草除根,不留后患。"

琴瑟说:"遵旨。对了,娘娘,明天就要册封新的太子,您有什么特别指示吗?"

武则天不耐烦地说:"这还用我教你吗?"

琴瑟吓得不敢再多说,默默退下了。

武则天自言自语道:"戏台已搭好,我的儿子们,你们就轮番表演吧。"

就在李贤被废的第二天,武则天和李治的第三个儿子李显入主东宫,改国号为永隆,同时大赦天下。

二十五　李显登场

"琴瑟,近日太子有无异动?"武则天问琴瑟。

琴瑟小心翼翼地说:"探子回报说,显太子一直安分守己,暂时没什么出格的行为。"

"嗯,他最好是真的安分守己。我要皇权牢牢掌握在我一个人的手里。"武则天说。

琴瑟明白,武则天希望独掌皇权,一方面是出于她的女权思想,另一方面也是她自身生存发展的需要。琴瑟感叹道:"唉,皇子们真不懂事,为什么要和自己的亲娘斗来斗去?"

武则天冷哼一声:"即使亲如母子,在权力面前也是当仁不让。自古父子为了皇权钩心斗角、你死我活的事还少吗?琴瑟,现实就是这么残酷,清醒点吧!"

"娘娘,既然如此,您为什么还要扶持皇子们一个接一个当上太子?要知道,皇子一旦入主东宫,就自会生出权力欲望。"

武则天说:"我允许儿子们登场,也是迫于形势。不过,恰好借机让儿子们充分表演,看看究竟谁更适合代替皇帝成为我手中的傀儡。"

琴瑟一惊:"皇上连年缠绵病榻,我总以为他还能挺得住。听您这么说,皇上已病入膏肓?"

武则天点点头,伤感地说:"你也看到了,皇上天天卧床休息,呻吟不止。如此每况愈下,只怕时日不多了。"

琴瑟想了一会儿,说:"娘娘,皇上若是突然驾崩,形势对您将会很不利,要提前谋划才好。"

武则天点头赞许道:"你说得对。我打算带皇上去洛阳养病。"

琴瑟说:"这是个好主意。长安是李唐家族代表的关陇贵族集团的根据地,皇家势力盘根错节,可洛阳在娘娘多年经营下,已成为娘娘的势力范围。娘娘带皇上去了洛阳,做事就方便多了。奴婢这就去准备。"

武则天笑道:"你悄悄准备,别声张,此事我还没跟皇上提起。"

"奴婢领命。"琴瑟欣然去了。

对皇帝,武则天当然不能像面对琴瑟那样,直截了当说出自己的心意,而是拐弯抹角,找了个借口:"皇上,如今关中大旱,粮食歉收,我们待在长安,恐怕连饭食都吃不好,对你的身体没有好处。洛阳那边粮草充足,不如我陪着您去洛阳养病吧?"

皇帝原本有些犹豫,忽然想起一件事,说:"这两天刚好有人提议再次封禅,以求得上天庇佑,缓解朕的病情。朕觉得很有道理。那就依你,移驾去洛阳吧。"

在洛阳休养了一阵之后,皇帝的病情并未好转,武则天心中焦急,对太医们说:"你们再想想办法,无论如何要救治皇上。如果你们没这本事,就张贴皇榜,召集民间神医来为皇上治疗。"

从此,太医院比以往更加热闹,终日车水马龙,门庭若市。不少人出钱出力,请求为皇帝看病,希望侥幸治好皇帝,获得帝王之家的青睐。

"太医,无论何人开的方子,都得给我过目,我认可后,才能给皇上用药。"武则天吩咐道。

"是,是。"

"你又不懂医,瞎掺和什么啊?"皇帝不满地说。

"至少我不会害皇上您啊。有些治疗方案实在太猛了,您的身体是吃不消的。"武则天建议李治服用几种温和的药物。

"不吃不吃！吃了没用！"李治不高兴地说,想了想,说,"我想吃太宗皇帝吃过的丹药。"

"不行,药性太烈了。"武则天没说出口的是:先帝很可能是服了那些丹药,身体才开始衰弱的。

"我不管！我死也要吃那些药！"李治病急乱投医,坚持冒死使用猛药。

皇帝的生死大事,武则天不敢独自决定,便召见有关大臣商量此事。

"让显太子和裴炎等人火速来洛阳议事。"

大臣们建议,皇帝既然想要服药,可以让他试一试,以防万一,可以请太子监国。

武则天心想:看来你们是心向着太子。皇上服药后万一驾崩,已经监国的太子就顺理成章登基成为皇帝。我不会让你们得逞的。

大臣们又说,皇帝的病已刻不容缓,还请皇后尊重皇上的意愿。

武则天心想:如果我坚持不让皇帝吃药,万一皇帝有个三长两短,他们就会怪罪到我身上。吃药这件事,我只能让步。太子监国,我也没理由反对,只能想办法制衡太子了。考虑再三,武则天说:"既然这是皇帝的意思,那就这样吧。太子监国,也是应该的。"

众大臣达到目的,正暗自高兴,又听武则天说:"太子年轻,没经验,需要人辅佐。"说着,她一下子任命了四个宰相,帮助太子处理政务。这几个宰相资历浅,又是武则天提拔的,自然什么都听她的。武则天又在太子身边安插了不少自己人,这才稍稍放心。

大臣们见武则天让步,正暗自高兴,冷不防她来这一手,一时不知怎么接招。

武则天趁他们没反应过来,又提出:"皇上服药时,你们都要守在身边。"

"那是当然,这是臣子的本分。"

李治如愿吃了药,期盼奇迹出现。守着他的众人各怀鬼胎,打着自己的小算盘。然而,等了许久,皇帝没有任何反应,大臣们只好散了。

又等了几天,武则天问:"皇上,您感觉如何?"

"毫无起色,毫无起色,这药没用!"李治沮丧至极,每天唉声叹气。

这时,又有大臣提出封禅:"皇上,虽然东岳泰山已经封过,但还有西岳华山、南岳衡山、北岳恒山、中岳嵩山可以封禅。"

李治一听,重新燃起了生的希望:"皇后,只要能够延年益寿,我愿意长途跋涉前去封禅。"

见皇帝再三提这个要求,武则天为难地说:"我很愿意满足皇上的心愿,可您病体虚弱,不宜舟车劳顿。不如,我们派遣使者,代替皇帝前去封禅?"

李治连连摆手:"使不得。若是派遣使者,显得朕毫无诚意,恐怕上天会怪罪,还是朕亲自前往的好。"

武则天劝道:"可皇上的身体,同时封禅四岳,恐怕力不能逮。"

李治忙说:"那么,就每年前往一座山岳封禅。"

武则天心想:皇帝求生心切,我不能再反对,否则他还以为我希望他早点死。她忙说:"好,一切都听您的。"

众臣见皇帝执意封禅,也只好同意,说:"封禅是大事,有很多准备工作。需要派驻先遣部队,建好行宫和封禅台,才能前往。"

武则天一锤定音:"皇上,嵩山离这里最近,您就先去嵩山封禅,可以吗?"

"太可以了。"李治情绪高涨,"请皇后督促群臣,及早完成准备工作。"

冬天到了,李治得知嵩山封禅的行宫奉天宫终于落成,赶紧对武则天说:"皇后,我现在就要去封禅。"

群臣得知消息,劝说李治:"皇上,如今是数九寒冬,滴水成冰,您的身体恐怕难以支持。"

"就是。封禅台在露天,山上北风呼啸,吹得人张不开嘴呢。"

"这我不管。我一定要去封禅,马上就去。"李治犯了倔脾气,毫不理会武则天和群臣的劝阻。

"唉,就按皇帝说的办吧。"武则天扶额说道,"你们加班加点,撰好各类祭文,订好封禅议程。必须做好后勤保障和安全保卫工作。"

"领旨。"众臣各就各位忙活起来。

一切准备就绪,皇帝、皇后率领王公大臣、皇亲国戚、侍卫仆婢,大队人马浩浩荡荡前往嵩山。

最初,李治凭着一腔活命的热望支持着病体,可马车刚离开洛阳,他便再也坐不稳,躺倒在马车里。

"快,快把预备好的锦被铺上。"武则天指示宫女为李治垫上厚厚的被子,"皇上,这样躺着是不是舒服点?"

"哎呀,不行,马车摇晃得太厉害了。朕头痛,痛得要炸开了。"李治捧着头呻吟起来。

"这可怎么办?要不您枕着我睡吧。"武则天轻轻把皇帝的头抱在怀中。

"不行,不行,朕的两个太阳穴突突突直跳,受不了,要死了。"

"太医,快传太医!"

李治患的可能是高血压之类的疾病。太医们用尽办法,他依然不见好转,眼看便要宣告不治。

太医秦鸣鹤只好小心翼翼地提出:"不如……不如给皇上放点血,可能会好些。"

武则天一听,眼中恨不得喷出火来:"你们这群庸医,治不好皇帝就罢了,居然想出放血的方法,应该立刻拉出去斩首。"

"不,不要杀他。让他试试,让他试试。"李治弱弱地说。

"可是——"武则天觉得放血太冒险。

"朕痛得死去活来,就让他试试,死马当活马医呗。"

武则天无奈,含着眼泪说:"好吧,那就试试。"

在武则天严厉的目光下,秦鸣鹤战战兢兢地用银针扎入李治头上的两个穴位,流出一些黑紫色的瘀血。

李治高叫起来:"头没那么疼了,眼睛能看清了。"他晃了晃脑袋,"脑子也清醒了些。快,快重赏太医!"

"赏,当然要赏!琴瑟,你去处理。"武则天喜出望外,立刻让琴瑟赐给太医很多财物。

李治随着马车的摇晃渐渐睡去。武则天噙着泪,双眼一眨不眨地凝望着皇帝的睡颜,心想:皇上啊皇上,你一定要长命百岁,陪伴着我。你知道我有多么爱您吗?忘不了当年太宗身畔的秘密偷欢、感业寺的海誓山盟、再入皇宫的一房专宠,到之后的垂帘听政、二圣临朝,您甚至一度愿意"逊位"于我。几十年风风雨雨,虽然我们有过争执,有过嫌隙,但是多数时候我们夫妻共同进退、风雨同舟。是您的深情厚谊成就了今天的我,甚至是未来的一代女皇。于情于理,我都希望您能颐养天年,不再遭受病痛的折磨。

李治似乎听到了武则天的心声,他睁开眼,含含糊糊地说:"皇后,朕病体沉重,没法完成封禅,我们回去吧。"

武则天赶紧说:"那我们就延期,等您好了再去。"

然而,封禅的日期一拖再拖。

武则天责令秦鸣鹤治好皇帝。

秦鸣鹤感叹说:"我纵然是华佗再世,也改不了天命啊。"

皇帝说:"秦太医说的是实话,就别再为难他啦。朕日渐衰弱,终日缠绵病榻,眼看实现不了再度封禅的愿望了。"

武则天听他这样说,心里酸苦,安慰道:"皇上,我们改元来冲喜,也许您就见好了。"

李治同意了。

"朕想亲自走上城楼,向黎民百姓宣读敕书,改国号永淳为弘道。"

"当然可以。"武则天暗想:让皇帝有个指望,就能多挨上一阵子。

可是,改元那天,皇帝被太监从龙榻上扶起,才走了几步,便气喘吁吁、无法支持,只得斜倚在大殿的龙椅之上,接受百官的参拜,同时,由侍从代为宣读敕书。

文武百官拜伏在地,大喊"万岁"。李治听到这久违的欢呼,不由得热泪盈眶。他对武则天说:"皇后,我多么思念长安,很想回到那里。"

武则天紧紧抓住他的手,说:"好,好,等您好些,我们就回去。"

然而,不久之后,李治便病逝在洛阳,享年五十六岁。

李治驾崩后,遗体被移到麟德殿,朝臣们按品级排队,轮流瞻仰先帝遗容。武则天时时刻刻含着眼泪陪在一侧,令朝臣们对她增加了不少好感。

话分两头。李显初登太子宝座时,喜出望外之余也倍觉惶惑、惊恐。他对太子妃韦氏说:"我跟二哥李贤从小就生活在长兄的阴影下,从没妄想当太子的好事会落到我头上。大哥莫名其妙死了,二哥又被废黜,我怕啊,我不想当太子。"

韦氏说:"你真傻!人家挤破脑袋想当太子,你还往外推。"

李显嗫嚅着说:"我是真不想。"他环视着东宫,怯怯道,"我只是不敢违背母亲的命令,才搬进东宫来住。我似乎能闻到空气中氤氲不散的血腥气味。那些在镇压行动中被杀死的幽魂,仿佛依然游走在我的身边。"

韦氏讥笑道:"你的想象力可真丰富。人死如灯灭,什么都没有了。"

李显摇摇头说:"就算你说得对,我还是怕。我害怕母后,怕一不小心触怒母后,与哥哥们落得同样的下场。"

韦氏暗想:胆小鬼,我得好好给你打打气,我的功名利禄可系在你这个胆小鬼身上呢。她靠近李显,把他的头抱在怀里,安抚道:"母后已经老了,说不定哪天就归了天,一个老太太有什么可怕的?你已经是太子,未来就是皇帝,以后大唐的江山都是你的。"

李显望着韦氏美艳动人的脸,她那双漂亮的眼睛里射出野心勃勃的光芒,这光芒大大鼓舞了李显,他的恐惧也去了大半。他喃喃地说:"幸好有你陪着我,否则我在东宫一天也待不下去,早就崩溃了。"

"别说胡话。我们的好日子还在后头呢。"韦氏坚定地说。

李治刚去世,李显马上奔回东宫:"爱妃,有好消息,父皇驾崩了。"

韦氏高兴极了,随即问道:"你有没有看到先皇遗诏?"

李显说:"没人给我看什么遗诏啊。"

韦氏马上拉下脸,心想:这个笨蛋,一点头脑也没有。她忙把李显往外推:"快回去,仔细看看遗诏如何安排你母后。"

李显唯唯诺诺地应着,一脚刚跨出房门,韦氏又叮嘱道:"一有消息,火速差人来告诉我。"

高宗皇帝李治驾崩前夕,宫里一片混乱,宫外的形势同样严峻,经常天有异象,水旱灾害、兵祸战争接连发生,遍地饿殍,民不聊生。武则天一直忙于照顾李治,应付国事,等李治咽下最后一口气,她与太子李显的权力斗争便拉开帷幕。

高宗皇帝临死之前,遗命宰相裴炎辅政,同时留下一份遗嘱,叫作《大帝遗诏》。诏书上说,太子可以在皇帝灵柩前继位,但太子必须按照汉朝的制度为父亲服丧,也就是:服丧一天算一个月,服丧二十七天代表服丧三年。另外,新皇帝如果遇到不明白的国事,应该听天后武则天的意见。

《大帝遗诏》的最后一条,充分表现出高宗李治对皇后武则天的充分信任,为她保留了一部分参政议政的权力。

武则天看到遗诏后,不满意地说:"这么一丁点权力有什么用?我要的是全部。"

琴瑟说:"新皇要服丧,我们还有时间斡旋。"

武则天点头说:"没错,你去把裴炎叫来。"要达到自己的目的,武则天必须借助宰相裴炎的力量。

琴瑟道:"裴炎一定会帮您。他是您一手提拔起来的,如今资历尚浅,还需要您扶持。若是皇权落到未来的新皇帝手中,只怕裴炎前途渺茫。"

为了自身的利益,裴炎很自然站到了武则天这边。高宗去世三天后,裴炎上奏说:"显太子还需服丧,并没有正式登基。在此期间,应该由皇后全面主持政务。"

裴炎是先帝李治唯一指定的顾命大臣,群臣无法反对他的提议,因此,在二十七天内,武则天可以全权掌握朝政。

武则天笑道:"裴炎果然有办法。琴瑟,你去给我多多组建几个秘书班子,我要大干一场。"

琴瑟说:"遵旨。"

在武则天当政的二十七天中,她马不停蹄地做了好多工作,为从李显手中夺得皇权做充分准备。她调整了宰相班子,将老臣明升暗降留在长安,又下令说:"将裴炎提为中书令,并将宰相集体议政的地点政事堂由门下省调到中书省。"

琴瑟不解道:"这样的人事和机构调整有何深意?"

武则天说:"我朝实行三省制,中书省出令,门下省审核,尚书省执行。将宰相集体议事的地点改在中书省,等于加强了中书令裴炎的地位。"

琴瑟微笑道:"我有点明白了。裴炎是唯一的顾命大臣,如今每次都由他牵头各位宰相集中议事,无形中他就成为宰相们的首脑,同时也间接削弱了门下省审核的权力。"

武则天意味深长地笑了,心想:从此,我要贯彻落实思想就变得容易多了。接着,她又下旨:"皇宫保卫的羽林军由大将程务挺和张乾勖掌管。琴瑟,你草拟个名单,派些自己人到并州、益州、荆州和扬州等重要基地镇守。"

琴瑟一边答应着,一边不停地记录着武则天的旨意,心想:看来得多配几个速记员,否则我忙不过来。正想着,只听武则天又下令给李唐皇室子孙加官晋爵。琴瑟暗暗点赞:皇后这招收买人心恰到好处。

二十七天很快过去,志得意满的太子李显如愿以偿登基称帝。可是,上朝之后他发觉,大臣们只跟武则天议事,将他完全撇在一边。他想插嘴,却又不知从何说起。好不容易挨到散朝,他灰溜溜回到寝宫,皇后韦氏急忙问他情况如何。他垂头丧气地说:"唉,我就是个摆设,根本没人理我。"这也难怪,从小到大,李显都是被父母忽视的那个,无人仔细督促他的教育。他的天性得到了自由的发展,爱好吃喝玩乐、骑马斗狗,就是一个典型的纨绔子弟。论政治头脑,他连他的老爸李治都不如。

"我没本事跟母后斗,还是躺平吧。"李贤脱了龙袍,往榻上一躺,跷起二郎腿,等宫女给他剥水果吃。

他的皇后韦氏见李显这副模样,恨得牙痒痒:真是烂泥扶不上墙!你没事业心,可老娘我还想当武太后第二呢。如今我是皇后,我倒是要跟婆婆好好斗一斗,看谁笑到最后。

韦氏心里盘算着,主动端过宫女剥好的柑橘,喂给李显吃。李显嬉笑着摸着韦氏的手,说:"还是朕的皇后对朕最好。"

韦氏见他心情不错,主动出谋划策:"皇上,你知道为什么没人理会你吗?"

李显一愣,问:"为什么?"

"因为你在朝中没有心腹大臣。"韦氏见皇帝在思考,忙说,"你可以把我的父亲韦玄贞提拔为宰相。他年纪大,经验丰富,一定能帮上你的忙。"

李显很犹豫:"岳父韦玄贞从前不过是个七品芝麻官,朕已经破格提拔他为四品刺史,若是再提拔为宰相,恐怕不大合适。"

韦氏说:"有什么不合适?他可是皇帝的岳父。他成了宰相,才能真正帮到你。"

东宫到处都是武则天的眼线,李显夫妇的这点小算盘,很快就被报告给了琴瑟。

琴瑟说:"皇帝和皇后宝座还没坐热呢,好心急啊。"

武则天说:"儿子的小心思,我这个当娘的最清楚不过。所以,显儿刚当上太子,我就为他安排了韦氏这门亲事。韦氏一家是破落贵族,帮不了显儿。不管皇帝如何提拔韦家人,韦家人一时半会儿也成不了气候。"

琴瑟心悦诚服地说:"太后英明。"她暗想:韦皇后低估了武太后,高估了自己,结果会害了皇上啊。

韦氏不知危险来临,继续出馊主意:"你是皇上,裴炎只能听你的话。你去找裴炎,商量提拔我父亲的事。"

这可谓一错再错。裴炎听皇帝说了提拔岳父的要求,心头大怒,暗想:我刚刚当上中书令,这一把手的位子还没焐热,要是提拔你岳父当宰相,哪里还有我做主的份儿?

李显见裴炎不说话,催促说:"你先拿个章程出来,看看怎么运作。"

裴炎见皇帝这么不上路,心里更不舒服:你本事不大,要求不少。要不是走了狗屎运,哪轮得到你当皇帝?一边不爽,一边拒绝了皇帝的要求。

皇帝一下子变了脸,他不懂自己的要求确实过分,即使强悍如武则天,也懂得适当安抚李唐皇室。可皇帝刚刚登基,就如此明显地任人唯亲,别说裴炎,群臣都对他很有看法。

然而,李显是个头脑简单、公子哥儿习气极重的人。他并不懂得审时度势,见裴炎拒绝,恼羞成怒,脱口道:"这天下是我李显的,不要说提拔韦玄贞,就算我把天下送给韦玄贞又怎么样?"

裴炎气得拂袖而去,找武则天打小报告。

在裴炎到来之前,武则天一度沉浸在对高宗李治的哀思之中不能释怀。

"琴瑟,这后宫的一切都充满回忆,让我想起与先皇在一起的点点滴滴。如今,斯人已去。"

琴瑟道:"太后,您要放宽心。"

武则天哀伤道:"弘儿早卒,贤儿刚刚死在巴州,小女儿太平公主也已嫁给薛绍,住在驸马家中,显儿又难与我同心同德。唉,生儿育女有什么用?没了先帝,我太孤独了。"

琴瑟从未见武则天流露出如此落寞的情绪,正想安慰她,却见裴炎来了。

裴炎的汇报让武则天很吃惊,她心想:我正愁找不到你小子的把柄,你就送上门来了。你居然说出如此大逆不道的话,太让我生气了。

武则天长叹一声,向裴炎诉苦道:"世上的人总是反复指责我,说我不该临朝,可是先帝在世时病痛缠身,现在儿子又如此不争气,如果我真的不理朝政,真不知道国家会变成什么样子。"

裴炎安慰道:"太后雄才大略,皇帝却年少轻狂,还需要太后的扶持,建议太后再摄政一段时间。"

武则天却说:"皇帝能说出把天下拱手送人的言语,可见是个扶不起的阿斗。这样的人留在皇帝的位子上,无疑会祸国殃民。"

裴炎一惊:听太后的意思,是要废了皇帝。兹事体大,我可不敢多嘴。

果然,武则天流露出废黜皇帝的意思:"显儿肯定不能再当皇帝。由谁来接班,我想听听你的意思。"

裴炎见武则天主意已定,就说:"皇帝候选人有两个:一个是皇上的儿子,皇太孙李重照;还有一个,就是您的小儿子李旦。"

武则天听了,暗忖:如果立李重照为皇帝,那野心勃勃的韦氏就成了皇太后。我是太皇太后,再想发号施令,可不像现在这么顺利,韦氏一定会跟我唱反调。小儿子李旦从小温文尔雅、胆小顺从,当上皇帝更好控制。她下定决心,立李旦为皇帝。

武则天说:"我决定立李旦为新皇帝。只是,废立皇帝是大事,只你我二人还不足以成事,还有哪位卿家可助一臂之力?"

裴炎提出几个人选,武则天都不满意。最后,裴炎想到了刘祎之。刘祎之是北门学士之首,也是武则天的心腹,经常帮她出谋划策。

武则天赞同道:"刘祎之是相王李旦的司马,与李旦情深义厚,他一定会赞成李旦称帝。就是他了。"

裴炎又说:"太后,废帝的事对我来说是破天荒头一遭,具体程序该怎么走,我心里也没有谱。我建议谨慎行事。要不要先把皇帝控制起来?万一突然发难,朝堂上的侍卫不明就里去帮皇帝,那就麻烦了。"

武则天从容一笑:"你不必担心,只管上朝直接宣读废帝诏书就好。"

琴瑟心想:裴大人还不知太后的厉害。太后早已将两个负责羽林军的武将笼络好,事先跟他俩打好招呼就行,完全不怕倒戈。

嗣圣元年(684年)二月七日,武则天突然传令:文武百官到正殿乾元殿上朝。群臣听了莫名其妙。

"自先皇高宗继位以来,均是单日上朝,双日不上朝,今天为何打破惯例?"

"是啊。乾元殿只有元旦、除夕,或是立后、立太子等大事时才对我们开放。真是怪了。"

"这气氛也迥然不同于往常,羽林军三步一哨、五步一岗,侍立在宫殿两侧。莫非发生了什么大事?"

李显大摇大摆地来到正殿,乐了:今天的排场比平日大得多,嘿嘿!还是皇后说得对,做皇帝的感觉真爽。他心中得意,正准备接受群臣的跪拜,忽然发现少了几位宰相。

"怎么宰相还没到齐?"李显问道。

话音刚落,中书令裴炎、中书侍郎刘祎之和羽林军首领程务挺、张乾勖一起出现了。

裴炎抢先一步,却没有站到自己惯常站的位置,而是将手中的诏书打开,威严地念道:"根据太后的命令,废李显为庐陵王。"

李显张大了嘴巴,瞪着裴炎的脸,似乎没有听清楚裴炎的话。

裴炎严肃地催促:"庐陵王请赶紧走下龙椅。"见他拖拖拉拉,裴炎一挥手,两个如狼似虎的羽林军便将李显从龙椅上押了下来。

李显回过神,不相信这是真的,大声问:"朕犯了何罪?"

武则天的声音在帘后响起:"你想把天下都送给韦玄贞,怎么会没有罪?"

李显哑口无言,只能认账。

大臣们早被这兵不血刃的大阵仗吓得魂不附体,互相用眼神交流着。

"要不要出头帮皇上?"

"他罪有应得啊。"

"大批羽林军刀剑加身的,我们还是别管闲事。"

群臣有的心安理得,有的目瞪口呆,齐齐观看这场母子大战。

废帝李显很不甘心就此结束短暂的皇帝生涯,在朝堂上大吵大闹,咒骂起来:"母后,你杀了哥哥,又要废了我的帝位,天下没有比你更残忍的母亲!"

武则天淡然回答:"我要对天下负责。"

"庐陵王,你认命吧!再不甘心,也改变不了你被废的事实!"羽林军劝说道。

李显垂头丧气地回到宫里,在羽林军的看管下收拾衣物。废皇后韦氏自然只能抱着儿子,与李显一起踏上前往房州的路途。此后的十多年,李显饱经风霜、备尝艰辛。每次朝廷的特使来看他,他总是担惊受怕,担心特使带来母亲一纸赐死的旨意。在漫长的十多年里,只有那个聪明反被聪明误的废后韦氏与李显相濡以沫、同甘共苦。

二十六　朕很知趣

接下来，轮到武则天的第四个儿子李旦登场了。关于他的议论，从没停息过。

"怎的新皇没有举行登基仪式，便悄无声息地继位了？"

"嘿嘿！新皇帝居然被安排在偏殿，真是笑话。"

"新皇每天上朝纯粹是当个摆设，真正的皇权已牢牢掌握在武太后手中了。"

李旦性格温柔怯懦，类似李治，却有自己的心计和生存之道。当他的宠妃刘氏为他抱不平时，他说："三个哥哥从小就比朕厉害，可你看到了他们的下场。朕太了解自己，既没有资本，也没有能力与母亲抗争。所以说，朕虽然是皇帝，但要想保住身家性命，唯有彻底远离朝政，无条件顺从母后。"

刘氏惊得目瞪口呆："皇上，您活得也太憋屈了。"

李旦摇摇头："不憋屈。你看，我的哥哥们都很有能力，都想活得肆意。可他们的致命弱点在于，不能正确评估自己的身份和位置，总想摆脱母亲的掌控，从而实现自己的政治理想，这才个个落败。朕深信自己有非同寻常的智慧，那就是善于审时度势、明哲保身。"

武则天见李旦是这种态度，很是高兴："皇帝如此配合我，我很欣赏。"

琴瑟说："太后从此得以在政治舞台上放开手脚，尽情展示才能和抱负。"

武则天点点头，忽然换了话题，说："你推荐给我的秘书上官婉儿很称职。"

琴瑟说:"太后满意就好。我还担心您介意她的身世。"

上官婉儿的祖父是上官仪,是李治时期的宰相。上官仪因为帮助李治草拟废后诏书而获罪,他不满周岁的孙女上官婉儿与母亲一起被没入掖庭为奴。遗传基因最是不可思议,尽管上官婉儿没有条件接受系统和正规的教育,但她的诗才还是令她名震掖庭。

武则天说:"说不介意是不可能的,可毕竟是隔代的恩怨了。再说,那件事也不能全怪上官仪。上官婉儿有才华,我将她留在身边当女官,也是以这种方式弥补当年对上官仪的亏欠。"

琴瑟挑眉道:"其实上官婉儿知道太后与上官家的世仇,可她在与您共同工作的过程中,被您的魅力折服,消除了对您的仇恨,代之以钦佩和服从。毕竟,是您将上官婉儿和她的母亲从掖庭暗无天日的生活中解救出来。"

武则天说:"我更看中她的办事能力,可有能力的并不止她一个。"

琴瑟道:"那是。您现在的得力秘书很多,武承嗣大人也操持了不少事务,我得以喘口气。"

贺兰敏之被杀后,武承嗣继承了武氏家族所有的一切。高宗李治去世后,武承嗣又接任礼部尚书。作为武则天的亲侄子,武承嗣对于姑妈心中所愿可谓门儿清,他大胆地对武则天说:"以后整个国家都会归于武氏。"

武则天心中暗喜,面儿上却不显:李唐王朝根深叶茂,就算想要取而代之,也得步步为营,心急吃不了热豆腐。她指示武承嗣:"做事要一步一步来,先打造舆论声势,证明我称帝是天命所归,借此来削弱李唐皇族在百姓心中的威望。"

武承嗣心想:听说姑妈早就私下让人去巴州逼死李贤,免得以后有人打着李贤的旗号造反。之前,姑妈改元光宅,改百官名和旗帜的颜色,又把东都洛阳称为神都,把洛阳宫改称太初宫,让整个国家面貌一新。看来,她登基的日子不远了。

武则天没理会武承嗣想什么,又下指示:"你去立武氏宗庙。我会追封武氏先人,将武氏五代以内的祖先封为王,夫人为王妃。"

武承嗣一听,明白武则天此举等于摆明了她称帝的决心,心中激动万分,趁机提出:"侄儿人微言轻,要干大事,还要有匹配的官职才好。"

武则天心道:这是向我要官啊,提拔自己人确实有好处,就答应吧。她说:"给你个宰相当当吧。还有武元庆的儿子武三思,就当个兵部尚书。升了官,你要拿出点成绩给我瞧瞧!"

武承嗣喜笑颜开,赶紧拍胸脯保证:"侄儿知道姑母的心意,侄儿马上将诏书拟好。"他召集礼部官员日夜加班,终于将拟好的九条改革方案上交。

武则天的这些做法引起了朝中大臣的不满,但是武则天不再听取朝臣意见,坚持将这道诏书上所有的条款火速落实到位。

当然,形式上,事先她要问问皇帝:"皇上,你怎么看?"

皇帝说:"对母后的一切提议,朕都无条件支持。"

武则天听了大喜:"真是我的好儿子。"

李旦的合作态度,令武则天在处理朝政过程中第一次感到无比畅快。

可惜,畅快的时光仅限于白天,到了夜晚,她的烦恼又来了。武则天年纪不小了,可宫里优越的生活和良好的饮食使她依然精力旺盛、生气勃勃,甚至犹存几分风韵。白天,她忙于政务,倒过得很充实,但每当夜晚,她独自在寝宫里游荡,常常感到无比的孤寂和失落。这种幽怨不足为外人道也,却被一个人看在眼里,那就是唐太宗李世民最小的妹妹千金公主。

从传统意义上来说,千金公主不是个本分女人,受唐朝的开放风气的影响,再加上金枝玉叶的地位,千金公主考虑问题的角度与众不同:她是顺应女人天性的,不管传统礼教和社会主流价值观。她经常去看望武则天,对武则天说:"男人可以三妻四妾,女人为什么不能?女人树贞节牌坊独自生活,是一件非常不人道、不公平的事。"

武则天挺喜欢这个小姑子,笑着说:"怪不得你的风流韵事不少。哈哈,听说你的两任丈夫去世之后,你还对男女之间的乐趣孜孜以求。"

千金公主咧咧嘴,满不在乎地说:"本公主的主业就是吃喝玩乐、美容打扮,还有蓄养面首。"

武则天被她的坦白逗得哈哈大笑,内心似乎动了动。

千金公主说:"笑什么?我虽年过七十,可好日子还长着呢。我的侍女正到处物色更加英俊健康的青年男子,为我提供服务。"

千金公主觑着武则天的脸色,见她无怪罪之色,便接着说:"侍女近来给我弄到一个鲜货,你要是有兴趣,我带来给你掌眼?"

武则天笑笑,没说话。千金公主知道这就是默许,高兴地回去了。

千金公主口中的鲜货,是她的侍女在洛阳街头发现的一个小贩,名叫冯小宝。这人平时舞刀弄枪贩卖膏药,因此长得虎背熊腰、孔武有力,外加一张帅气面庞,绝对是大帅哥一个。侍女心中暗喜:他绝对符合千金公主的要求。便向公主汇报,将冯小宝带进了公主的府邸。

"你去沐浴更衣,外头有一桌好菜,给你吃的。"侍女说。

冯小宝冷不防被带到这个漂亮的房间,又有好事上门,心里无比惶恐:这怕不是陷阱?

侍女撇撇嘴说:"放心,不会吃了你。有贵人看上你了,你是走了狗屎运啦。"

很快,冯小宝被带到了千金公主的房间里。

侍女诡笑道:"好好施展你的本领,不会亏待你的。"

千金公主躺在锦被上,伸出香气扑鼻的手说:"过来,让我好好看看你。"

冯小宝定睛一看,昏暗的灯光下,轮廓鲜明、身材纤瘦的千金公主看起来依然是个美女。他一下子恢复了男人的自信,自然而然地顺从了公主的要求。

春风一度之后,千金公主满意地说:"你真不错,我要把你送给一位贵人。"

冯小宝一呆:"你不就是贵人吗?"

千金公主咯咯直笑:"她比我更尊贵。你只要傍上她,包你要风得风,要雨得雨,比跟着我强多了。"她打定主意将这个男人献给武则天,让武则天摆脱单身生活的寂寥。

容不得冯小宝推辞,千金公主赶紧梳洗完毕,进宫面见武则天。千金公主的随从多,她让冯小宝假扮成侍女,混进了皇宫。

千金公主风风火火地来到武则天的寝宫,见上官婉儿在门口守候,不见跟自己熟悉的琴瑟。千金公主知道上官婉儿是武则天跟前的红人,不能得罪,赶紧笑吟吟地跟她打个招呼,又塞给她一件贵重的小礼物,这才开口问她:"太后今天心情怎么样?"

上官婉儿收下礼物,叹息一声,说:"太后近来可能操劳过度,经常失眠发怒,动辄斥责下属,面容也憔悴了很多。"

千金公主诡秘一笑,说:"我带了医治太后的良药。如果你需要,我可以另外准备一份。"

上官婉儿一脸疑惑:"什么良药,这么有用?"

千金公主凑到她耳边如此这般说了一通。

上官婉儿年轻,听得脸红心跳,急忙摆手,怀疑地问:"您这会不会太唐突?太后会接受吗?"

千金公主一阵浪笑,说:"上官大人年轻,没见过世面,不懂女人心。太后再能干,也不过是女人一个,正常的需求少不了的。"

上官婉儿将信将疑,但看在千金公主出手阔绰的分儿上,还是代为通报武则天。武则天一听千金公主来到,心情好了很多:"快宣她进来。"在李唐皇族中,武则天与这个小姑子关系最为密切。千金公主从不以李唐皇族自居,反而曲意逢迎讨好她。武则天心想:虽明知公主虚情假意,可繁忙的工作之余,有人如此努力费心地逢迎自己,还是挺受用的。遑论此人还是大唐公主,令武则天的虚荣心得到极大满足。

千金公主一见武则天,便三跪九叩:"太后越来越漂亮啦!"

武则天一边笑一边说:"快坐下!看你春风满面,又有什么好事啦?"说着,难得地挤了挤眼睛。

千金公主说:"我确实有好事,先要请太后恕罪。"

武则天佯怒道:"你犯什么罪啦?"

千金公主说:"我没经你同意,带了个好东西来给你用。"说着,朝冯小宝努努嘴。冯小宝立刻跪下,给武则天行礼。

武则天疑惑地看了看冯小宝:嘀!这虎背熊腰的,哪有这么强壮的宫女?明明是个男人。小姑子说是给我用的。哈,明白了。真是意外啊,小姑子的风流韵事时有耳闻,可她居然进献面首给我。难道这就是她提过的鲜货?

千金公主见武则天不说话,知道她内心犹豫,于是鼓动三寸不烂之舌,极力劝说武则天:"嘿嘿!太后啊,有些东西有助于女人身心健康,延年益寿。唯太后您健康安泰,才是社稷之福、大唐之福。"

武则天被她说得心痒痒,又不好直接接受,只好模棱两可地说:"那就留下吧。"

千金公主赶紧退下了,寝殿里只剩下武则天和冯小宝。

冯小宝已跟千金公主学过很多规矩,经过一番培训,但真要上岗,他还是紧张。不过,在街头摆摊练出来的厚脸皮帮助了他。待灯光一暗,冯小宝把心一横:不就是女人吗?洛阳街头的女人哪个不为我痴迷?他这样一想,倒也放开了手脚。

上官婉儿在殿外很是担心,询问千金公主:"要不要进去看看?"

千金公主嘿嘿一笑:"少安毋躁。这个节骨眼儿上,不要搅了太后的好事。"

两人一直等到夜幕降临,才听武则天传出命令:"冯小宝在此过夜,明日再送出宫。上官婉儿,你处理一下相关事宜。"上官婉儿这才放下心来。

翌日早晨,冯小宝被秘密送出宫。

武则天一夜未眠,却依然准时起床化妆更衣上朝。冯小宝令她尝到了作为女人久违的快乐,可她不会昏了头,依然有条不紊地安排着各项政事,向她称帝的目标继续迈进。只是,从此之后,每天晚上,冯小宝都被偷偷送进皇宫,供武则天取乐。得到了滋润,武则天心情愉悦,越发神采奕奕、意气风发,处理起朝政更加圆融老辣。

有了年轻帅哥相伴,武则天重新找回了身为女人的乐趣。她只要有闲暇,就召来冯小宝相伴。女人都有感性的一面,时间一久,武则天对冯小宝产生了一定的感情。她对冯小宝说:"小宝,你这么不明不白混着也不是办法。男人嘛,总要搏个前程。"

冯小宝苦笑一下:"太后,我也希望顶天立地,成就一番事业。可像我这种没钱没学问的草根,大字不识一个,能做什么呀?"

武则天听了,心里不是滋味。她说:"从前我不管,可你现在是我的男人,我要对你的未来负责。我并不希望你的身份是我寝宫之内的禁脔。我的男人要拥有一个堂堂正正的身份在社会上行走。"

冯小宝来了兴趣:"太后想给我什么身份?莫不是给我官做?"

武则天说:"尽管我拥有至高无上的权势,可究竟如何安排你,还真煞费思量。这样吧,我安排你出家为僧,因为唯有僧侣这类六根清净的世外之人,才有资格出入后宫。"

"当和尚?"冯小宝不情愿,旁敲侧击地问,"僧侣不能吃肉喝酒,不能近女色,如何还能侍奉太后?"

武则天笑道:"僧侣身份只是一个掩护,不是真让你当和尚。剃度之后,你想怎样就怎样。"她无视冯小宝不高兴的表情,兀自说,"冯小宝这个名字实在太过俗气,难登大雅之堂。你以后就叫怀义吧。我赐你薛姓,与太平公主的驸马薛绍同姓。"

冯小宝眼睛亮了一下,继而沮丧道:"薛家是贵族大户,怎么肯与我攀亲?"

武则天说:"我一声令下,薛家如何敢不从?我还会让薛绍以义父的礼仪对待你。"

冯小宝沉吟一下，憋不住又问："太后权力这么大，又何必跟我偷偷摸摸的？我们光明正大在一起，又有谁敢多嘴？"

武则天叹息一声，解释道："我虽贵为太后，但人言可畏，还是得顾全名誉。你改名换身份之后，可以光明正大地随时入后宫，用讲经的名义来掩人耳目。"

冯小宝说："就没别的办法？"

武则天拍拍他的脸说："没别的办法。你还有什么要求？只要不过分，我都可以满足你。"

冯小宝心想：看来老太太不会改主意了，既然如此，我也不能吃亏，钱啊马啊都得给我，还得给我权，有了钱和权，我要什么没有？

对冯小宝提出的要求，武则天一一应允。就这样，目不识丁的街头小贩冯小宝，摇身一变成了白马寺的住持。当上住持之后，薛怀义利用自己的身份便利大肆招徕和尚。这些可不是普通的和尚，而是打手，帮着薛怀义在洛阳街头横行霸道，百姓们对他们敢怒不敢言。

白马寺住持薛怀义的身份再次成为群臣的谈资。

"新任白马寺住持真是太帅了。"

"那家伙就是太后的男宠，根本摆不上台面。"

"你们是士族大户出身，尽可对他嗤之以鼻。我们是小门小户出身，巴结他还来不及呢。"

"就是，毕竟是太后的枕边人。要好好奉承，最好他能吹吹枕边风，我们就发达了。"

"哎呀，这太后可真风流，一把年纪还折腾这个。"

琴瑟将外面的传言汇报给了武则天。

武则天笑笑说："不用理会他们。我公私分明，对薛怀义的宠爱，绝不会影响我对国事的处理。"

琴瑟说："可他们说得太难听了。"

武则天说:"我蓄养面首是事实,外界有所议论在所难免。总要让他们出了这口恶气,才能甘心为我服务。"她笑着拍拍琴瑟的肩说,"你年纪不小了,也该谈婚论嫁了,我不想耽误你。"

琴瑟说:"我不走,我一辈子为太后做事。"

武则天说:"你手里的事,可以交给婉儿。去找个男人结婚吧,婚后你就懂我了。对我来说,薛怀义为我带来的切实的快乐才最为实际。"

琴瑟似懂非懂地点点头。

武则天的快乐,对薛怀义而言,却是一日甚似一日的痛苦。他的心腹见他郁郁寡欢,问道:"住持,你什么都有了,为何还不高兴?"

薛怀义幽幽地说:"太后给了我公开的身份,却没给我明确的官位和名分。在外人眼里,我再风光,也不过是太后的一个玩偶,随时有被丢弃的可能。他们表面对我恭敬,背后都偷偷笑话我。"

心腹说:"住持,你是太后的人,谁敢笑话你,我们就揍谁。"

"说得没错。"

由于这种自卑、压抑的扭曲心态,薛怀义变得非常暴躁。他带领手下的和尚胡作非为,只要看谁不顺眼,就抓住暴打一顿。他的行为惹恼了当地官府,可官府不敢直接出头,便将薛怀义的劣迹层层上报。很快,官府抓了一批与薛怀义一起为非作歹的和尚。薛怀义只好请武三思出面,将他们保出。这件事,加剧了薛怀义对朝臣们的愤恨。

这天,薛怀义遇到新任的宰相苏良嗣,故意寻衅,不给他让路,结果犯了众怒,被人打得遍体鳞伤。

武则天见到鼻青脸肿的薛怀义,很是吃惊:"你这是怎么了?"

薛怀义躺在地上,大声说:"你的好臣子们打我!"

"为什么打你?"武则天气愤地说。

"就因为我的马堵住了大路。"

武则天听他说过事情的原委,心里憋气,却说:"这事你理亏在先,也不怪他们动手。"

薛怀义见太后不给他撑腰,一骨碌爬起来,怒道:"你是太后,你要他们死,他们不敢生。你的男人被打了,你为什么忍气吞声?"

武则天掏出手帕,温柔地给他擦去血迹,说:"你不胡闹,就不会惹出是非。以后还是安分守己些,别让我难做。"她很明白,这是男权社会,她若想当皇帝,就不能为了微不足道的男宠而得罪朝臣,因此只能劝他息事宁人。

二十七 扬州叛乱

这边,武则天为称帝不断铺路。三千里之外的扬州城,一个小酒馆中,一帮失意的文人政客一边喝酒解闷,一边指点江山。

为首的是李敬业——英国公李勣的孙子。李勣是拥武派重要成员之一,在废王皇后、立武则天为后的事情上立下大功。李勣的儿子早已去世,爵位传给了孙子李敬业。李敬业原为眉州刺史,却不称职,被贬为柳州司马。李敬业不满地说:"我爷爷当年为国家出生入死,又为太后立下过大功,太后怎么可以如此对待忠良之后?"

李敬业的弟弟李敬猷仕途也不顺,他抱怨说:"我只是个小小的周至县尉,太屈才了,就这样还要罢免我。"

这对难兄难弟在扬州遇到了魏思温和骆宾王。魏思温本是监察御史,出了点状况,被贬为县尉,又被革职。骆宾王是一位大诗人,却赋闲在家。另外还有几位被贬谪的官员,也在扬州散心。

同是天涯沦落人,这些失意的文人、政客聚集在一起,一边饮酒,一边怒骂武则天:"太后在高宗去世之后,随心所欲地废立皇帝,更改年号,改变官名和旗帜,立武氏宗庙,升迁武氏子侄,大有夺取李唐天下之心。"

李敬业说:"趁这个机会,不如我们奋起反抗,以匡扶庐陵王、扶持李唐王族为宗旨,把太后赶走。"

"好,好!"借着酒劲,众人热血沸腾,纷纷叫好。

有人比较理性,问:"我们如果真的起兵,那么兵马从何而来?"

魏思温早就考虑好了详细计划,他说:"武太后倒行逆施,不得人心,如果我们振臂一呼,四海之内响应我们的人应该很多。"见众人不语,他添了把火,"李敬业是李勣的孙子,李勣生前的门生和提拔的官员很多,这些人多数会支持李敬业。"见众人眼前一亮,魏思温又说,"扬州的地理位置优越,如果在这里起兵,既能够直逼洛阳城,平定中原,也可以自立为王,形成南北两个朝廷。"

魏思温看准李敬业是个纨绔子弟,志大才疏,根本不知道自己的斤两,果然,几句话就将李敬业撩拨得雄心万丈。李敬业气吞山河地说:"就这么干!大唐天下马上就能得手!"

其他文人的素质甚至还比不上李敬业,群情激昂地说:"我们恨不能立刻跟着你杀回中原!"

魏思温见众人允了他的计划,就先修书一封给好友监察御史薛仲璋,让下属韦超送去。

薛仲璋看过信,决定去扬州配合李敬业。出发之前,他先去拜见了自己的舅舅裴炎:"舅舅,我想去扬州巡视一番。"

裴炎不知薛仲璋的本意,说:"你去吧。"

薛仲璋带着家小到了扬州之后,马不停蹄地召见了整个都督府的各级官员,令他们都见识到了御史的权威。

第二天,都督府外有人击鼓鸣冤,诬告长史陈敬之谋反。

薛仲璋一听,不由分说,命令将陈敬之抓捕下狱。

府中官员很惊诧,纷纷为陈敬之求情。

薛仲璋威胁道:"按照大唐律法,官员无论大小,只要有人告他谋反,就立即革职,如果经过审查无罪,自然可以官复原职。你们各司其职,不许串联,否则追究你们同谋的责任。"

这样一来,没有人再敢为陈敬之求情。

接着,薛仲璋谎称李敬业是朝廷新任命的长史,众人信以为真。

按照计划,李敬业和薛仲璋里应外合,控制了扬州府,安排自己人接任了一些重要岗位。

李敬业向自己人下令:"你们去仓库取出现成的武器和盔甲,再将扬州监狱里的犯人都放出来,组织成一支临时的新军。"他还草拟了一份共同讨伐武太后的盟书,逼各级官员签字。有人不愿意签字,李敬业便将之杀死,杀一儆百。好汉不吃眼前亏,大家只好乖乖签上了自己的大名,如此一来,李敬业便可以自由调动扬州的军队。他还找来一个酷似李贤的人,冒充庐陵王,到各个部队做动员,取得了一定的效果。

李敬业选了个黄道吉日,与魏思温、李敬猷、薛仲璋等人召开誓师大会,正式出兵讨伐武则天。叛乱一开始比较顺利,周围几个县没防备,都被叛军占领了。

消息传回京城,负责京城治安的武三思拿着大诗人骆宾王写的讨伐武则天的檄文,惊慌失措地向武则天报告:"太后,一夜之间,这篇檄文贴满了全城,李敬业十万大军势如破竹,直逼京城而来。"

檄文如下:

伪临朝武氏者,性非和顺,地实寒微。昔充太宗下陈,曾以更衣入侍。洎乎晚节,秽乱春宫。潜隐先帝之私,阴图后房之嬖。入门见嫉,蛾眉不肯让人;掩袖工谗,狐媚偏能惑主。践元后于翚翟,陷吾君于聚麀。加以虺蜴为心,豺狼成性,近狎邪僻,残害忠良。杀姊屠兄,弑君鸩母。人神之所共嫉,天地之所不容。犹复包藏祸心,窥窃神器。君之爱子,幽之于别宫;贼之宗盟,委之以重任。呜呼!霍子孟之不作,朱虚侯之已亡。燕啄皇孙,知汉祚之将尽;龙漦帝后,识夏庭之遽衰。

敬业,皇唐旧臣,公侯冢子。奉先君之成业,荷本朝之厚恩。宋微子之兴悲,良有以也;袁君山之流涕,岂徒然哉!是用气愤风云,志安社稷。因天下之失望,顺宇内之推心,爰举义旗,以清妖孽。南连百越,北尽三河,铁骑成群,玉轴相接。海陵红粟,仓储之积靡穷;江浦黄旗,匡复之功何远?班声动而北风起,剑气冲而南斗平。喑呜则山岳崩颓,叱咤则风云变色。以此制敌,何敌不摧?以此图功,何功不克?

公等或家传汉爵,或地协周亲,或膺重寄于爪牙,或受顾命于宣室。言犹在耳,忠岂忘心?一抔之土未干,六尺之孤何托?倘能转祸为福,送往事居,共立勤王之勋,无废旧君之命,凡诸爵赏,同指山河。若其眷恋穷城,徘徊歧路,坐昧先几之兆,必贻后至之诛。请看今日之域中,竟是谁家之天下!移檄州郡,咸使知闻。

武则天听了,不慌不忙,让人在朝堂上将檄文念了一遍,然后笑着对朝臣们说:"这样的人才没有用好,就是宰相的责任了。"

朝上都是文官,都被叛乱的消息吓得灵魂出窍,见武则天如此轻描淡写、面不改色,不由得跟着放下心来。

武则天风轻云淡地说:"李敬业不过是个小毛孩,翻不出多大的风浪。赶紧多派出点探子,去勘察扬州的情况。"接着便跟大臣们商议如何平乱。

兵部建议立刻出兵讨伐。

这个时候,武三思上奏武则天:"我带人在城里巡逻时,抓获了不少李敬业的探子,还搜出了李敬业写给李氏贵族韩王和鲁王的信件,约他们一起造反。我认为,这两个王爷是李敬业的同党,应该斩首。"

武则天没有开口,她暗想:刚好借此机会探探几个宰相的立场。

裴炎说:"李敬业要求两个王爷参与谋反,是他单方面的想法,两个王爷是不知情的,所以不该获罪。"

武则天心想:裴炎的回答出乎我的意料。我正想找机会铲除李唐皇室的血脉,他居然不支持我。可她没有表态,继续问裴炎:"你是宰相之首,你认为应该如何平息此次叛乱?"

对此,裴炎给出了一个更加出乎意料的回答,他说:"皇帝已经年长,但是始终不能亲政,这才给了外面的小人们借口来造反。请太后还政于皇帝,外面那些人没有了口实,战乱自然会平息。"

裴炎此言一出,满朝皆惊。

武则天手足无措,暗道:不妙,此时朝廷的核心人物只有三人——我、李旦和裴炎。裴炎一向是我的得力助手,我没想到他居然在这个时候向我发难,要我还政。我该怎么办呢?

这个时候,武三思和武承嗣充分发挥了他们的作用。他们一个怒斥裴炎:"你身为宰相之首,不思知恩图报,反而借此威胁太后,实在居心叵测。"另一个赶紧上奏,说:"叛军中的薛元璋就是裴炎的外甥,他是李敬业的主要帮手,而且是裴炎允许他去扬州的。"

裴炎解释道:"我只是允许薛元璋去扬州视察,对他谋反一事,事先确实不知情。"

局面一下子僵住了。关键时刻,监察御史崔詧跳出来说:"裴炎,你是先帝临终指定的顾命大臣,大权在握,你没有好的计策来平息战乱,反而为谋反的人找借口。你如果没有其他的居心,为什么要逼太后还政?"

这时,凤阁侍郎胡元范说:"今天,太后开会的目的是讨论如何平乱,而不是讨论其他事。如今李敬业的军队已经直逼润州,还请太后早点发兵才是。"

武则天见有人递来台阶,连忙撇过裴炎,问:"让谁带兵打仗合适?"

有人说要老蒋裴行俭出马,有人推荐程务挺……

武则天认为他们的建议没有一点建设性,便自己拍板:"马上调动三十万兵马,任命梁郡公李孝逸为主将,魏元忠为副将,立即出兵讨伐李敬业。"李孝逸是唐高宗的爷爷,魏元忠当年负责护送武则天和唐高宗安全回到洛阳。

不少朝臣说:"李孝逸已经年老,也并不擅长打仗,不适宜出征。"

武则天冷笑一声,朝臣们哪里懂得她的心思?李敬业这次打的就是匡扶李唐王室、帮助庐陵王复位的旗号,让李孝逸这样的李姓长辈去平乱,便是给天下人看看,李唐皇族并不支持李敬业作乱,令他失去舆论支持。李孝逸不会打仗没关系,自有魏元忠在一旁出谋划策。

散朝之后,凤阁侍郎胡元范对裴炎说:"大人以后别再忤逆太后的意思,以免遭到贬谪。"

裴炎自知大祸将至,说:"大家的好意,裴炎心领了,日后不要为我求情。"说着,他坦然回家,等候发落。

没过几天,圣旨下达,裴炎谋反,定为死罪,家产充公,兄弟流放。胡元范、刘景先等都因为裴炎而被流放琼州。

裴府抄家的结果很是出人意料,堂堂宰相,居然两袖清风、一贫如洗。

几天后,武则天正在批阅公文,叫侄子武承嗣侍立一边,吸取经验。武承嗣递上一份密奏,是大将程务挺从边防快马送来的,奏章上为裴炎做无罪担保,恳求释放裴炎。

武则天一听,道:"即刻处死程务挺。"

武承嗣大惊,说:"攻打突厥、西部防务全指望程务挺,如何能将他杀死?"

武则天叹息一声,说:"我知道裴炎是个好官,程务挺也是良将,但我不能够放过任何一个潜在的敌人。裴炎是高宗任命的唯一的顾命大臣,在朝中德高望重,一呼百应,唯有他才能与我相抗衡。虽然裴炎帮助我废了李贤和李显,拥立李旦为皇帝,但是,实际上是我利用了裴炎的野心。现在我和他的关系早就变了。我应该早早防备,否则也不至于如此被动。"

裴炎深受礼教的束缚,内心忠诚于李唐王室。他帮了武则天很多忙,但本质上,他是为了李氏江山繁荣昌盛。因此,当武则天想要为武氏建立宗祠时,裴炎便是持反对意见的。另外,扬州叛乱伊始,武则天便想借此机会杀死一大批李唐皇族,而裴炎却极力反对。裴炎的人生理想应该是在李唐王朝做一个权臣,他的所有作为都为此服务,而武则天的最终目标是登基称帝,独揽朝纲。时间一长,武则天看清了裴炎的真正立场,她不能容忍。因此,裴炎谋反,只不过是她铲除异己的一个借口。

武承嗣说:"在扬州叛乱期间,杀死这样一个朝廷重臣,也许会引起动荡。"

武则天说:"早点铲除这个离心离德的心腹之患,远比平乱迫切得多。至于程务挺,他并非我的嫡系,而是因为裴炎的大力栽培,他才为我效力。如今裴炎将被除去,若程务挺为裴炎鸣不平,会引起兵变,因此程务挺更不能留。"

武承嗣又问:"怎样才能风平浪静地处死程务挺?"

武则天说:"只需把程务挺调回京师,改任他职。命左鹰将军裴绍业接任程务挺的职务。等办完交接手续,让裴绍业杀死程务挺即可,罪名就是与李敬业、裴炎私通谋反。另外,在杀程务挺之前得严守秘密,以防不测。"

话虽如此,武则天顾虑前方战场的稳定,还是等了一段时间,直到李敬业之乱被平息,才动手铲除程务挺。

程务挺力战突厥多年,只要他在,突厥人便害怕地退避三舍。如今程务挺一朝身死,突厥人欣喜若狂,庆祝了几天几夜,又为程务挺建庙,供奉他为神仙,每次出征,都求他保佑平安。

李孝逸年事已高,哪里愿意去打仗?可他畏惧武则天,只得勉力带兵出战。他率领三十万官军顺着运河南下,先遣小分队到了苏北一带,而主力部队则到了临淮。

李敬业已经占领了润州,他好大喜功,正准备就地称王,却被魏思温催促:"你率军北上迎敌,在高邮下河溪一带驻扎。李敬猷向淮阴进军,另外派人驻守盱眙的都梁山,以防敌军来犯。"都梁山号称"东南第一山",是苏北和江南的天然屏障,易守难攻。

李孝逸胆小如鼠,不敢带兵长驱直入,行军缓慢,于是被李敬业的兵马抢占了军事要地都梁山,失去了进攻的先机。

武则天早知李孝逸的带兵能力,才派出了魏元忠跟随辅助。魏元忠见李孝逸这位资深贵族很是爱惜性命,不肯豁出力气打仗,只好使了个计策,来逼迫李孝逸。

魏元忠提醒李孝逸："身为李唐皇族的成员,更要努力打仗,打胜仗,这样才能撇清与反贼的关系,否则战场失力事小,被太后怀疑事大。"

李孝逸原本就是贪生怕死之辈,他不肯用心打仗无非是怕死,可是他更清楚,有谋反嫌疑的人,无论多么位高权重,均死无葬身之地。既然伸头一刀,缩头也一刀,那只得勇往直前,还有生存的希望。

魏元忠见李孝逸态度转变,心中大喜,又为他出谋划策:"可以先攻打兵力和个人能力都比较薄弱的李敬猷。"

李敬猷此时正在淮阴,李孝逸分出一部分兵马继续攻打都梁山,自己亲自率领大军攻打淮阴。

李敬猷手里的军队是临时拼凑的杂牌军,根本不堪一击。他们虽有城墙做掩护,可站在城头眼见正规军浩浩荡荡地挺进淮阴,早吓得扔掉武器盔甲,打开城门四散而逃。李敬猷见势不妙,赶紧化装成平民百姓,夹杂在人群中溜之大吉。

李孝逸收复淮阴之后,带领的大军士气大增,乘胜追击,与李敬业的大军对决。

李敬业不是吃素的,他早有准备,设下圈套守株待兔,杀得官军大败而归。

魏元忠并不气馁,他利用风向,立刻定出火攻之计。

李敬业的军队连日奋战,早已疲惫不堪,粮草军帐等都不如官军来得充实,战斗力大大减弱。当魏元忠放的大火逼近时,叛军人人心惊肉跳,士气全无,争相逃命。李敬业斩杀数百人于阵前以示警诫,依然无济于事。

兵败如山倒,李敬业见大势已去,只得与弟弟李敬猷、骆宾王等人带领小股部队逃到江都,准备带着家小走海路,逃窜到高丽。

李敬业说:"我的爷爷李勣是大名鼎鼎的徐茂公,在高丽他与诸葛亮齐名,并被奉若神明。一旦我们逃到高丽,高丽人一定会将我们视为上宾,好生款待,说不定我们还可以东山再起,杀回中原。"

李敬猷说:"哥哥说得极是。"

骆宾王心里说:你想得太美。

李氏的部下早已对这两个主子不满至极,一直在找机会逃跑。机会很快就来了。这天,李敬业的大船在海上遇到逆风,无法前进。眼看天气越来越恶劣,李敬业只好说:"先靠岸吧。我和骆宾王上岸打探情况,补充供给。弟弟你看好船。"李敬业知道弟弟粗心大意,反复告诫弟弟,"千万不可休息,一定得提高警惕。"

李敬猷说:"放心吧,哥哥,我又不是小孩子。"

得到弟弟的保证,李敬业才安心上岸。

李敬猷是个头脑简单的公子哥儿,哥哥一走,他看了会儿船,觉得太累,就昏昏沉沉睡着了。

起了异心的侍卫杀死了李敬猷。不知内情的李敬业和骆宾王回来后,也遭了侍卫的毒手。他们的头颅很快被割下,送往武则天的凤案前领赏。

这是武则天临朝之后遇到的第一次严重内乱。她反应敏捷,指挥若定,迅速平乱,展现出优秀的政治素质。同时,她的胜利还取决于几大优势。

军事优势自不必说。三十万经过严格训练的官方正规军攻打仅有十万的乌合之众,不说胜券在握,至少也是实力悬殊。

民心优势是取胜的关键。武则天临朝以来,大力提高"公务员"待遇,提拔中下层官员,笼络了大量的人心。就连李敬业的叔父、润州刺史李思文也向武则天告密,事后,武则天为表彰其忠心,赐其国姓。同时,武则天临朝期间,一直采取休养生息政策,全农桑、薄赋税。百姓安居乐业,并不在乎谁当皇帝,但无一例外地反对战争破坏他们的正常生活。

同时,政治优势不可或缺。武则天只是临朝摄政,并未废掉皇帝取而代之。李旦即位之后,她已杀死李贤。人人都知庐陵王已死,李敬业却还打出扶持庐陵王登基的勤王旗号,显得师出无名。

扬州叛乱的迅速平息,对整个唐朝的发展都极为有利。如果李敬业得逗,与唐朝南北割据,又将阻碍生产力的发展,贞观之治后社会经济进步的势头将会减弱,那么三十年后的开元盛世或许会延缓,也可能不会出现。

二十八　称帝前奏

"太后,这阵子您太不容易了,又是扬州叛乱,又是裴炎逼宫,种种考验您都挺过来了。我佩服您!"上官婉儿由衷地说。

武则天回忆起一路走来的艰难困苦和心酸血泪,冷笑一声道:"我倒是不懂了,多年来我兢兢业业、呕心沥血为国为民,百姓的安居乐业、满朝文武的荣华富贵都是我给的,可天下人为何这么容不得我临朝亲政?"

上官婉儿小声说:"或许仅仅因为,您是个女人。"

"女人又如何?男人能干的事,女人一样能干,还能做得更好。"武则天愤怒地说,"婉儿,其实我也想还政给皇帝,可我的这几个儿子太不争气,根本不具备一个君王所必需的能力,不仅无法治理好江山,也不会对我这个母亲有丝毫尊重和感恩。因此,于公于私,我都必须牢牢把江山握在手中。"

上官婉儿点头道:"太后说得没错。可以想个办法,检验一下究竟有多少人跟您离心离德,以便一举将他们铲除干净。"

武则天说:"很好。马上拟一道懿旨,说让皇帝亲政,然后交给皇帝曾经的老师刘祎之。"

上官婉儿微一错愕,就明白了过来:太后知道刘祎之是最希望皇帝亲政的。

不出武则天所料,刘祎之一接到懿旨喜出望外,立刻去找李旦。

皇帝李旦每天都躲在自己的寝宫里,与宫女玩乐,消磨时间。当刘祎之与武承嗣带着懿旨到来之时,他还在醉生梦死之中。

刘祎之迫不及待地告诉皇帝这天大的好消息："皇上,太后允许您亲政啦！"

李旦笑道："别寻我开心了。"

刘祎之双手捧着懿旨,交给李旦："皇上,是真的,懿旨就在这里。"

李旦看着懿旨,不由得喜出望外："太好了,朕终于等到了这一天！"

刘祎之笑眯眯地说："皇上,臣先告退,去告诉其他人这个好消息。"说着就先走了。

武承嗣却说："我要留在这里,沾沾皇上的喜气。"

李旦没多想,高兴地拍拍武承嗣的肩膀："以后跟着朕好好干,朕一定提拔你。"

武承嗣暗笑：这家伙还是皇上呢,怎的如此幼稚？我得提点他一下。于是,武承嗣清清嗓子,说："扬州叛乱时,裴炎带人逼宫,借机逼太后还政于皇上。现在叛乱已平,太后还政不过是做出姿态,以堵住天下悠悠众口,如果皇帝当真,那可真是太可笑了。"

李旦惊出一身冷汗,他心知：武承嗣的这番话代表了母后的真实意图。我有再大的胆子,也不敢跟母亲作对啊。不然,几个哥哥的下场就是我的榜样。

李旦思来想去,想到了对策。"来人,准备笔墨纸砚。"他赶紧写了一封辞呈,表示坚决不接受母亲的还政,要求武则天继续临朝。

第二天,刚刚上朝,李旦便恭恭敬敬地递上辞呈,再三表示："朕才疏学浅、经验不足,无法治理这么大的国家,请母后收回还政于朕的懿旨。"

武则天假意说："我临朝只是为了帮助皇帝,如今皇帝成熟了,完全可以亲政,就不用推托了。"

李旦坚持说："国家需要母后,请母后收回懿旨。"

武则天推托了几次,皇帝执意不肯,她一脸无奈,对满朝文武说："皇上拒不亲政,我只好再辛苦几年,继续临朝。"

明眼人互相交换着眼色。

"太后和皇上演戏呢。"

"皇上是太后手中的扯线木偶,根本不敢反抗。"

"唉。"朝臣们暗自叹息。

朝臣们的不满,武则天看在眼里,心中冷笑:你们这些没有良心的,给你们这么多好处,不知感恩,还要我交出权力。看我怎么收拾你们。

武则天朝武承嗣一使眼色,武承嗣立刻会意,上前启奏道:"这次扬州叛乱,起因是不少失意的官僚散播谣言、发泄不满,为了一己私利,不顾社稷的安稳。太后一向赞成广开言路。因此,请太后再次发出广开言路的懿旨,让天下人都有发表言论的自由。"

朝臣们都是在政治旋涡中成长起来的,一听武承嗣的启奏,就明白了他的言下之意。他的意思是,要武则天鼓励大家告密,打小报告。

刘祎之第一个站出来反对,他说,唐太宗李世民和唐高宗李治都反对打小报告,也坚决反对提交匿名信告密。他们认为喜欢打小报告的都是小人,对国家社稷不利,所以,万万不能助长这个风气。

武则天恨得咬牙切齿,她想:老家伙,要我还政给皇帝的人是你,反对大家告密的人又是你。看来,你准备跟我死磕到底了。我偏要鼓励大家告密。我倒要看看,你背着我还有多少小动作。

于是,武则天说:"做事不一定要墨守成规,要顺应时势。马上让人设置匦子,天下人不论身份,不分等级,都可以进书言事。"

此时,早有准备的大臣鱼承晔急忙走出队伍,上奏道:"我的儿子鱼保家设计了一个铜匦。铜匦的结构很是巧妙,外形四四方方,像个箱子,东、南、西、北各有一个投书口。东面的投书口叫作延恩,可以向朝廷自荐做官,或者提交促进农业发展或有利民生的计划;南面的投书口叫作招谏,可以议论朝政,提出对朝廷的批评;西面的叫作申冤,有冤屈的人可以投书;北面的叫作通玄,用于报告预兆、预言和密谋。信一旦投进铜匦,就没有办法再收回,唯有专用钥匙的保管者才能打开。"

武则天一听,十分高兴,连忙问:"有没有样品?拿来给我看看。"

鱼承晔说:"我的儿子鱼保家带着样品,就候在殿外。"

武则天说:"让他呈上来。"

武则天反复观看这个精致的举报箱,爱不释手。她当场宣布:"将鱼保家升为五品官,在工部供职,亲自负责制造铜匦。"

铜匦很快完工,武则天命令:"由专人负责每天开启铜匦,整理里面的信件。所有的信件都由我一人查看,其他人不许染指。"

武则天心道:仅让朝中人互相监督告密不够。群众的眼睛是雪亮的,要发挥广大百姓的力量。于是,她又拟懿旨,向全国发出通告,允许百姓上京告密。即使是贩夫走卒、农民猎樵,只要向官府表示要到京城告密,地方官就不得过问,马上免费为对方提供马匹和五品官的食宿。这样一来,告密举报在全国上下风行起来。

设立举报箱只是第一步,紧接着,武则天想再次抬高武氏家族的威望和地位。她对武承嗣说:"你想办法修建武氏宗庙。"

武承嗣已今非昔比,他笼络了一批爪牙,遇事不用亲力亲为,让手下去办即可。

很快就有个大臣在上朝时提出了设立武氏宗庙。

武则天听了非常高兴,赶紧抓住这个话题大做文章:"朝臣们多次提议建立武氏宗庙,我一直谦虚,没有接受。如今有人公开在朝堂上提出这个建议,我却之不恭了。请大家商量一下,应该给宗庙设几个室?宗庙应该叫什么名字?"

马上有人走出队列,说:"武氏宗庙可按皇帝宗庙的格局设七个室,叫作太庙。"

这是武则天的本意,也是早就安排好的,没想到这个提议遭到朝臣们的一致反对。

武则天见时机还不成熟,也没再坚持,说:"规格可以降低一些。但武氏宗庙非建不可。"

经过再三商议,最后定下建五室,宗庙名为崇先庙。

在建立宗庙的事情上,武则天和朝臣们各退一步,达成一致,可武则天对此耿耿于怀,决心扳回一局。

这天上朝,武则天提出:"我想效仿周制,建明堂。"明堂是中国先秦时帝王会见诸侯、进行祭祀活动的场所,是帝王宣明政教的地方。

"臣等觉得不可。"

武则天不理会朝臣的质疑,说:"你们赶制出图纸,确立建造地点,然后交给我。"

大臣们只好加班加点将图纸画好,地点定好,交给武则天。

武则天一看,当即说:"这地点我不满意。你们把乾元殿拆除,建造明堂。"这次,无论大臣们如何反对,她都坚持己见。她还说:"由薛怀义主持明堂建设工作。"这也是她早就考虑好的。

武则天曾经对薛怀义说:"建设明堂的念头,在我心中浮现过无数遍,但从未这般强烈。太宗和高宗都想兴建明堂,可他们爱惜国力,也惧怕明堂耗资巨大会带来不良社会影响,所以都没付诸实践。"

薛怀义不解道:"皇帝都没做的事,你为什么要做?"

武则天笑道:"因为我是天命所归,否则扬州叛乱怎会如此迅速地平息了?只有气势恢宏的明堂,才能证明我真命天女的身份。明堂也能表达我对上天的万分尊崇。"说着,她望向薛怀义,"我要你去建设明堂。"

薛怀义心里一喜,继而神色黯淡下来:"朝臣们是不会同意的。"

果然如薛怀义所料,朝臣们对由他来主持明堂建设工作议论纷纷,然而武则天我行我素。

薛怀义问:"你为什么选中我?"

武则天说:"因为,我不相信朝廷中受儒家礼教熏陶长大、墨守成规的老臣们能承担如此大任。我不希望心目中的圣地,被他们修建成如他们一样的老古董样式。"她温柔地望向他,"我现在与你难分难解。作为女人,自然希望自己的男人有所作为,被人刮目相看。"

薛怀义有点不自信:"我这目不识丁的,让我去打人没问题,造明堂,我行吗?"

武则天给他打气:"我会派很多人帮你。再说,你有你独特的才能,比朝臣们更有创意。我有理由相信,你会为我建一个明堂。"

薛怀义在武则天的鼓励下热血上头,带着她的殷切希望和大笔经费,率领几万名工人前往乾元殿。乾元殿建于隋炀帝时代,有着两百多年历史。随着薛怀义一声令下,宏伟壮丽的宫殿在工人们的铁锹、锤子下轰然倒塌。

上官婉儿心道:从某种意义上来说,薛怀义是个称职的工头。他日日夜夜镇守工地,监督工人们流血流汗,荒废了太后枕畔的工作。

武则天独守空房,寂寞万分,时常远眺明堂工地的方向:

"廊柱一根根直立起来,高大壮观。"

"明堂的轮廓影影绰绰,初见雏形。"

上官婉儿听着太后雀跃的语调,明白太后的心也正跟着激荡起伏。她暗想:太后由此原谅了薛怀义在午夜的缺席。

"婉儿,你叫人去工地视察一下工程进展。"武则天时不时吩咐道,"若是钱不够,再拨一些过去。"

上官婉儿知道武则天极度重视明堂,忙说:"明堂的工程进度极快,经费、人力也十分充足。"

武则天满意地点头。

几万名工人夜以继日轮班上阵,不时有人累死或是发生施工意外。经过一年左右的奋战,巍峨宏伟的明堂终于建成。

"今日就带众卿一睹明堂的风采。"明堂落成之日,武则天带着文武百官前往参观。

薛怀义扬扬自得地介绍道:"明堂的高度近三百尺,方圆三百丈,一共三层。"见众人伸长脖子看得入神,他更得意了,伸手一指,"明堂最为出彩的部分是顶端,九条巨龙共捧着一个圆盘,圆盘上面赫然是一只金光闪闪的凤凰。"

众人顺着他指的方向望去,顿时倒吸一口凉气:这造型前无古人,后无来者。太后的称帝之心,借助明堂表达得再明白不过了。

武则天称赞道:"明堂的构造真是别具一格、气势恢宏。新落成的明堂就命名为万象神宫吧。"

寸步不离武则天的武承嗣,对武则天的心意了如指掌,只见他快步上前跪倒:"万象神宫落成大喜,恭贺太后娘娘!薛怀义监制明堂,功不可没,建议升迁他,以示嘉奖。"

武则天大喜,顺势说:"封薛怀义为梁国公,左威卫大将军。"

太子通事舍人郝象贤站出来:"不可,不可,薛怀义不过监工而已,封赏太过了。"

武承嗣想这人真不识相,急忙斥责他道:"太后金口玉言,怎可随便收回成命?"

百官们早知武则天偏爱薛怀义,赶紧附和武承嗣。

武承嗣向薛怀义使眼色,薛怀义会意,忙上前跪下:"臣领旨。"

"恭喜薛大人!"

"贺喜薛大人!"

在百官的贺喜中,薛怀义完成了由一个街头混混到朝廷大员的华丽变身。

善于迎奉的武承嗣见武则天宠幸薛怀义,便将薛怀义视作上宾,凡事都为他着想。他想:只要讨好薛怀义,不愁他不在武则天面前为我美言。万象神宫落成之后,薛怀义加官晋爵,武承嗣便赶着替他张罗酒宴,为他庆功。

庆功宴请了很多宾客。满座皆是溜须拍马之人,其中,有个未来著名的人物：酷吏周兴。

周兴时任秋官侍郎，为人心狠手辣，最擅长制造冤假错案，凡是落到他手里的犯人，不是受刑不过屈打成招，便是冤死在牢房之中。只是，此时他的名声还没后来那么响亮。

酒席间，大家谈起了郝象贤反对薛怀义升官之事。

白天，薛怀义碍着武则天不便多言，此时身边都是自己人，他又多喝了几杯水酒，自然而然露出了街头小贩的真实面目："该死的郝象贤，多管闲事，企图坏我好事，看我不整死你！"

周兴一听，心道：机会来了，正是发挥我"特长"的时候。他赶紧向薛怀义拍胸脯："我保证为薛大人狠出一口气。"

酒宴结束，周兴马上开始行动，四处搜罗郝象贤的罪证。可郝象贤是高宗朝宰相郝处俊的孙子，家境优越，人品纯良，实在找不出什么差错。不过，这可难不倒周兴，无中生有向来是他的强项。周兴派人在郝象贤的家奴中寻找突破口，终于找着一个合适的。周兴马上威逼利诱，让这个家奴写信，密告郝象贤谋反。接着，周兴拿着告密信去见武则天。

武则天看过告密信，淡淡地说："郝象贤不会谋反。"

周兴言之凿凿，说："郝象贤仗着有钱，四处招兵买马，图谋不轨。"

武则天忽然想起：那天我想封赏薛怀义，郝象贤居然当着众臣的面反对。哼！这个人就算没有谋反，跟我也不是一条心，教训教训也好。这样一想，武则天便说："去把郝象贤关起来吧。"

郝象贤在万象神宫落成那日顶撞武则天后，也颇觉后悔，但事已至此，无计可施。然而近来，有关薛怀义会报复他的风声不时传来，同僚们都让他小心为妙，这令他更加心烦意乱。正在他日夜担忧之时，周兴率领一群如狼似虎的手下破门而入，将郝象贤一家都绑进了刑部的监狱。

周兴阴阴地对郝象贤说："郝大人，你的家奴告你谋反，你就认了吧，以免受皮肉之苦。"

郝象贤吓了一跳,说:"谋反是株连九族的大罪,哪个家奴冤枉我?"

周兴也不跟他废话,挥挥手:"大刑伺候。"

可怜郝象贤是个娇生惯养长大的公子哥儿,哪受得了这轮番酷刑?只得画押认罪。

武则天看到郝象贤的认罪书,依然不信他会谋反,心想:我允许周兴抓他,只想吓唬吓唬他,杀杀他的傲气,可不是真想处死他。

周兴何等聪明,见武则天犹豫不决,恐慌起来:郝象贤可是朝廷重臣的孙子,郝家根深叶茂、错综复杂,如果这次整不死他,难保他不伺机报复。不行,一定得置他于死地,而且要斩草除根。周兴眼珠转了转,生出一计。他干咳了一下,提醒武则天道:"太后,您还记不记得,当年先帝高宗身体抱恙,精力不济,试图禅位于您,就是这个郝象贤的爷爷郝处俊极力阻挠,先帝这才变卦。郝象贤跟他爷爷一条心,不甘心臣服于您,日后还不知会惹出什么乱子。"

武则天一听,记起了不愉快的往事,心道:郝象贤不大可能谋反,但周兴说得有理,谁让你们爱跟我作对。她冷笑一声,批了死刑。

这就把郝象贤全家推上了绝路。郝象贤全家老老少少几十口人一起被押解到刑场砍头,一路上号哭尖叫,惨不忍睹。

郝象贤并不甘心受死,他大声对围观的百姓说:"太后淫乱后宫,蓄养面首,还诬陷我谋反……"没等他说完,刽子手便把他抓回,一刀先将他的头颅砍了下来。接着,刽子手砍瓜切菜般解决了郝象贤的家人。官兵们纷纷驱赶围观的百姓,不许他们交头接耳。

一旁监斩的武承嗣见现场变得混乱不堪,气急败坏地辱骂周兴:"看你干的好事!这件事肯定瞒不过太后,你就等着受太后的责罚吧!"

周兴吓得魂飞魄散,急忙将武承嗣请到家中,给他很多钱财:"大人,求你救救我。"

周兴又找来薛怀义,同样送了不少贵重的礼物:"求国公爷为我在太后面前开脱。"

有钱能使鬼推磨,有了武承嗣和薛怀义暗中运作,这件事终于风平浪静地过去了。武则天发了一通脾气,最终没有惩罚周兴,只是下令:"日后行刑之前,将囚犯的嘴巴封住,不许胡言乱语。"

武则天近来动作频繁:设立举报箱、建武氏宗庙、修万象神宫、任用酷吏斩杀异己。这些都被武承嗣看在眼中。他对心腹说:"姑姑这是在为当皇帝铺路。但是,在天下人眼中,江山始终是李唐皇室的,姑姑再能干,也不过是李家的主妇,暂代政权而已。我作为侄子和臣子,有义务帮助姑姑达成心愿,至少帮助她往前再走一步,离皇位再近一步。"

心腹说:"大人对太后真是尽心尽力。"

武承嗣笑道:"我有私心的。只要姑姑当权,我的荣华富贵就可以保住。若姑姑成了皇帝,我作为武氏家族的长子嫡孙,甚至可能继承皇位。这样的好事,怎能不让我费尽心机?如果我达成所愿,也少不了你的好处。你赶紧帮着想想办法。"

心腹苦思冥想几天,为武承嗣出了个主意,武承嗣连声叫好,连忙安排下去。

这天,武则天正在与群臣议事,武承嗣忽然求见。

武承嗣一脸喜色:"太后,洛水之中出现一块神石,这是自尧舜之后再也没有出现过的祥瑞之兆。"

武则天见武承嗣如此作态,知道他有下文:"你说下去。"

武承嗣擦了把汗,装出更兴奋的样子,禀报道:"洛水边上有个叫作唐同泰的人捡到一块神奇的石头,上面刻着八个大字'圣母临人,永昌帝业'。"

武则天何等聪明,马上明白了武承嗣的意思,心中暗喜:这小子,真有点小聪明,这次算是立了大功。于是,她顺水推舟道:"现在神石在哪里?"

武承嗣回答:"发现神石的人知道这是天意,不敢耽误,急忙扛着石头来到殿外求见,现在正在等候太后的传召。"

武则天有意让群臣亲眼看到神石,便起身说:"我要亲自接见这个献宝之人。"

唐同泰一见太后带着群臣驾临,急忙将和武承嗣一起商议好的发现石头的过程说了一遍,说得天花乱坠、神乎其神。武则天听得满脸喜色、频频点头,而大臣们则诚惶诚恐、面面相觑。

武则天重赏了唐同泰,还封他做了一个不小的官,感谢他为自己称帝打造舆论声势。随即,武则天下令:"封这块石头为'宝图',又称'天授宝图',并封洛水之神。全国所有都督、刺史和皇族宗室在神都集合,我要带领他们共同前往洛水,亲自参拜洛水。"

公元688年,神都洛阳南郊外的洛水畔,旗帜飘扬、人声鼎沸,百姓们被皇家卫兵拦在圈外,挨挨挤挤地观赏太后武则天亲自参拜洛水的仪式。与喧哗闹嚷的百姓形成鲜明对比的,是默默无语地站在参拜台周围的李氏皇族和文武百官。

吉时一到,身着衮服的武则天便在上官婉儿的搀扶下,踏上红地毯,在百官和宗室的夹道陪衬下,仪态万方地走上参拜台。

仪式完成之后,武则天又命近侍宣读册封洛水之神的诏书:将洛水之神封为"显圣侯",封洛水为"永昌洛水",并将瑞石出现的地点命名为"圣泉图"。武则天还为自己加了个尊号"圣母神皇"。这个倒不是武则天的发明,提出这个封号的大臣被武则天迅速提拔了,以此告诉朝臣:顺我者昌,逆我者亡。

二十九　皇族清洗

世上的聪明人不止武承嗣一个。武则天的深意,李氏皇族的子孙们读懂了。

"近来太后的一系列非常之举,意在夺取皇位啊。"

"太后要所有李氏皇亲在洛水边集合,怕不是想将我们一网打尽?"

"韩王,我们当如何是好?"

当时,李氏皇亲均唯韩王李元嘉马首是瞻。韩王李元嘉辈分最高,是唐高祖李渊的第十一个儿子,地位最为尊贵,且精明能干,从小就有神童的盛名。

"是啊,韩王,我们该如何自保?"

李元嘉仰天长叹,说:"如果太宗皇帝还在,李氏家族何至于沦为武太后刀俎下的鱼肉?现在这个女人大权在握,立宗庙、建明堂,如今又要参拜洛水,称帝之心昭然若揭。这次,她摆明了要将我们团灭。我想,与其坐以待毙,倒不如我们联合起来搏一搏。"

"韩王说得有理。"

"对!我们李氏皇族子弟多数在洛阳附近担任刺史,如果齐心协力出兵,可以对洛阳形成合围之势。"

"我们就打出匡扶李唐的旗号,以便得到天下人的响应。"

说干就干,李元嘉对儿子说:"你马上炮制一份皇帝的书信给越王李贞的儿子李冲,说皇帝被幽禁,请求诸王发兵救他出来。"

琅琊王李冲接到伪造的书信,看过之后怒发冲冠,对亲信说:"武太后太过跋扈,想要谋权篡位。我要出兵讨伐她,顺便救出皇帝。"

李冲的亲信帮忙召集辖区内的地方官,出示伪造的皇帝的书信,发动大家跟随李冲讨伐武太后。

可是,县官们不愿与朝廷对抗。

有人说:"先看看形势,等别人发兵,我们再动手也不迟。"

有人干脆沉默不语,心中另有打算。譬如武水县令郭务令。

正当李冲点兵即将出发之时,郭务令不但没有带兵支援,反而修书一封与李冲撇清关系,气得李冲决定:"我们首先攻打武水县。"

郭务令搬起石头砸了自己的脚,一听李冲已向武水县进发,吓得立刻想跑,但转念一想:弃城而逃也是死罪。他快马传书,向邻县莘县县令马玄素求救。

马玄素一看书信,被吓傻了,马上向上级部门求救,又派出探子:"你快去探探李冲大军的虚实和进度。"

探子回报说:"琅琊王李冲等叛军不过几千人马。"

马玄素精神大振,立刻鼓动辖区内百姓和民兵组织,再加上衙役等人,组成一支杂牌军,赶往武水县与郭务令会合。

这边守城的兵士刚刚完成布防,那边李冲的人马就已经赶到。无论李冲等人如何叫骂,郭务令就是不开城门,李冲只好下令攻城。武水县的士兵不甘示弱,站在城头放箭。李冲见状,下令火攻,谁料大火刚刚燃起,风向改变,烧向李冲的队伍。再加上有人在队伍中大喊:"这可是造反,要杀头的。"李冲的军队原本便是匆匆集结,很多将士对为何起兵一头雾水,一听这话,再加上大火来袭,军心马上溃散,大家都东张西望,准备开小差逃跑。

李冲见势不妙,带头把蛊惑军心的人斩首示众。这下,兵士们更是逃之夭夭。不一会儿,只剩下李冲的几十员家将还守护在他身边。百般无奈,李冲只得带着残兵退回博州城。

李冲的残兵逃回博州城,告知大家琅琊王李冲的谋逆行为。满城百姓人心惶惶,逃的逃、躲的躲,城中秩序大乱。琅琊王一回到博州城,即刻被妄想立功受奖的手下所杀。

　　李冲之所以还未准备充分便匆匆出兵,是因为他造反的消息泄露了——韩王李元嘉的侄子李蔼偷偷向武则天告了密。李冲得知事情败露,无计可施,只得匆忙在博州起兵。

　　琅琊王李冲死后好几天,武则天派出平乱的十万大军才到达博州城。此次,军队首领是丘神勣,这是个令人闻风丧胆的人物。据说,他连废太子李贤都敢杀,遑论其他人了。

　　丘神勣带领大军一路耀武扬威来到博州,探子早已报告说,琅琊王李冲已死,叛乱已平。可丘神勣没有放过杀死李冲的人。他进城之后,将城中文武官员屠戮殆尽,对于豪门世家,抄家灭族,赶尽杀绝。一时间,整个博州城血流成河,烧杀声震天。而丘神勣却因此搜获了大量的金银珠宝,发了一笔横财。

　　古代消息闭塞,李冲已经战败身死,他的父亲越王李贞却还未得知。李冲出兵之时曾向李氏诸王发出通知,希望他们起兵响应,其他王爷接到信息都按兵不动,只有他的父亲李贞积极行动起来。李贞召集了各县县令、县丞,希望大家与他一起起兵,声讨武则天,推翻武则天,匡扶李唐皇室。可是县官们都默默无语,各自打着算盘,不愿表态。

　　李贞明白,县官们舍不下荣华富贵,不愿冒险。对此,他早有准备。席间,他大搞封建迷信活动,找来一个巫师,令其念咒画符,并测算出李贞此次出兵一定一帆风顺,直捣黄龙。古代人十分迷信鬼神这一套,被巫师云里雾里一番鼓动,县官们心思活络起来,渐渐相信了李贞,一部分人愿意追随他,一起起事。但上蔡县令不愿造反,趁着众人不注意,带人逃跑了。

　　李贞大怒,马上带人攻陷了上蔡县。可上蔡县令等人早已逃跑。正当众人犹豫不决,究竟是和琅琊王会合,还是守城的时候,探子来报:"王爷,琅琊王兵败身死。"

李贞听到噩耗，肝肠寸断。

探子又说："王爷，朝廷已派出十万兵马前来讨伐我们。"

李贞大惊失色："这如何是好？我投降吧，亲自去洛阳，向太后请罪。"

大将裴守德坚决反对："王爷，您即便马上投降，太后也断不会放过您。"

这时，又有探子来报："王爷，王爷，有个县令带领了两千多民兵前来支援我们。"

李贞一听信心大振，对裴守德说："裴将军，我感念你的忠勇，把女儿许配给你。"

裴守德忙跪下谢恩。

李贞说："如今我们是生死与共的一家人了，如果侥幸打赢，我一定封你做大官。现在，马上召开誓师大会，准备与朝廷兵马决一死战。"

平乱的十万官军很快到来。

李贞站在城头，望着女婿和儿子带着几千兵马冲向敌人，就像一滴水融入大海，心道：敌我实力悬殊，毫无胜算。他只得召集一批僧侣在城头念经，祈求上苍保佑。

李贞的人马面对十万大军的碾压很快溃不成军。李贞的儿子和裴守德奋力杀出重围："王爷，你们父女带着细软家私，我们保护你们一起逃出城。"

"来不及啦，各个城门都被封锁，出不去了。"

李贞哭着叹息："我们全家人死在一起吧。"他无奈地带着妻儿自杀身亡。

见王爷已死，众官员急忙跑出去迎接朝廷的军队。

"我们投降！"

"我们跟李贞没有关系，没有参加造反。"

朝廷派来的将领立功心切，带着李贞等人的人头回去邀功领赏，留下张光辅善后。

张光辅是个私心很重的人。在豫州期间，他扩大李贞案件涉及范围，污蔑几百户无辜百姓为同党,籍没者五千多人。他的士兵到处烧杀抢掠,抢人钱财、夺人妻女。张光辅的所作所为,都被写成告状信,如雪片一般飞向豫州的新任刺史狄仁杰的案头。

狄仁杰出身于官宦之家。祖父狄孝绪,任贞观朝尚书左丞。父亲狄知逊,任夔州长史。狄仁杰通过明经科考试及第,出任汴州判佐。时工部尚书阎立本为河南道黜陟使,狄仁杰被诬告,阎立本受理讯问。阎立本不仅弄清了事情的真相,还发现狄仁杰是一个难得的德才兼备的人物,谓之"河曲之明珠,东南之遗宝",推荐狄仁杰做了并州都督府法曹。

唐高宗仪凤年间(676—679年),狄仁杰升任大理丞,他刚正廉明,执法不阿,兢兢业业,一年中判决了大量的积压案件,断案如神、惩奸除恶,涉及一万七千人,一时名声大振,成为朝野推崇备至的名侦探。

此次,狄仁杰出任豫州刺史。还没正式到任,他便四处微服私访,发觉豫州民不聊生、民愤甚大。于是,到任之后,狄仁杰将张光辅的军队赶到郊外驻扎,同时贴出安民告示,希望百姓重操旧业,维持豫州正常的社会秩序,并且着手审理被张光辅判死刑的五千人。

太后的特使很快到了豫州,要求狄仁杰:马上将那五千人处死。

狄仁杰说:"这件事另有隐情,还请宽限几日,让我查清楚。否则,万一太后将来知道了真相,会责怪我们。"稳住特使后,他暗想:五千人冤情甚大,一定要保住他们的性命。对了,太后喜欢听人告密,我就投其所好。狄仁杰修书一封,要家仆带着书信上京,悄悄交给武则天。

张光辅对于狄仁杰的不合作非常恼怒,再三寻衅,提出:"军队既然驻扎此地,所需物资就该由你们负责。"

狄仁杰却说:"你在豫州大搞连坐政策,还纵容属下到处行凶。百姓日子都过不下去,哪有余钱去养军队?再说,一切军需朝廷自有发放。"一句话,不给钱!

正在双方僵持不下之际,武则天的懿旨到了:五千人改死刑为流放。张光辅见状,不知深浅,倒不敢贸然跟狄仁杰叫板,只好暂时忍下一口气。在狄仁杰的斡旋下,五千人的性命终于保住了。

玄武门外,圣母神皇武则天满面春风:"丘神勣,得知你们得胜归来,我亲自来接。"

丘神勣等人摆出战利品:"太后,这是在博州、豫州战乱中缴获的兵器甲胄。"

武则天用余光一瞥,笑道:"很好。这次平乱迅速,有功之臣都有封赏。"

胜利的喜悦并未冲昏武则天的头脑,她始终不忘自己的初衷:登基为帝。她暗想:这次叛乱,正好给了我一个惩治李氏皇族的机会。

武则天召来武承嗣:"越王和琅琊王叛乱案件的审理工作要细致翔实,宁可错杀一千,不可放过一个。"

武承嗣心道:太后这是想借此机会将李氏皇族一网打尽,为称帝扫清障碍。

负责审理案件的是监察御史苏珦,他也看透了武则天的心思。可他为人清高耿直,不愿为武则天所用。

见苏珦不合作,武承嗣气哼哼地向武则天告状:"案子审理了很多天,最后,苏珦判涉嫌作乱的韩王李元嘉等人无罪,把他们放了。"

武则天把苏珦召来查问。

苏珦侃侃而谈,说:"琅琊王李冲和越王李贞作乱是个人行为。其他诸王接到他们的通告,但没有起兵响应,也来不及向朝廷报告。至于其他人,跟谋逆事件无关,已按大唐律例释放回家了。"

武则天听了大怒。

武承嗣见太后面露怒容,忙指责道:"苏珦,你包庇他们!我看你是同谋!"

武则天心知苏珦的为人,不愿与他正面冲突,想了想,给他戴了顶高帽子:"苏大人是大雅之士,有别的任用,这个案子不用你审了。"略一思索,又说,"你去河西当监军吧。"

苏珦还想分辩几句,可一见武则天的脸色,顿时明白对他已是网开一面,便不再多言,行礼退下了。

武则天又问武承嗣:"你有没有合适的人选审理这个案件?"

武承嗣不假思索道:"秋官侍郎周兴。"

武则天沉吟片刻:周兴这个酷吏心狠手辣,擅长制造冤狱。但在这非常时刻,只能动用非常手段。于是,她点头道:"就派周兴去吧。李贞父子叛乱,是个大好机会,一定要将李唐皇室彻底铲除。"

武承嗣唯唯诺诺地应下:"是,是。只是那苏珦太不识趣,心向李唐,该好好惩戒一番。"

武则天见他抓住不放,皱皱眉头,教导道:"作为掌权者,要善于用人。任用奸佞小人铲除异己只是非常手段,朝廷与社稷最终依靠的还是苏珦这类正人君子,他们才是真正的股肱之臣。奸佞小人和股肱之臣,这两种人不可或缺。"武则天见武承嗣眼中颇有不服之意,又提点道,"姑妈教给你这些本事,就是在栽培你做接班人。你好好学习,将来我的位子很有可能传给你。"

武承嗣一听,大喜过望,忙磕头谢恩。他带着武则天的口谕,兴冲冲地找到周兴:"好事来了,太后让你负责谋反案。"

听了武承嗣的话,周兴很高兴:"我大显身手的时候到了。"

武则天时期,周兴、索元礼、来俊臣等人都是出了名的酷吏,经常聚在一起讨论整治别人的招数。这些人中,周兴官做得最大,所以凡事都由周兴说了算。当夜,周兴便带领大批爪牙闯进韩王府,遇到阻挡的家将,他厉声说:"我们是刑部的人,谁敢阻挡?给我把挡路的人撂倒绑起来。"

"住手,我跟他们去。"李元嘉怕家人吃亏,连忙说。

"王爷,他们来者不善啊。"

"不要紧,我可是李氏皇族资历最老的贵族,他们不敢怎样。待我换好亲王服饰,带上免死金牌,定能吓倒他们。"

事实证明,韩王太天真了。

周兴根本没将免死金牌和亲王制服放在眼里:"来人,扒下韩王的衣服,给他尝尝刑具的滋味。"

李元嘉拼命挣扎着,怒斥道:"大胆周兴,居然敢藐视先皇的免死金牌。"

周兴仰天狂笑:"除了武太后,我谁也不放在眼里。"

韩王还想说什么,周兴挥挥手,根本不想听,他直截了当地说:"你还是招供吧,承认跟越王李贞父子一起谋反,我就马上免了你的皮肉之苦。"

李元嘉说:"这是你的阴谋!我不会就范的!"

周兴打了个哈欠,对手下说:"我休息去了。你们用刑,用到老王爷招供为止。"

在回去的路上,周兴心里盘算着:这机会真是千载难逢,我得抓住了。那些冷落过我、得罪过我的人,我都要牵扯到这个案件中,置他们于死地。他又想:至于李氏宗亲,就按韩王的例子,一个个抓来刑讯逼供,一定能完成太后交办的任务。太后一高兴,说不定给我个大官当当。

韩王比想象中更脆弱,他养尊处优惯了,架不住酷刑的折磨,很快便招了供画了押。

周兴非常开心:"小的们,干得好!"说着,兴高采烈地拿着李元嘉的供词去找武则天了。

武则天见周兴办案如此神速,夸奖道:"真能干!"

周兴见武则天高兴,趁热打铁,提交一份名单:"太后,这是与谋反案有牵连的李氏皇亲。"

武则天仔细看过名单,心道:很好,我想打击的人都在这上面。这周兴,办事能力可以啊。

周兴心想:武承嗣提携我,我得还他的恩情。他便谦虚地说:"这些都是在武承嗣大人的指点下办到的。"

武则天更高兴了，冲武承嗣赞许地点点头，又开始仔细研究名单。她暗想：我早就拟好了一份名单，就是在洛阳周边当刺史的那些李氏皇亲。我唯恐你们不反，才故意打草惊蛇，让你们一起参拜洛水，给你们错觉：我要对你们开刀。我太清楚你们的实力了，即便谋反也不会成功，可我要的就是个铲除你们的借口。

想到此处，武则天命令上官婉儿："去，给周兴一把尚方宝剑。"又对周兴说，"你马上把名单上的嫌疑犯都抓起来，谁敢抗命，先斩后奏。"

周兴捧着尚方宝剑，趾高气扬地走出了皇宫。

很快，韩王李元嘉、黄公李撰、鲁王李灵夔和常乐公主等三百多名李氏皇亲都被抓到洛阳，受尽折磨之后，被迫签字画押，紧接着被斩首示众。

韩王李元嘉被处死后，武则天把他的府邸赐给了周兴，以表彰他的办事效率。不过，天下没有免费的午餐，武则天对周兴说："你要穷追不舍，继续将此案扩大，力求将李氏王族全部诛灭。"

周兴心中暗喜，嘴上却说："这就为难我了。太平公主的驸马薛绍等人都参与了谋反，我不知如何是好。"

武则天冷笑一声："别说是驸马，就是公主谋反，也严惩不贷。"

周兴要的就是武则天这句话，他深知太平公主深得武则天宠爱，他要牵扯薛氏贵族，会得罪太平公主，于是套来武则天的金口玉言，来避免公主的报复。

武则天还是非常疼爱太平公主的，在周兴上门抓人之前，她对上官婉儿说："马上安排太平公主进宫，以免血腥场面刺激到她。"

太平公主被急召入宫，路上看到一队侍卫拥向自己的府邸，暗道：事情不妙！可母命不可违，我只能先保住自己了。

不出所料，太平公主一进宫，武则天就质问她："你是否知道驸马薛绍谋反一事？"

太平公主为了撇清自己，说："如果驸马真的如此大逆不道，我会大义灭亲。"

武则天点点头,说:"不愧是我的好女儿。我知道你很爱驸马,但国家社稷高于一切。"

太平公主有苦难言:王子谋反尚且被母亲一一杀死,更何况是隔了一层的驸马?

武则天慈爱地说:"女儿,你是娘的心头肉。放心吧,我会给你重新安排一位佳婿。"

太平公主心中气苦,却无可奈何:我最了解母亲的个性。就算我为丈夫求情,也保不住丈夫,还会让母亲怀疑我也有不轨之心,牵连更大。我只得忍痛割爱了。

驸马薛绍是大帅哥一枚,与太平公主情深意笃。进了大牢,他并不害怕,料想公主一定会救他。公主是武则天的心头肉,母亲怎么忍心女儿失去丈夫?可惜,薛绍打错了算盘。

周兴顾忌薛绍的驸马身份,不敢对他严刑拷打,可并不影响对薛绍的逼供。

周兴说:"既然驸马不合作,我也不便用刑,那就断水断食。我不信他不招供。薛绍的哥哥和弟弟可没有护身符,给我严刑拷打。"

手下领命去了。

薛绍的兄弟受不了折磨,很快招供,供词把薛绍也牵连在内。周兴乐坏了,把薛氏兄弟的供词上交武则天。

武则天看了供词,勃然大怒:"将薛氏全家斩首示众。"不过,她还是顾念与太平公主的母女情分,将薛绍饿死在狱中,给他留了个全尸。除了薛氏家族,霍王李元轨、江都王李绪等不是被流放,就是被杀死。

在这期间,周兴将对李氏皇族的肃清工作交给来俊臣主持。来俊臣也是著名的酷吏,下手一样毫不留情。很快,两百多位李唐皇族的子孙均被其罗织各种罪名处死。武则天对来俊臣的办事效率大为赞赏,将他连升三级,封为正五品御史中丞。

有了武则天做坚强后盾,酷吏周兴、来俊臣等人炮制冤狱、屠杀李氏皇族更加肆无忌惮。

李敬业的弟弟李敬真受谋反案牵连被流放。李敬真伺机逃脱后,找到了爷爷李勣的旧部——洛州司马弓嗣业、洛阳令张嗣明,乞求一点资助。弓嗣业和张嗣明顾念旧情,给了李敬真一些钱。然而,李敬真在流亡期间还难改公子哥儿习气,钱一到手就挥霍招摇,被官军逮到,被抓回神都洛阳。

武则天将此案交给周兴审理,周兴借此机会大肆捕杀李氏皇族。弓嗣业事先听到消息,先一步自杀身亡。张嗣明被周兴抓住。周兴摆出各种刑具,逼着李敬真和张嗣明承认与李氏皇族一起谋反。

张嗣明心想:我不愿诬赖好人,可招供与否都是个死,那就诬陷奸臣贪官,也算为民除害。他首先供出的就是张光辅。张光辅在豫州时籍没千家,是臭名昭著的恶人。罪名是:张光辅一向认为自己文武全才,经常招徕一些巫婆神汉,图谋不轨。

武则天一看周兴呈上的这些黑材料,朱笔一挥,批了"斩"字。之后,周兴又炮制出不少案件,牵连到武则天当时亲点的官员魏元忠等人。

老臣魏玄同为魏元忠求情,武则天接受了,免了魏元忠一死。

周兴恼羞成怒,诬赖魏玄同要求武则天让位。武则天大怒,即刻赐死了魏玄同。

接着,周兴背后的靠山武承嗣又指使宗楚客,诬蔑梁郡公李孝逸有不轨之心。武则天借机将一把年纪的李孝逸流放至儋州。禁军将领黑齿常之为李孝逸求情。

黑齿常之是唐朝著名军事将领,他出生在唐朝的属国百济国。黑齿常之的早年事迹不详,长大以后,身高七尺有余,善于用兵,史书称其"骁勇有谋略"。后来黑齿常之在百济国任达率(百济官名)兼郡将,相当于唐朝刺史一职。降唐后数十年间,黑齿常之屡立战功,纵横青藏,所向披靡,数破突厥,威震天下,晋爵燕国公,成为大唐的封疆大吏。

永昌元年(689年),武则天恼恨黑齿常之忤逆自己之意,将他拘捕下狱。黑齿常之自知难免一死,便在牢中自缢身亡。

再说萧淑妃的儿子素节,一直被武则天视作眼中钉。素节的官位一贬再贬,此时也难逃周兴等人的毒手。萧淑妃和李治的另一个儿子李上金也被迫自杀。李上金的几个儿子义珍、义玫等都被流放到显州而死。

周兴等人一再受到武则天的嘉奖,扬扬得意,大摆筵席,奉武承嗣为上宾,询问:"太后打算何时登基?"

武承嗣神秘兮兮地透漏:"一年之内,必会改朝换代。你们都是有功之臣,位列宰相队伍指日可待。"

周兴等人大为高兴,又提议:"不如乘胜追击,将汝南王李颖和太后的两个儿子李显、李旦一网打尽。"

武承嗣颇有政治头脑,见周兴杀红了眼,急忙制止道:"千万别轻举妄动,坏了太后的大事。即使要杀这几个人,也得师出有名。当务之急是借故把李贤的儿子和汝南王李颖杀掉。"

炮制冤假错案是周兴的拿手好戏。周兴豢养了一大批以告黑状为生的人,受周兴指使,集中炮轰汝南王。汝南王根本无从招架。

武则天对周兴的所作所为心知肚明,放手让他去办理此案。周兴顺势将李贤的儿子牵连在内。

李贤的两个儿子自父亲死后,成天心惊胆战,害怕厄运落到头上,于是每天藏在府里,根本不敢出门。周兴带人气势汹汹地闯进门来,喝令手下将他们乱棍打死。

至此,李氏皇族一脉已被清洗得差不多了,无法再与武则天为敌。

三十　女帝登基

经过一番血洗,李氏皇族所剩无几,这可吓坏了已经七十多岁的千金公主。

侍女劝说千金公主不要害怕:"太后不会拿您怎样的。您可是高祖皇帝的女儿,正宗李氏皇亲。再说,您对太后有贡献,太后对您也友好。"言下之意是,武则天的枕边人薛怀义正是千金公主进献的。

千金公主叹息道:"如今形势不同,太后是铁了心要灭掉我们李氏一族。我能否逃过这次的劫难,还是未知数。"

侍女说:"太后难不成还要杀您?您对她有何威胁?"

千金公主说:"说不准。我得亲自进宫拜见太后,表达我的诚意,或许能够保命。"

侍女一头雾水:"什么诚意?"

"为太后分忧解难的诚意啊。"千金公主说。

"太后高高在上,能有什么难事?"侍女不解。

千金公主善于揣测别人的心意,呵呵一笑说:"太后的心事无非是事业、情感、生活。事业上,她最大的心愿是令李氏家族臣服,以便继承大统。这点,已有很多人为她鞍前马后。情感上,她有了薛怀义。生活上,最令太后放心不下的,就是宝贝女儿太平公主的婚事。自从驸马薛绍被杀,太平公主一直处于单身状态,高不成低不就的。太后对公主多少有点内疚,更希望为她找个好夫婿。"

"可是,公主您以什么身份操心太平公主的婚事啊?"侍女问。

"我自有办法。"

千金公主摸准了武则天的心态,心中有了打算。

入宫见到武则天,千金公主寒暄了一会儿,跪下提出:"我想认太后做干娘。"

武则天又好气又好笑,心想:千金公主无论是辈分还是年龄都比我大上很多,更何况她是李唐皇族的公主,却放低姿态要做我的干女儿,真是太好笑了。不过,这说明我已经彻底征服了李氏皇族,这让我很受用啊。我就答应她吧。

武则天含笑点头,半是严肃半是戏谑地说:"好!从今天开始,你就是我的干女儿了。我赐你武姓,封你为延安大长公主。"武则天还赏赐给千金公主丰厚的礼物。

千金公主赶紧磕头:"谢万岁!"

武则天越看她越顺眼,听她称自己万岁,大喜:她这是认同我是女皇。要是李氏家族的子孙们都能像千金公主这么识趣,我就不必大开杀戒了。

千金公主见武则天眉开眼笑,一颗心终于落回肚里:我这条命算是暂时保住了。我得进一步固宠啊,为太后分担烦恼的家务事,譬如,太平公主的婚事。

太平公主才貌双全,又备受武则天宠爱,养成了泼辣率性的性格,等闲之人根本不入她的法眼。而武则天不希望太平公主另嫁外人,提出:"我希望女儿嫁给武家子弟,可武氏的男丁们多数年纪不小,又早已娶亲,实在选不出能与公主匹配的郎君。"

千金公主一听,赶紧向武则天献计:"皇帝的女儿不愁嫁,有妻儿的只需把妻儿解决,不就行了?"

武则天眼前一亮:"有道理啊。我希望武攸暨当驸马,这件事就交给你办。"

千金公主说:"这件事包在我身上。"

第二天,千金公主出面将武攸暨的妻小骗到自己的府邸。武则天派出的杀手早就埋伏好,将他们杀死,拖出去埋了。傍晚,武攸暨左等右等不见眷属回来,就到千金公主府上寻找:"我的家小还在府上叨扰吗?"

千金公主没有直接回答,呵呵笑着说:"恭喜大人,贺喜大人!太后想将太平公主下嫁给大人,我等着喝杯喜酒呢。"

武攸暨心里咯噔一下:我的妻小肯定是凶多吉少。可这是太后的意思,我怎么能跟太后对着干呢?他惧怕太后的淫威,屈服了,很快迎娶了太平公主。

武则天在登基之前想为男宠薛怀义安排一个好职位,可是一直苦于没有借口,只得安排他监工明堂之类的建筑,借此给他封赏。时间一长,薛怀义眼见武承嗣等人纷纷加官晋爵,坐享荣华富贵,心理不平衡了。他不敢公开表示不满,只能动辄唉声叹气,借机对武氏子侄冷嘲热讽。

武承嗣何等聪明,对薛怀义的心思洞若观火。他想:薛怀义算不上大人物,却是太后的枕边人。如果摆不平薛怀义,他闹起来,对我没什么好处。我得好好想想,给他找一条康庄大道走走。对了!武承嗣一拍巴掌,想到了。

武承嗣找到薛怀义,推心置腹地说:"兄弟我为你想了条好出路。近来突厥冒犯边境,你不如趁着这个时机向太后申请带兵打仗,捞个大将军当当。"

薛怀义一听,急忙拒绝,说:"武大人,你就别拿我取笑了。"他暗想:我是街头小贩出身,外表光鲜,肚里是草,别人不清楚,我还没有自知之明?当大将军固然好,可真要上前线打仗,没有两把刷子肯定不行。我自问没这个本事,也不愿前去送死。

薛怀义心里打的什么算盘,武承嗣一清二楚,于是呵呵一笑,为他分析起局势来:"薛大人,我这是为你好。你看,突厥的兵力并不强大,作乱的只有一小股,最多上万人。如果你出征,太后一定会派几万大军相随。如果你不放心,可以再问太后多要点人马。突厥人一看这么多兵马来讨伐,还不望风而逃？就算真的打起来，大唐的正规军也必有胜算。这种稳赚不赔的买卖，您老人家怎么就想不明白呢？"

薛怀义暗自盘算了一番：他说得好像很有道理啊，那我就赌一把吧。于是，他抓紧来到武则天的寝宫，提出了这个想法。

武则天怀疑地看着薛怀义："你哪有能力带兵打仗啊？"

薛怀义便依葫芦画瓢，把武承嗣的话学舌了一遍。当然，他不可能告诉武则天自己真实的计划：我才不想打败突厥，把他们暂时吓退就行。嘿嘿！我就想当上大将军，大捞一票罢了。

武则天禁不住薛怀义的软磨硬泡，又觉得他的分析有理，就说："那好吧，我封你为新平道行军大总管，带兵二十万讨伐突厥。"

薛怀义心里乐开了花：太后对我言听计从，我以后是要什么有什么。嘿嘿！文武百官都指望我战死沙场，我才没那么傻呢。

薛怀义带着大部队，雄赳赳地出发了。一路上，他派出大量的探子打探敌情，哪里没有突厥兵，就往哪里行军，敲锣打鼓，极尽夸张之能事。边境苦寒，物资匮乏，薛怀义可不耐烦多作停留，领着二十万大军在边境晃荡了一圈，便报告朝廷：突厥兵已被打败。接着他顺理成章地班师回朝了。

武则天闻得捷报，非常高兴，趁势封薛怀义为辅国大将军，还为他召开庆功宴。

朝廷这边，肃清李唐皇族的进度飞快。眼下，团结在武则天身边的，几乎都是武氏子弟和她破格提拔的中下层官吏。武则天暗想：登基的时机已经基本成熟。不过，虽然我已在各种庆典和仪式上以皇帝自居，可毕竟是改朝换代，又是破天荒头一回女子称帝，究竟以怎样的形式让臣民们接受，真是让我颇费思量。

薛怀义见武则天为这件事寝食难安，心想：作为男人，我有责任为自己的女人分忧解难，帮助她达成所愿，何况她还是我的恩人。可惜，我肚里墨水有限，想不出什么好办法。对了，我可以去翻翻白马寺里的经书，也许可以从中得到灵感。

回到白马寺,薛怀义埋首经书中,经过多日翻看和苦思冥想,脑海中灵光一现:太后是弥勒转世这个说法,一定能够为太后登基奠定广泛的舆论基础。

当时,洛阳有位高僧法明大师正在重新翻译《大云经》,薛怀义马上找到他:"法明大师,请您将太后是弥勒转世这一说法加进译著之中。"

法明大师同意了。这部经书译好之后,取名《大云经疏》。薛怀义忙带着法明大师等人拜见武则天,将此书进献给武则天。

法明大师摇头晃脑地将太后武则天乃弥勒转世的说法详细解释了一遍,得到了武则天的高度肯定。她下令:"在全国各地建造大云寺,每个大云寺都藏一本《大云经疏》,由高僧负责讲解。"这部通俗易懂的佛经普及本很快在全国各地的大小寺庙中演讲,于是,太后武则天是转世弥勒,如今要替代李唐皇族称帝君临天下的说法流传开来,很快变得街知巷闻。

"太后武则天是弥勒转世"的说法,在舆论的不断推动下,愈来愈为广大的百姓所接受。于是,便有了经过导演和彩排的民间请愿活动接连不断地发生。

首先是一个叫作傅游艺的七品芝麻官,率领一帮百姓请愿:"请皇太后顺应民意,登基当皇帝。"

这个傅游艺从家乡千里迢迢来到京城做官,谁知职位低微,待遇微薄,谁都不把他当回事。他心中气苦,成天寻思着升官之道,想要学人家告密吧,李唐皇室子弟已经被料理得七七八八。他绞尽脑汁也想不出什么门道。

这时,《大云经疏》在全国各地开始推广,武则天想要当皇帝的想法已经尽人皆知。傅游艺向自己的兄长抱怨:"太后当皇帝就当皇帝,为什么搞这么多花样?"

傅游艺的兄长官职比他大,看问题也更深远。他正儿八经地告诉傅游艺:"太后不想背上谋权篡位的千古骂名,所以借着各种机会来暗示臣民,希望他们主动出头请愿,求她登基,这才顺理成章。可是,武氏子弟毕竟人数较少,也不方便出头,而其他的大臣不愿出头露面成为千古罪人,所以,暂时还没人请愿。"他又说,"只可惜我们兄弟俩人微言轻,不够资格联合百官请愿,否则也能混个大官当当。"

傅游艺一听,马上有了主意,说:"哥哥,官大有官大的办法,官小有官小的便利。既然高攀不上,那就低就,联合百姓请愿,效果还不是一样?"

兄长一拍大腿:"对啊,你真聪明。可是,我们兄弟俩不是地方父母官,请愿是个群众活动,去哪里找那么多人?"

傅游艺想了想说:"既然要干,就要大张旗鼓,干票大的,赌上一赌。这样,我回家去请故乡的父老乡亲前来助阵。"

兄长说:"好办法!经费我来赞助。这事要是成了,好处我们一起享受。"

傅游艺回到故乡,马上宴请族人,说:"我想邀请大家一起上京请愿,支持太后当皇帝。"

族长等老一辈人很生气,说:"你这种行为大逆不道!我们也不接受女人当皇帝。"说罢,纷纷拂袖而去。

倒是年轻人和一些基层小头目表态:"我们支持你!我们跟你一起上京请愿。"

傅游艺有了他们的支持,腰板立刻硬了。他用兄长给的经费,包吃包住,将这群人一个不落地带回京城。到了京城,他们来不及休息,便风尘仆仆地准备请愿活动。

武承嗣见到傅游艺这群人,乐得合不拢嘴,马上向武则天汇报:"有一大群百姓来京请愿,希望太后登基。"

武则天虽然是万般情愿,表面上却说:"作不得数,作不得数的。"

傅游艺等人确实人微言轻,不足以代表大多数人的意见。可傅游艺为请愿活动开创了一个先例,意义非凡。武则天马上破格提拔傅游艺当了正五品的门下省给事中,所有参加请愿的人都得到丰厚的赏赐,为天下人树立了一个"顺我者昌"的榜样。于是,一轮又一轮更为庞大的请愿活动不断发起,武则天还是推却。直到最后一次,文武百官、各国大使、宗教和民间各界人士,共同组织了一次声势浩大的请愿活动,就连皇帝李旦也参与进来,发表了一篇言辞恳切、情真意切的诏书,请求母亲顺应民意,早日登上天子的宝座。

李旦在当皇帝期间一直对母亲逆来顺受,几次想将皇位禅让给母亲武则天。他的真实想法不得而知,可这次是他作为皇帝第一次亲笔撰写诏书,内容却是请母亲登基,可谓莫大的讽刺。不过李旦终于可以松一口气,不必再当一个名不副实,随时面临杀身之祸的傀儡皇帝。

天授元年(690年)九月九日,时年六十二岁的武则天终于登上了梦寐以求的皇位。文武百官、皇亲国戚、各国使臣,还有各个团体的代表,一起参加了女皇登基的仪式。

头戴通天冠、身着女皇衮服的武则天走上城楼。城楼下排山倒海的欢呼声汹涌而来,万民臣服,共同跪拜。这个场面,比当年她被册封为皇后的仪式不知隆重多少倍。

武则天激动地向臣民们宣布:大周国成立了,她——武则天,终于成为历史上第一位真正的女皇。此时她并不知道,她将是历史上唯一一位女皇。这一刻的荣光将永载史册,将跨越千秋万代,受子孙后人膜拜瞻仰。

武则天的国号"周"来自古代的周王朝,周公姬旦的小儿子掌心有纹路,形成一个"武"字,因此名叫姬武,他的后人便改为姓武。这当然是武则天为了抬高门第而杜撰的。虽然她毕生都致力于反对门第观念,可她毕竟是受这样的教育长大的,门第观念已经根深蒂固。不论如何努力摆脱,在遭遇大事,例如从前为李弘择妃,到如今选择国号等问题上,武则天还是落入重视门第的窠臼。

既然选用周为国号,那么,汉武帝以来使用了两千多年的历法也从夏历改成了周历。夏历,以阴历的正月为一年的开始,而周历是以阴历的十一月为一年之首,每年的开头不同,春夏秋冬四季也改变了日期。百姓们用了多年老皇历,一下子改用新历,产生诸多不便,常常分不清四季,不知各种作物究竟该何时种植。可武则天不管这些,改完历法后,又开始推行新字,例如她名字中的"曌"字,就是这个阶段的杰作。她认为"曌"字有日月当空之意,霸气十足,读音又响亮,很适合用来作为自己的名字。新字从朝廷开始推行,快马传书,诏令天下。

武则天登基后,马上下令:"按天子之礼修建武氏七庙。封父亲武士彟为太祖孝明高皇帝,武氏后裔武承嗣等皆封王,直系女眷封为公主。将李氏的太庙改成享德庙。"

武则天的这一系列举动,意图非常明显:要抹去所有李唐皇族的痕迹,在朝野上下创造一番新的气象。她不惜大动干戈、劳民伤财,无非就是加强人民对女皇当政的印象,巩固她的统治。

武则天登基后,将皇帝李旦改姓武,降为皇嗣。武承嗣对此最为高兴。女皇登基之后的祭天仪式中,武氏子侄将原本应该跟随武则天祭天的李旦排除在外。武氏子弟都知道武承嗣想当太子,也乐见其成,毕竟这对武家好处很多。

武家众人为武承嗣出谋划策,有人提议:"可以模仿请求女皇登基的请愿活动,搞一个百姓联名上书,要求立武承嗣为太子的请愿活动。"

"再让张嘉福出面,联合百官签名上书给女皇,双管齐下。"

"就这么定了。"

百姓请愿活动倒是不难组织,难的是百官联名上书。张嘉福上蹿下跳,没能团结到几个官员,反被宰相欧阳通、岑长倩和格辅元指责了一通。

有人告诉武承嗣:"几位宰相去见女皇,请她不要立您为太子,还请女皇严惩那些请愿的百姓。"

武承嗣恶向胆边生:"这几个家伙跟我作对,不会有好下场。"说罢就去拜见武则天。

武则天见武承嗣前来,问:"百姓请愿立你为皇嗣,你怎么看?"

武承嗣老奸巨猾,心想:我怎么表态都不对,不如避而不谈。他撇开这事,抢先说:"皇上,我得到消息,岑长倩等老臣正在密谋保住皇嗣李旦,以期卷土重来,再次拥立李旦为皇帝。"

武承嗣点中了武则天最大的心病。武则天想:我虽登基,但最怕大臣们不服我,想方设法恢复李唐王朝。几个老臣居然想保住李旦,这就是谋逆!她二话不说,下令道:"让来俊臣审理岑长倩、格辅元案件。"

岑长倩当了十多年宰相,眼见政治形势纷繁复杂,时常忧惧不安。他的预感很准确,当夜,他和格辅元便被来俊臣和侯思止抓进了监狱。

"给我狠狠地打。"

"你凭什么打我们?"

回答他们的只有呼啸而来的鞭子。

一顿鞭打后,岑长倩对格辅元说:"我们既然落到酷吏手中,绝无生还的希望。为了少受些苦,我们按他们的要求认罪吧。"两人很快招供画押。

谁知来俊臣不满意:"欧阳通是你们的同党,你们一并招认了吧。"

"这可不行!我们不能诬陷好人。"

两位大臣本是忠肝义胆之士,受尽酷刑也不招认。这下就连他们的家人也一并被抓进牢房。

来俊臣冷笑着说:"你们招不招无所谓,反正你们的谋反罪板上钉钉。"

第二天一早,来俊臣带着厚厚的供词拜见女皇:"皇上,欧阳通与岑长倩、格辅元谋反,罪证确凿。"

宰相乐思晦一听,挺身而出说:"皇上,欧阳通不会谋反。"

武则天心想:谋反是大忌,这种事宁可信其有,不可信其无。你为谋反之人说话,居心叵测啊。她下令:"把乐思晦和欧阳通一起抓起来。"

右卫将军李安静说:"皇上,两位宰相一心为国,不可能谋反啊。"

武则天不耐烦地挥手:"把李安静也一起抓了。"

不久,这几位朝廷重臣都被来俊臣杀死了。

"几个老家伙都死了,真是件好事。"武承嗣等人欢欣鼓舞。

武承嗣对属下说:"去,雇些闲汉,每天在宫外请愿。"

于是,一群无业游民在领头人王庆之的带领下,天天在宫门外敲锣打鼓地请愿。武则天被闹得心烦意乱,只好召见了王庆之。

武承嗣大受鼓舞,对王庆之说:"你趁热打铁,每天都进宫请愿。"

可惜频繁的请愿效果适得其反,王庆之最终惹恼了武则天:"每天都来,烦不烦?把他拉出去打一顿。"

凤阁侍郎李昭德说:"这是个奸佞小人,妄图蛊惑皇上,给我狠狠地打。"李昭德本就看领头人不顺眼,趁机将他打死。

"领头人被打死了,我们快跑吧。"其他请愿者吓得赏钱都顾不上领,就作鸟兽散。

女皇听说王庆之死了,倒是有点遗憾。

"到底是立儿子为皇嗣,还是立侄子好呢?我真犹豫不决。昭德,你怎么看?"

李昭德心想:我的想法可不能直说,以免犯她的忌讳。他说了很多话作为铺垫,但最重要的是最后几句:自古以来,只有儿子为母亲祭祀立庙的,从没听说过侄子为姑母祭祀立庙的。就算侄子肯祭祀姑母,也不可能祭祀姑父,也就是高宗李治,那么,李治就成了孤魂野鬼。

武则天点点头,微笑道:"你的话解决了我多日来心中的困扰。立武承嗣为皇嗣的事,暂且放一放吧。"不久,她便封凤阁侍郎李昭德为宰相。

李昭德接任了宰相一职,又推荐了大名鼎鼎的狄仁杰为相。

武则天说:"对狄仁杰,我早有启用之心,我同意你的推荐。"

此时,恰逢朝中一大臣惧怕酷吏,要求返乡。狄仁杰借机向武则天暗示了群臣们对酷吏的不满。

武则天心道:我一向借助酷吏来铲除异己。她嘴上却说:"我不觉得他们所作所为有何过分之处。"

狄仁杰也不硬顶,说:"请皇上同意,由刑部对酷吏做一定程度的制约。"

武则天点头同意。

不久之后,李昭德又向女皇报告:"皇上,武承嗣骄横跋扈、目中无人,请求皇上好好教训他。"

武则天不愿惩戒武承嗣,反而为他开脱:"武承嗣位高权重,有点官威也是正常。"

李德昭说:"武承嗣已经是魏王,权力太大,说不定会危及皇权。"

武则天摇摇头:"武承嗣是我的侄子,是我的心腹,不会有异心。"

李德昭并未正面反驳女皇,而是劝道:"就因为武承嗣是您的侄子,又是亲王,才不宜给他太多权力。自古帝王之家,父子之间也要为权力斗得你死我活,何况是姑侄关系?如果一味放纵他,恐怕真的会危及皇权。"

武则天恍然大悟,如果不是李德昭提醒,她还从未想到这一层。于是,武则天立刻下旨,解除武承嗣、武攸宁和她的本家外甥杨执柔的宰相职务。

三十一　酷吏末日

　　酷吏这支特殊的队伍,应女皇的要求而组建,人数不多,却具有独特的历史使命。酷吏中比较有名的是周兴、来俊臣和侯思止。

　　周兴是长安人,司法小吏出身,经常挨上司的打,始终得不到提拔的机会。周兴虽然身份低微,但有一个长处,就是熟悉司法制度。武则天时代是小人物的天堂。武则天为了巩固自己的权势,需要将大批位高权重、身份高贵的世家大族、王公亲贵拉下马。社会底层的小人物可以借助很多机会上位,譬如告密、请愿、献宝,甚至充当男宠,或许不经意间就完成了从盲流到暴发户的变身。周兴正是这样完成变身的,更因为经手一系列的大案,为武则天前进之路扫平障碍而成为酷吏之首。

　　来俊臣是赌徒的儿子。他母亲的前夫为了抵债,将她送给了赌徒。来俊臣的母亲改嫁之后,还未足月就生下了来俊臣。从小到大,来俊臣打架斗殴、杀人放火、吃喝嫖赌,什么坏事都少不了他的份儿。来俊臣唯一的优势,就是长相英俊,当时这副好皮囊还未给他带来什么实际的好处。后来他犯事被抓进监狱,为了保命,他要求告密。当时的刺史是唐朝宗室,将来俊臣痛打一顿后扔回牢里。过了一阵子,这个刺史受到李唐皇室牵连送了性命,来俊臣再次提出告密,这才获准。来俊臣见到武则天之后,大谈自己如何受李唐宗室蓄意欺压,差点丢了性命,幸好武则天将刺史杀掉,才为自己平反:"我感激皇上的大恩大德,从此愿为皇上效犬马之劳。"

　　武则天见来俊臣如此英俊,先有了三分好感,心道:他既然大表忠心,看起来也很有头脑,就给他一个官做吧。"

来俊臣头脑聪明,还很会来事儿。他吃了多年牢饭,对犯人的心理了如指掌。再加上他出身底层,最会看人眼色、揣摩人心,对女皇的心理也摸得很透。

在武则天时期,她对反武派的清理分两个阶段进行:一是她当太后期间,整顿反对她当皇帝的大臣和李氏皇族;二是她登上皇位之后,肃清对李唐复辟心存幻想的官员和屈指可数的皇亲。另外,不少倚老卖老不听使唤的朝廷重臣也遭到沉重打击。武则天任用的二十四位宰相中,只有四人平安当到了她称帝之后,除去三人自然死亡,被杀或者被流放的宰相多达十七人。武则天时期的特大案件数量有四十多起。来俊臣对此要负上很大的责任,因为酷吏中唯有他将逼供、诬告形成一套理论,编制成书,名字叫《罗织经》。顾名思义,此书将罗织罪名、将案件扩大化、将冤案办成铁案的秘诀归纳起来,系统理论化。譬如,来俊臣认为,案子越大,牵连的人越多,办案人的赏赐和功劳也越大,至于冤枉好人,在所难免,只要对武则天不利的统统是坏人,武则天的需要就是办案的准则。

再来看侯思止,他是个卖炊饼出身的小贩,因为懒惰,吃不了苦就去给一名将军当仆人。听说武则天鼓励天下人告密,他立刻前去状告本州刺史:"本州刺史和李唐宗室勾结起来图谋不轨。"

武则天听侯思止这么一说,圣心大悦:"封你做个五品官吧。"

但侯思止不满意,说:"我要做监察百官的侍御史。"

武则天很是惊奇:"你大字不识一个,何来这么大口气?"

侯思止自有一套歪理,他自比一种神兽,虽然不识字,但是懂得用角去顶撞坏人。

武则天心道:他的话很有道理,如果他也饱读诗书,有自己的一套见解,哪里还会那么容易为我所用?因此,她批准了侯思止的请求。

这一群酷吏聚集在一起,称之为群魔乱舞再恰当不过。当然,逐利小人也难免有窝里反的时候。譬如周兴被告谋反,办理的人正是来俊臣。

一起吃饭时,来俊臣假装请教周兴:"若是犯人不肯招供,该如何处置?"

周兴说:"只需架起一口大瓮,在瓮下生火,让犯人站在瓮中,不一会儿一定招供。"

来俊臣马上让人依法炮制,请周兴站到瓮中,周兴这才反应过来,急忙求饶。

武则天念在周兴有功,不忍杀他,只是将他流放,但是在流放的路上,周兴便被仇人大卸八块了。

酷吏们在武则天的庇护下无法无天,就连当朝宰相狄仁杰和武则天一手提拔的魏元忠等人也着了他们的道,差点死在刑场。

狄仁杰拜相之后,深得武则天信任。他又推荐了不少贤达之士在朝中任职,并建言女皇制约酷吏的权力。酷吏们眼见狄仁杰一派日益壮大,深感不安,于是经过商量,向女皇告密,称包括狄公在内的宰相班子都有谋反的嫌疑。

武则天听说宰相新上任便胆敢谋反,怒不可遏,命令来俊臣:"你马上立案侦查,如果谋反情况属实,那一定严惩不贷。"

来俊臣喜滋滋地领命出去,他心想:这次还怕整不死你们这群自以为是、坏我好事的老家伙?

狄仁杰等六七人刚被押进刑讯房,便见热气腾腾的油锅和各种千奇百怪、沾染着鲜血的可怖刑具已准备好。狄仁杰暗想:好汉不吃眼前亏,跟这些人没法讲理,先承认下来,保住一条命,再做打算。于是,他带头承认自己谋反。其他大臣见狄公都承认了,赶紧跟着承认谋反属实。

来俊臣见不费吹灰之力便摆平这些宰相,大为高兴,赶紧派人去催负责审问魏元忠的侯思止:"我这边都搞定了,你快点结案。"

侯思止听说来俊臣那边都已经办妥,自己却还没搞定魏元忠,大为心焦,指使手下:"你们用绳子绑住魏元忠的双脚,在地上拖行,我就不信他不招。"

魏元忠曾经被周兴陷害,已经绑赴刑场就死,却面不改色。他最终被武则天赦免,被视为硬汉的代表。这样的人又怎么会将侯思止这样的小人放在眼里?魏元忠对侯思止说:"我只当不小心被驴摔下来,脚被镫子挂住了。"

侯思止见魏元忠如此嘴硬,气得大骂起来,可侯思止这家伙文盲一个,就连骂人也是白字连连。

魏元忠更加瞧不起他,对他说:"你要杀就杀,可是你说的那些话被人听到了,以后有你的苦头吃。"

侯思止被吓住了,暗想:我读错的字难道是什么大逆不道的反动言语?他只好不再折磨魏元忠,将魏元忠收监后,伪造了一份供词。

狄仁杰入狱之后,无时无刻不在想自救的方法。他将一封密信藏在棉袄里,设法说动看守:"劳烦将我的棉袄送回家,交到我儿子手中。天气变热了,让我儿子将棉袄改成单衣给我送来。"

看守不知是计,将棉袄送回狄仁杰家。

狄仁杰的儿子狄光远是个聪明人,立刻明白父亲话中有话,果然在棉袄的夹层中找到了书信。事不宜迟,狄光远马上求见武则天,将父亲诉冤的书信交给女皇。

武则天见事关重大,便命通事舍人周琳:"你前去狱中看个究竟。"

周琳本就惧怕酷吏,哪里敢跟来俊臣等人为敌?到了狱中稍微一看,便赶紧回去禀报武则天:"狱中一切正常。"

武则天又收到了来俊臣伪造的狄仁杰等人的谢死表,以为情况属实,便维持原判,赐死。

朝廷将诛杀狄仁杰等人的告示贴上了街头,前任宰相乐思晦的儿子看到了。乐思晦刚柱死不久,他的儿子憎恨来俊臣等酷吏迫害忠臣,便去皇宫拜见武则天,向她揭露来俊臣等人的罪行。

武则天见来人年纪尚小,不像作假,又想起狄仁杰的儿子曾经求见,要求平反,认为此事定有蹊跷。于是,她亲自召见狄仁杰等人,当面听听他们的说法。

见到女皇之后,狄仁杰才得以将狱中的一切据实相告,还说:"谢死表是来俊臣等人伪造的。至于我的供词,只是权宜之计。若是我拒不认罪,恐怕早就在酷刑之下一命呜呼了。"

虽然真相大白,但是武则天并未严惩来俊臣,只是象征性地罚了他几个月的俸禄,而狄仁杰等人却并未官复原职,反而都遭到了一定程度的贬谪。常言道,留得青山在,不怕没柴烧。纵观这一局,还算是个平局。

武承嗣没能当上皇嗣,心有不甘,时时等待机会要整死李旦。机缘巧合,武则天宫中掌管门户的户婢韦团儿,为武承嗣提供了这个机会。

韦团儿爱上了李旦,反复多次试图勾引他,想成为他的妃子。可是,李旦害怕韦团儿是母亲派来试探他的,坚决不为所动:"我除了自己的妃子刘氏和窦氏,其他女人一概不碰。"

"你……你等着!"韦团儿遭到拒绝,羞愤交加。她想:皇上曾为了太平公主的婚事,杀死了武攸暨的妻子。我可以效仿皇上,把李旦的两个妃子除掉。韦团儿想了又想,脑子里终于冒出一条她认为万无一失的毒计。

韦团儿找到两块木头,刻成人形,分别在上面写了"武"字和"周"字,偷偷埋在刘氏和窦氏的宫苑内,然后跑去密告武则天:"皇上,皇嗣的两个妃子心怀不满,诅咒您。"

武则天为证虚实,便派人和韦团儿一起去二妃的院子里搜索,找出了韦团儿预先埋好的两个木偶。

武则天暗想:我一直怀疑李旦对我表面顺从,实则心中不满,只是苦于没有证据。如今,李旦的妃子做出这种大逆不道的事,我当然不会放过她们。事实上,即使二妃什么都没做,武则天也会借二妃来警示李旦。

新年到来,刘氏和窦氏入宫向武则天请安,之后神秘失踪了。可是,李旦根本不敢责问武则天,他害怕殃及自己和孩子们。

二妃失踪之后,韦团儿认为有机可乘,便主动向李旦投怀送抱,希望李旦能够接纳她,可李旦还是严词拒绝。韦团儿恼羞成怒,一不做,二不休,马上来到武则天面前告发李旦:"刘、窦二妃胆敢行厌胜之事,肯定是皇嗣主使,意图诅咒皇上您。"

武则天遣人叫来李旦询问。

李旦说:"韦团儿屡次引诱我未果,怀恨在心,才诬告我的。"

武则天着人查询,证明确有此事,便对李旦说:"韦团儿离间我们母子关系,赐死。儿子,你可以回宫了。"她心里却想:这次让你过关,可我不会放过你。你的存在,始终是群臣反对我当政的一个借口。

过年期间,两个官员范云仙和张虔带了点土特产看望李旦,与他把酒言欢,议论朝政。这件事,被酷吏的眼线发现了。来俊臣立刻带人将这两个官员逮捕。

武承嗣曾指使来俊臣:"逼这两人承认,李旦意图勾结大臣,推翻皇上。"

来俊臣回复武承嗣:"范、张二人非常有骨气,无论施以怎样的大刑,就是不肯诬告李旦。"

"哼,看我的!"

武承嗣来到武则天面前,将此事添油加醋一说,又道:"这两个大臣不但未经许可偷偷接触李旦,而且坚决拥护李唐王朝,企图推翻您的王朝。"

武则天心道:我最最痛恨的,就是这些不愿臣服于我的李唐忠臣。她马上下令:"将范、张二人腰斩,以警醒朝中大臣,不许与李旦私相授受。"

来俊臣心道:皇上怎么不处置李旦?李旦要是不死,肯定会报复我,武承嗣也没法当上皇嗣。看来我要使出老手段了。来俊臣吩咐属下:"去,去组织一批人写信,集中火力针对李旦,务必把他扳倒。"

如今的李旦已是真正的孤家寡人,终日待在寝宫里,唯有一些乐师、太监和宫女陪他解闷。来俊臣长驱直入,将李旦的宫人都抓起来,严刑拷打。太监、宫女受不了酷刑,纷纷抢着承认:"皇嗣确实一直意图复辟李唐王朝。"唯有一个硬骨头的花匠安金藏坚持说:"皇嗣安分守己,对皇上从未产生过异心,我愿意以死来证明。"说着拿出一把匕首,把自己的肚子剖开,内脏纷纷滚出腹腔,吓得同来的太监一溜烟跑去向武则天汇报。

武则天不禁大为赞赏:"我见惯了奸佞酷吏、明哲保身之徒,李旦的手下居然还有如此忠心耿耿的花匠,真是不容易。马上让御医抢救此人,务必让这样的忠良之人活下来。"朝廷上下都对这个花匠的举动赞叹不已,自问谁也做不出他这样的壮举。几位御医佩服安金藏的忠诚,使出浑身解数,救活了安金藏,并无微不至地照顾他。很多天之后,安金藏悠悠醒转,面对接见他的女皇武则天,他再次强调李旦绝无反叛之心。武则天终于被安金藏的真情所打动,不再为难李旦。

李旦遭到很大冲击,却安然无恙,这让武承嗣心里很是不爽:"李旦一日不除,我便无法得到皇嗣之位。但以现在的情况来看,暂时没法整死李旦。"

来俊臣见武承嗣闷闷不乐,便提议:"武大人,我们可以将流放在外的李氏皇亲一一屠杀,这样一来,李旦没了族人,就没办法再跟你们武家人争一日之短长。"

武承嗣说:"这个计划很好。"

于是来俊臣向武则天禀报:申请离开京城,到李氏皇族的流放地查看。武则天同意了。

来俊臣的手下带着圣旨,来到李氏皇族的流放地岭南等地,寻找各种借口大肆屠杀李氏后裔。酷吏们的这种做法传到朝中,遭到朝中正义之士的一致反对。李昭德冒死带人弹劾来俊臣等人,终获成功,来俊臣等几个酷吏被流放。

这下可惹恼了武承嗣。他对手下说:"李昭德三番五次坏我好事,你去想办法,这次一定要把他扳倒。"

武承嗣的手下领命,马上效仿来俊臣,联系很多人上表弹劾李昭德,说李昭德为人专制,独揽大权。

对于弹劾李昭德这件事,其他大臣的态度耐人寻味:一来,他们不想惹祸；二来，他们认为李昭德的存在影响了其他人的晋升。所以，这些大臣大多袖手旁观、缄口不语，有的甚至火上浇油、积极附和。

众口铄金，积毁销骨。女皇见弹劾之词如此之多，对李昭德起了疑心，便下令先将他贬官，后又流放他乡。

周兴倒台之后，来俊臣并没有产生危机意识，他认为：我深得皇上的欢心，且在专业领域内也无人可以与我相比，连周兴这样的老手都被我玩得团团转。狄仁杰案之后，皇上也没拿我怎样。那么普天之下，还有谁能斗得过我来俊臣？

武则天的包庇，令来俊臣飘飘然起来，他原本便素质低劣，如今没有了约束，更是无法无天。李唐皇族基本已经覆灭，来俊臣便把视线锁定当朝官员，甚至是武则天的子侄。这样一来，来俊臣便招来了武氏后裔的愤恨，他们时刻寻找机会铲除来俊臣。

机会很快就来了。

来俊臣确实劣迹斑斑，除了大肆贪污受贿，他还喜欢强抢民女。如果对方不从，他便罗织罪名，让对方家破人亡。他的妻子据说也是他用这种方法抢夺而来的。

来俊臣的妻子是贵族太原王氏的女儿，太原王氏便是唐高宗李治前任皇后王氏的娘家，位列贵族之首。王小姐本来已经许给段简做妻子，花容月貌却给她招来了灾祸。来俊臣看上了王小姐，跟段简说："皇上已经把王小姐许配给我。"段简明知来俊臣一派胡言，但怎敢忤逆他的意思？只得乖乖将王小姐拱手相让。

有一天，来俊臣正在宴请王小姐的家人，他手下的酷吏卫遂忠不请自来，来俊臣嫌弃他身份低微，就让仆人谎称自己不在。卫遂忠不服气，便闯进门，将王小姐辱骂了一顿。王小姐受辱之后哭闹不休，可来俊臣只是将卫遂忠打了一顿便放走了。王小姐见此情形，明白自己在来俊臣心目中根本不值一提，绝望之余自杀了。

来俊臣并没真把王小姐当回事,他早就瞄上了新的目标。但是卫遂忠可不这么认为,他害怕来俊臣报复,决心先下手为强,整死来俊臣。硬碰硬他没那实力,只得借刀杀人。卫遂忠找到武承嗣,偷偷告诉他:"来俊臣在皇上面前告了你的黑状。"武承嗣原本便忌惮来俊臣,对他诸多怀疑,如今听了卫遂忠的密告,更是下定决心,要除掉来俊臣这个心腹大患。

来俊臣平日树敌太多,人人得而诛之。武承嗣刚刚提议联名弹劾来俊臣谋反,武氏子弟、太平公主,甚至很多平时彼此关系并不太好的官员就纷纷响应,一起去武则天面前状告来俊臣。

武则天对来俊臣历来宠信,不愿杀他,这更激起了告状者的恐慌,他们害怕整不死来俊臣,被他反咬一口,于是赶紧联络宰相甚至薛怀义扳倒来俊臣。

最后,还是另一名酷吏吉顼的一番话说动了武则天。吉顼说:"来俊臣贪污受贿、欺男霸女、陷害忠良,民愤太大,简直就是国家公敌了。"

武则天考虑问题必然站在皇权维稳的角度,她暗想:吉顼的话确实有道理,来俊臣实属罪大恶极、罄竹难书,我包庇一个民愤如此之大的酷吏很不值得,搞不好大家会把对来俊臣的怨恨转嫁到我头上,动摇我好不容易稳固的政权,那可就得不偿失了。于是,武则天只得忍痛割爱,下令处死来俊臣。

来俊臣被处决当天,百姓将刑场围得水泄不通。来俊臣人头刚一落地,便被众人分尸泄愤,将其五脏六腑都掏了出来。这个消息直令武则天心惊肉跳,她赶紧想办法撇清关系,亲自撰写了《暴来俊臣罪状制》,解释自己完全被他蒙蔽,如今才大梦初醒。现在武则天替天行道,将这个罪大恶极的坏人处死,以平息民愤、安抚冤魂。武则天还在朝廷上说:"过去我并不是没有怀疑过,为何周兴和来俊臣每次都牵连那么多大臣,但是每次派人去复查,复查的大臣回来都说案件属实。但是周兴和来俊臣死了之后,便不再有谋反案了,也许从前那些也是冤案。"

夏官侍郎姚崇说:"从前的谋反案几乎都是周兴他们诬告的,复查的大臣害怕周兴等人报复,不敢说实话,而蒙冤之人害怕遭受更多苦楚,也再次认罪。但是从今以后，不会再有谋反案发生。"

武则天就坡下驴，将狄仁杰和魏元忠召回，委以重任。酷吏事件就此不了了之。

事实上，酷吏的历史使命几乎已经完成，酷吏时代必须终结。虽然酷吏制度破坏了原有的司法制度，制造了不少冤案，也令大臣们彼此猜忌，但正是借助酷吏，武则天一一铲除异己，才得以安然地坐稳江山，社会没有发生大规模的动乱。酷吏针对的是武周王朝的高级官员，中低级官员一直维稳，整个社会秩序并未被扰乱。其实，武则天对待酷吏的态度不过是一种利用，用完即弃，几乎毫不留恋，而她对狄仁杰等忠臣良相却始终加以扶持和信任。同时，女皇武则天创造各种机会，令社会有用之才流入朝廷，为朝廷效力。

三十二　一代女皇

不少人看过电影《武状元苏乞儿》,武举制度便是由武则天一手创立的。

科举制一直是中国古代封建王朝选拔人才的重要机制。武则天一朝的高级官员们经过酷吏的一番血洗,能做实事的人才所剩不多了。此时,狄仁杰、魏元忠等人建议,应该为朝廷输送新鲜血液。

武则天接受了这个建议。她完善科举制度,扩大了草根知识分子走上仕途的通道;设置武举,完善了科举制度,将一些文化程度不高,却有胆量,又武艺超群的人才纳入朝廷,为她所用;她还提高进士科的地位,经常亲自面试优秀人才,提高了提拔官员的效率。同时,武则天还鼓励官员推荐贤才。宰相狄仁杰便推举了不少贤才担任官职。

一转眼,薛怀义已经陪伴女皇十年之久。从前他不过是女皇的男宠,随着武则天地位翻天覆地的变化,薛怀义的身份也随之水涨船高。在他北伐突厥取胜归来之后,女皇封他为大将军。他在建造明堂和另一座供奉大佛的工程项目中又捞了不少钱,政治、经济地位都可谓发生了巨变。人心不足蛇吞象,薛怀义依然不满意。这种不满,化作了对女皇的怨恨。女皇年事已高,尽管保养得当,但不可避免地老态毕露,这也令年富力强、孔武有力的薛怀义对她滋生了厌恶之情。每当女皇召见,他不再像从前那般当回事,而是不断找借口回绝。

武则天却并不认为自己衰老,甚至于传说在某天早晨,年近七十的女皇长出了两颗新牙。薛怀义不肯侍奉女皇,自有人愿意补上他的空缺,譬如御医沈南璆。

薛怀义正在白马寺中广招门徒,并不知道这位女皇新宠沈御医的存在。不少市井无赖、流氓地痞贪图白马寺中吃喝不愁的生活,自愿拜在薛怀义门下,剃度为僧。这群花和尚不守清规戒律,在薛怀义的纵容下无法无天、横行霸道,引起了朝野上下的极度不满。

大多数朝臣并不想多管闲事,怕惹恼武则天,但总有正直之士眼里揉不得沙子。有位叫周矩的侍御史向武则天告状:"薛怀义借白马寺招兵买马,这群乌合之众成天舞刀弄枪,学习拳脚功夫,不务正业,意图不轨。"

武则天说:"知道了。这件事交给你处理。"

周矩带人将薛怀义抓回御史台审问,谁知薛怀义根本不当回事,袒胸露腹地躺在周矩办公的御史台衙门口的一张坐床上。

周矩气急,马上命令属下:"把薛怀义抓起来!"可是薛怀义一骨碌爬起来,骑上高头大马跑了。周矩转念一想:皇上的枕边人动不得,白马寺的花和尚们可没有免死金牌。于是,周矩带领人马冲进白马寺,把那些舞刀弄棒、惹是生非的僧侣都抓了起来,流放到了岭南。

薛怀义一见周矩敢动真格的,气焰大减,这才想起武则天,意欲回到武则天身边避避风头,重新邀宠。薛怀义正欲进宫,却被侍卫给拦住了。薛怀义大为愤怒,仗着女皇的恩宠在宫门口大吵大闹:"你们这些狗奴才,快放我进去!否则我就禀告皇上,让她砍了你们的狗头!"

上官婉儿听到吵闹声出宫来看,喝令薛怀义:"别吵了!不许打扰皇上和沈御医休息!"

薛怀义这才知道武则天有了新宠,心里一下打翻了醋坛子。

侍卫见薛怀义还不走,便在上官婉儿的示意下将他拖出宫门。薛怀义气不打一处来,这个没有文化的街头混混在这个时候露出他的泼皮本色,为了报复,一把火烧掉了武则天要他监造的明堂和天堂。

古时候的建筑多为木质,很容易烧成灰烬,熊熊大火将整个洛阳城照得通明,百姓们都被这场大火惊吓到了。

负责洛阳治安的武三思很快弄清了究竟是怎么回事,急忙向武则天禀报。武则天心知肚明:是薛怀义争风吃醋烧掉了明堂,可如果让真相大白于天下,我这个女皇实在面上无光。她借口说天干物燥,容易起火,轻描淡写地把起火原因归于意外。武则天命薛怀义建造新的明堂,以堵住天下人之口。

太平公主入宫拜见母亲的时候,武则天向她透漏:"我想秘密杀死薛怀义。"

太平公主听后大吃一惊,暗道:母亲对薛怀义一直恩宠有加,如今居然动了杀心。

对着亲生女儿,武则天吐露了心声:"我虽然宠爱薛怀义,但是薛怀义嘴巴不牢靠,四处宣扬他和我的关系。罪大恶极的是,他居然胆敢放火烧掉明堂。对我而言,烧掉明堂事小,反正还可再建,但此事令我和薛怀义的关系再次成为人们津津乐道的话题,严重影响了我的威信。"

太平公主说:"既然如此,找个借口将他杀死便是。"

武则天摇摇头:"薛怀义身份特殊,引人注目,最好神不知鬼不觉地将他处决。他身边随从众多,不容易下手,此事我又不便交托给别人,所以只好请你帮忙。"

太平公主领命出去,聪慧过人的她很快想到了对付薛怀义的方法。她布置好一切之后,命令自己的乳母:"你秘密捎信给薛怀义,要他到瑶光殿跟我相会。"

薛怀义是个粗人,哪会疑心有诈?他暗想:我早就垂涎太平公主的美色,公主请乳母相邀,一定是像她的女皇母亲一样,被我的相貌打动。他不禁心花怒放,跃跃欲试,痴心妄想一亲公主芳泽。

瑶光殿地处偏僻,薛怀义自作聪明地认为,这种风流韵事需要掩人耳目,所以并不疑心有诈,孤身前往。谁知,薛怀义刚踏进宫殿,宫门便被锁住。一群手脚灵便、身强力壮的女仆,每人操着一根巨大的棍子,轮番上阵,打得薛怀义满地找牙。

薛怀义虽身怀武艺,可事发突然,对方人数众多,他来不及还手便被打断了双腿。一开始,他还叫嚣:"皇上的男人你们也敢打?"听他如此一说,这群仆妇下手更加狠辣。待打了几百下,薛怀义只有出气,没有进气,血肉模糊,很快就咽气了。

太平公主带来了薛怀义的死讯。武则天听了,不禁有几分难过。为了大局,她很快硬起心肠,吩咐道:"将薛怀义的尸体处理掉。"薛怀义这个得宠多年的帅哥面首,就以这种不光彩的方式结束了他的一生。

武则天登基成为女皇之后,经过一段时间的整顿,朝野上下面貌一新,而来俊臣等低素质酷吏的问斩,也令朝堂气氛宽松了不少。

武则天对御医沈南璆说:"如今局势安稳,再加上狄仁杰担任宰相,一些忠直之士辅佐朝政,朕比以前悠闲多了,有很多时间和你在一起。"

沈南璆笑着说:"那真是我的荣幸。"

武则天暗想:沈御医长得很帅,可惜已经步入中年,与当年龙精虎猛的薛怀义不可同日而语。好在沈御医温柔体贴、善解人意,又精通医理。有他相伴,我的身心被调节得很是和谐愉悦,这是粗俗的薛怀义所不具备的优点。

可是,沈御医心里清楚:岁月不饶人,我长年侍奉女皇,常常精力不济。有一天,他对武则天说:"我恐怕时日无多,不能侍奉皇上了。"

武则天大惊,忙问为什么。

沈御医说:"我经常服食药物,温补太多,反而伤身。虽然皇上给我很多赏赐,可我无福享受。"不久,他便一命呜呼了。

沈御医死后,女皇上朝结束,回到宫中便独守空房,形影相吊,甚为无趣,再加上她年事已高,小毛病不断,其他御医总也不如沈御医那么知冷知热、体贴入微,凡此种种,常常令她心情烦躁,大发雷霆。

武则天的喜怒不定令后宫里的宫女、太监们终日战战兢兢、如履薄冰,唯恐触怒了女皇,招来杀身之祸。

女官上官婉儿对武则天情绪变化的原因心知肚明。她想：从前这类宫闱秘事一般都仰仗千金公主解决，但是千金公主已经过世，再也无人能为她分忧。而我身处深宫，无法和外界取得太多联系。怎么办呢？对了，我可以找太平公主帮忙。

太平公主是武则天的掌上明珠，自幼聪明伶俐，甚得武则天欢心。公主的身份令她接受了良好的教育，也养成了她无法无天、肆意妄为的个性，任何礼教规章、伦理制度，对她来说可谓一纸空文。除了母亲武则天，太平公主什么都不放在眼里。她生性风流、美貌多情，嫁过两任丈夫，即使闺中寂寞的空窗期，她的床榻上也从未断过可心之人。因此，母亲武则天的状况，太平公主再理解不过。上官婉儿找她可算是找对人了。

太平公主满口应承："我会把母亲的事当成头等大事。当然，这种事只能秘密进行，不可大张旗鼓，否则会失了皇家的体统。"

太平公主放出风去，很快有人将张昌宗介绍给她。

"张昌宗是贞观末年宰相张行成的族孙，男生女相，长得唇红齿白、细皮嫩肉。"

"那就带来给我看看呗。"

太平公主跟张昌宗聊了一会儿，发现他不仅外表出众，而且因为出身名门，知书达理，且精通音律，儒雅风流，招人喜爱。她又仔细打量他一番，担心地想：他太过瘦弱，怕是无法让母亲满意。不如我牺牲一下，先试一试。一试之下，太平公主发觉张昌宗天赋异禀，她倍觉满意，反倒不舍得送给母亲享受。太平公主比较看重大局，暗想：只要母亲高兴，以后我想要多少美少年都不是问题。于是，她决心忍痛割爱，将张昌宗献给母亲。

"你收拾一下，我会带你进宫。以后你就跟着我母亲，愿意吗？"

"当然愿意，只是舍不得公主殿下。"张昌宗说的是真话。他虽然出身名门，但是家境败落，大不如昔，否则不会愿意卖身进宫，侍奉女皇。他简单收拾自己的行李，紧跟着有过一夕之欢的公主，进宫面圣。

太平公主事先将母亲的喜好和习惯都告知张昌宗："你要好好博取我母亲的欢心,好日子在后头,到时候可别忘了我。"

"公主的大恩,张昌宗没齿难忘。"

将张昌宗带到母亲的寝宫之后,太平公主便先行告退,留下张昌宗一个人在宫内侍奉武则天。

武则天见张昌宗青春年少、粉嫩可爱,心里乐开了花,但当着女儿的面不好表露,只好装模作样。等女儿一走,她赶紧招手："来,坐上我的卧榻,陪我说说话。"

张昌宗暗想:从小我就听说过女皇的淫威和手段,虽然太平公主将皇上描述得和蔼可亲,可我还是好怕啊。第一次近距离接触武则天,他哆哆嗦嗦,手脚不知该往哪里放。

武则天哈哈大笑,指示宫女："你们来帮他一把。"

这种场面,宫女们见怪不怪,上前齐心协力脱下张昌宗的鞋子和外衣,嘻嘻哈哈地将他推到女皇的坐塌上。

武则天仔细观察张昌宗,心道:这小家伙眉目如画、肌肤细腻,年轻人身上特有的青春气息扑面而来,让我心神荡漾。

张昌宗心里说:皇上虽然年逾七十,但保养甚好,五官依然较为精致,身材、皮肤都还紧致。听说她的一头乌发是每月定期染过的。虽说她的眼角和颈部有些细碎的皱纹,但依然无损她犹存的风韵。我的母亲比皇上小十来岁,在生活的重压下,早就鸡皮鹤发,垂垂老矣。再看皇上,她眉目含情,两颊布满红晕,与街头那些垂青于我的少女的表情没什么两样。这个发现令张昌宗的自信空前膨胀起来,胆气一旦恢复,手脚也恢复了自如,他渐渐进入了当前的角色,想起了此时此刻自己究竟该做些什么。

云雨过后,武则天搂住张昌宗,满足地夸奖道："别看你身材并不健硕,却很是勇猛,以后每天都陪伴御驾左右侍奉,朕定然不会亏待你。"

张昌宗嘴里谦虚着,心里却想:这一番较量,我发觉皇上精力旺盛,很难对付。我既然决定了吃这碗软饭,那身体就是我的本钱,得好好保护,否则,像沈南璆那样,就太不划算了。我得想办法让哥哥进宫来帮忙。于是,张昌宗赶紧说:"皇上,我这点微末本事算不了什么。我的哥哥张易之比我强多了。"

武则天一听,得陇望蜀之心顿起,急忙下令:"召张昌宗的兄长张易之觐见。"

一见张易之本人,武则天大喜,眉开眼笑地夸道:"果然一表人才,器宇不凡。"她暗想:有了这两个帅哥,晚年生活再也不愁会寂寞了。

这天,太平公主进宫请安,见到武则天卧榻前侍奉的张昌宗兄弟俩,心中暗夸:张昌宗真是聪明人。既然母亲这么喜欢这对兄弟,我不如趁机做个顺水人情。太平公主提议说:"母亲,不如封赏张氏兄弟,他俩有了职位,就有正当的理由进出后宫了。"

武则天点点头,心里却道:这个问题朕早已考虑好。前任男宠薛怀义被封赏之后,变得嚣张跋扈。前车之鉴让朕吸取了教训。张家兄弟只能任个虚职,陪朕吃喝玩乐,顺带做一些护理工作即可。

别看张家兄弟人品不怎么样,对母亲倒是极为孝顺。他们对武则天说:"母亲为了抚养我们,没过上一天好日子。希望皇上能赐给我们一个安居乐业的地方,可以侍奉母亲,让母亲颐养天年。"

二张的母亲姓臧,已经六十多岁,长得五大三粗,很是难看,含辛茹苦地将两个儿子抚养长大之后,原本就不怎么样的容貌越发苍老。

武则天见到臧氏之后,有点愕然:这容貌,是怎么生出两个帅气的儿子的?如果她穿越到现代,一定会惊叹基因突变的魔力。武则天爱屋及乌,下令:"将皇宫边上空出的几个王府赏给你们居住,生活起居用度都由国库开销。"

除了物质赏赐,武则天还赐给二张的母亲臧氏一个私夫,这可是古往今来破天荒头一遭,是女皇的女权思想和创新精神结合的产物。所谓私夫,相当于女人的妾室或是兼职丈夫,不是正牌丈夫。这个古今第一"私夫"是谁呢?就是凤阁侍郎李迥秀。

"李迥秀的妻子出身大族,自视甚高,对奴仆非打即骂,跟穷人出身的婆婆也相处得很不愉快。孝顺的李迥秀一纸休书,将妻子赶走了。"武则天对二张说,"朕得知此事后,认为李迥秀仁义有加,给你们两个当继父再合适不过。哎呀,心肝宝贝,朕可为你们操碎了心。"

"多谢皇上恩典。"

武则天满意地点点头:"朕封你们的母亲臧氏为太夫人,赐婚给李迥秀为妻。"

李迥秀已经再次娶妻,想要回绝皇上的"好意",可武则天根本不给他这个机会。

"朕顾念你已有妻室,便封你为臧氏的私夫。如果臧氏有需要,你就上门服务,平时不用住在臧氏家中。"

李迥秀哑巴吃黄连,有苦说不出,又不敢严词拒绝,只得半推半就应承下来。

"恭喜李大人有此奇遇,我眼馋得紧啊!"

"就是!张氏兄弟是皇上跟前的红人,我们想巴结都巴结不上。李大人居然成了他们的父亲,真是可喜可贺!"

"李大人,你可是靠上了大树好乘凉啊!若有机会,请提携一下兄弟我。"

当时,不少大臣看重二张兄弟与武则天的关系,纷纷巴结二张,希望他们有机会能为自己多多美言几句。他们眼馋李迥秀有此奇遇,大为羡慕,纷纷去恭喜道贺。可对李迥秀个人而言,却痛苦不堪。多年后,二张被杀,李迥秀终于脱离苦海,却也因为这层关系而被贬出京城,后又被诬与二张有牵连,最终丢了性命,真可谓时运不济。

在这段时期,百官之中对二张最为巴结的,当数武氏子侄。武氏子侄唯武承嗣马首是瞻,他们都希望武承嗣当上皇嗣,确保武家能够世世代代享受荣华富贵。出于这个目的,武氏子侄对二张兄弟曲意逢迎。

二张兄弟初受女皇恩宠,并不在意谁当皇嗣,但架不住武氏子侄的重金贿赂,开始成天吹枕边风,要武则天立武氏子侄为皇嗣。女皇好容易得享片刻闲暇,不耐烦听二张聒噪。二张也并非真心向着武氏子侄,又害怕女皇恼怒,便闭嘴不语。

正当武则天为皇嗣之位烦恼时,她忽在夜间做了个梦,梦到一只巨大的鹦鹉折断了双翅,掉入水中。女皇本姓武,惊醒之后,她很是惊骇,赶紧召来宰相狄仁杰为她解梦。

狄仁杰趁机对女皇进言道:"鹦鹉的翅膀就是皇上的两个儿子李显和李旦。如果皇上启用两个儿子,那鹦鹉(武)的两个翅膀就齐全了。"

武则天心中有所松动,嘴上却斥责道:"这是朕的家事,不容他人置喙。"

狄仁杰赶紧说:"皇上现在的江山,是唐高祖和唐太宗打下来的。他们为何要拼命打江山?就是为了给子孙后代留一份家业。高宗去世时将江山交给您,就是希望您这个李家的媳妇能够代儿子掌管好江山,将来再传到儿子手里。您如果把江山交到娘家人手里,既对不起李氏的祖宗,也违背了天意。如果将皇位传给儿子,那么子孙后代都会为您立太庙祭祀您。皇上,我从来没有听说过侄子会立太庙祭祀姑母。"这番话,从前的宰相李昭德曾经对武则天说过,然而从狄仁杰嘴里说出来,分量大不一样。

如今的武则天又衰老了不少,到了安排好后事的时候了。武则天一向信任狄仁杰,狄仁杰最后一句话触到了她的隐痛。她暗想:武氏子侄平庸无能,头脑拎不清,除了拍马屁,什么也做不好。我多次提拔武承嗣当宰相,又把他贬职,就是这个道理。如果把江山传给武承嗣,他首先会建太庙祭祀父亲。武承嗣的父亲就是当年曾经欺凌我,后来被我杀掉的武元爽。我怎么能让江山落入仇人的后代手中?尽管我姓武,希望武氏一族兴旺发达,可我明白,在皇嗣的人选问题上,武氏是极不合适的。

在这个节骨眼上,契丹作乱了。契丹这个少数民族政权向来不老实,动不动就侵扰唐朝的边境。这次他们又来犯境,打出的却是匡扶庐陵王和相王的旗号。

契丹此举莫名其妙,却令武则天有所触动:唉,我这女皇当得真没劲,就连少数民族都只认李氏,不认武氏。沮丧归沮丧,边关告急,需要马上派将领去平定。

凤阁侍郎娄师德主动要求:"皇上,请让臣前去平定战乱。"娄师德以忍让谨慎著称,他一生征战无数,基本属于常胜将军。

武则天的侄子武懿宗见娄师德出马,心想:娄师德出马,此战必胜,我何不分一些战功据为己有?便主动请缨:"皇上,臣也愿意出战。"

武则天心道:武懿宗胆小无能,难得愿意上前线,真给我们武家长脸。我本打算封娄师德为主帅,可武懿宗是我的亲侄子,娄师德就让让路吧。她最终下令:"武懿宗为主帅,娄师德为副,吉顼为监军使。"吉顼本是酷吏,顺利转型成了朝臣。

武懿宗当上了主帅,扬扬得意,亲自率领大军走在前面:"娄师德、吉顼,你俩各领一队兵马殿后。"

武懿宗刚刚带兵来到赵州,就听探子来报,有一支几千人的敌军全速冲来。他慌忙下令:"大军抛弃一部分辎重,掉转方向,去跟娄师德会合。"无论属下如何劝说,武懿宗也不敢正面迎敌。结果,十万大军在几千敌军来到之前落荒而逃,赵州随即失守。

娄师德与吉顼不再指望武懿宗上阵,他们定好计策,亲自出马,一举将契丹兵马打得落花流水。

武懿宗是胆小黑心的主儿,一见娄师德打了胜仗,马上想抢占头功,这下吉顼可不乐意了。娄师德为了顾全大局,花了很大力气安抚吉顼和其他将士,将主要功劳让给了武懿宗。

武懿宗抢占了头功还嫌不够,趁着娄师德先返回京城的机会,独自留在河北,将当地跑反归来(为了躲避战乱而跑到外地躲起来,战乱平息后又回来)的百姓全都抓了起来,诬告他们是契丹人的帮凶。武懿宗杀死很多无辜百姓,带上人头回到京城,将人头挂在树上示众。

回到朝廷,武懿宗在女皇面前大言不惭地自夸:"多亏了我,把河北的作乱分子杀得一干二净。"

朝中不少正直的大臣了解此次战役的始末,见武懿宗如此好大喜功,又残害良民,忍无可忍,一起站出来弹劾他。

武则天本想借机嘉奖一下自己的侄子,可是见侄子实在不争气,只得顺应大臣们的意愿,为那些冤死的百姓平反。但是,武则天并未对武懿宗进行任何惩戒。

契丹之乱已平,突厥犯境的征讨事宜却无人响应。狄仁杰趁此机会提出:"皇上,突厥此次作乱,依然打着匡扶李氏皇族的名义。不如将皇子接回,确立皇嗣,如此一来,天下人再也没有口实谋反。"

由于皇嗣的册立之事关系到国家社稷的安危,当然,最重要的是关系到大臣们的切身利益,因此成了万众瞩目的焦点。不少人心里都打着小九九,运用自己的人际关系网来左右这件事的发展。

天官侍郎吉顼是酷吏出身,但是他的文化素养和工作能力较强,因此早早转型成功,没有受来俊臣等酷吏倒台的影响。但是武承嗣等人根本看不起吉顼,常常对他冷嘲热讽,这令吉顼很是不爽。当时的形势,吉顼看得比较清楚:武氏子侄碌碌无为、人品低劣,若是他们掌权,必然天下大乱、政权不稳,我吉顼也不会有什么好果子吃。唯有李氏子孙成为皇嗣,才是众望所归。吉顼终日冥思苦想,希望能找到突破口,帮助李氏皇子,也算立下一个大功,对自己的前途大有好处。

吉顼经过反复掂量和权衡,前去找侍奉武则天的张易之、张昌宗兄弟两人谈心。吉顼一向注意维护人际关系,他跟二张关系很融洽,二张对他比较信任,也比较客气。见吉顼郑重其事地来访,二张不由得紧张起来:"吉大人特意来找我们,是为了什么事?"

吉顼叹了口气,假装关心道:"我最近一直在为你们兄弟担心。你们虽然享尽荣华富贵,但毕竟不是靠自己的能力取得的。朝中对你们咬牙切齿、嫉妒万分的大有人在。现在你们经常伴随皇上身侧,说话还算管用。如果不能趁此机会积累下大功劳,那么,真不知你们以后如何自保。"

张氏兄弟少年得志,没经过历练。虽没啥大心计,却并不笨,当然明白吉顼的意思,也认清了目前的危险处境。他们自忖在朝堂上没什么势力,实在想不出方法防患于未然,只好求教吉顼:"吉大人,请你帮我们想想办法吧。"

吉顼见二张上了钩,心里暗喜,面儿上却不显,保持着一副忧心忡忡的样子,说:"普天下的百姓都没有忘记唐朝,而各级官员也希望庐陵王能够回来当皇嗣。皇上年纪已经很大了,在皇嗣问题上犹豫不决。如果你们能在这个时候说服皇上,接回庐陵王当皇嗣,那就是一件很大的功劳,不仅可以避免将来遭祸,也能够长久保持富贵。"

张氏兄弟听完吉顼的分析连连点头,对他感激不尽。送走了吉顼,两兄弟又反复商量了好久。

"我觉得吉大人说的是个好办法。"

"没错。我们瞅准女皇开心的时候,把这件事提出来。"

"嗯!你提出,我来附和。"

武则天得了二张这对活宝,心情一直都很不错。这天她处理完国家大事,回到寝宫,跟张氏兄弟吃完晚饭,嬉闹了很久,才说:"朕乏了,帮朕按摩一下好入睡。"

张氏兄弟见武则天心情好,急忙拐弯抹角地将话题引到了立皇嗣的事情上,说:"武承嗣毕竟不是皇上您的亲生儿子,应该选庐陵王当皇嗣。"

武则天一听此言,一下子警惕起来:难道大家真的这么希望庐陵王成为皇嗣? 不对,张氏兄弟远离朝堂,哪里懂得这些? 这些话一定是别人教他们说的。

女皇假装生气,板起面孔,吓唬他们:"谁指使你们来说这些话? 不说就马上砍头。"

二张赶紧跪下磕头:"皇上饶命!是吉顼教我们说的。"

女皇命人叫来吉顼,质问道:"吉顼,你为何干涉立皇嗣一事?居然还说动二张当说客。"

吉顼早就想好了理由,从容不迫地说:"皇上,立庐陵王李显为皇嗣有几个好处。第一,庐陵王远离宫廷十多年,在朝中没有党羽,立他为皇嗣,您依然可以独掌皇权,不用担心皇嗣与您分庭抗礼。第二,这些年,庐陵王在外饱经风雨,您将他召回皇宫立为皇嗣,他一定会感恩戴德。第三,相王李旦原本便是皇嗣,他不会像庐陵王那样感激您,再说,相王一直生活在京城,虽然被严密监控,但难保私下没有党羽。所以,立庐陵王是比较合适的选择。我担心您不听我的意见,所以才让二张代劳。"

经过内心的一番挣扎,加上狄仁杰、吉顼等人的规劝,武则天虽然心有不甘,最终还是派人将庐陵王李显接了回来。这纯粹是曲意为之。武则天不愿大张旗鼓,只是给了随身太监一个密诏,说:"庐陵王生病了,把他全家老小接回京城来养病。回京之前,不能让任何人知道此事。"

这样一来,可苦了李显。在漫长的幽禁生涯中,李显天天提心吊胆,害怕母亲追杀。如今母亲的特使前来,并不告诉他真情,而是准备偷偷将他接回皇宫。

李显吓得哭了起来,对妻子韦氏说:"这次真不知是福是祸。"

韦氏比较冷静。即使在软禁期间,韦氏也一直关心国家大事,希冀有一天时来运转,能重回京城。她略一思索,安慰李显说:"你别怕。眼下边关战事吃紧,突厥又打着匡扶庐陵王的旗号,所以不大可能在这个节骨眼儿上杀你。我猜,更大的可能是将你接回,立为皇嗣。"

李显依然哭道:"你想得倒美。"

不容李显夫妻多想,特使一再催促道:"请庐陵王带上家小赶紧上车回京城。"

韦氏的判断是对的。

三十三　神龙之变

狄仁杰等人再次向女皇提及接回庐陵王一事。武则天吩咐随从："将身后的帘子拉开。"神情委顿、苍老瑟缩的庐陵王李显以这种戏剧化的方式出现在狄仁杰等人的面前。

狄仁杰见庐陵王归来，大为惊喜，但对女皇偷偷摸摸接回皇子的行为大为不满："大周泱泱大国，这样的行为传出去，恐怕会遭人耻笑。"

女皇一听有理，只得重新安排仪仗，假装刚刚迎接李显入宫。

韦氏私下向李显抱怨："皇上真不上路，把你接回来，也没个像样的仪式。"

李显压低声音说："你就知足吧，好歹我们回到了京城。我可不敢有非分之想。母亲如何安排，我就如何配合。"

韦氏嘟着嘴，想了想，又说："你母亲会立你当皇嗣吧？"

李显没再答话，心道：或许吧。

庐陵王李显的归来，令皇嗣的归属十分明显。李旦看清了形势，再次做了一个明智的决定，主动向女皇提出："母亲，我愿意让位给哥哥。"

武则天对李旦大为满意，很快下旨："立庐陵王李显为太子。"但是，武则天不许太子干政，更不许他走出东宫一步。

李显当上太子后，打着匡扶李唐皇室的旗号作乱的突厥却并未撤兵，直到众臣提议，要武则天安排李显当上挂名的元帅，派兵征讨突厥，才荡平叛乱。

经过这件事,武则天更加清楚地意识到李氏皇族在人们心目中的分量,坚信自己立李显为皇嗣的正确性。这样一来,她又生出了新的担忧。立李显为太子,最重要的考量就是李显跟武氏子侄没有仇怨,将来即使登基为帝,也不会找武氏后裔报仇。在这几年的夺嫡大战中,李旦却反复被武家陷害,他一旦掌权,一定会以牙还牙,杀尽武氏子侄。但是武则天还是不太放心:我一旦有个三长两短,李家和武家的后代斗个不停怎么办?我得想个办法。

很快,武则天想出了一个自认为很高明的办法。群臣对此又议论起来。

"听说,皇上最近忙着为李氏和武氏子侄当和事佬。"

"是啊。皇上赐太子姓武,让武家和李家的子侄一起参加宴会,还任命武承嗣为太子少保,并将武氏子侄安插在重要岗位上。"

"皇上还安排太子、相王、太平公主和武氏子侄一起在明堂起誓,将来和平共处,并将他们的誓言刻在铁券之上。"

"太幼稚了!姓氏可以更改,当事人若是违背誓言,皇上也无可奈何。"

"既然皇上要自欺欺人,其他人也不好泼冷水。"

"唉,风云变幻快啊。武承嗣眼见当上皇嗣的希望破灭,气得生了病,很快一命呜呼了。"

"谁说不是呢?"

最近一段时间,上官婉儿见武则天整日眉目含笑,便打趣道:"皇上,您近来心情不错啊。"

武则天拍拍怀里的张氏兄弟,笑道:"有这对活宝相伴,朕的心情自然好。再说,继承人问题已经解决了,叛乱也已经平息,朕跟孩子们、朝臣的关系好多了,朕心里松快得很。"

上官婉儿附和道:"您真是个称职的女皇帝。"

武则天面有得色:"那是当然。朕还想效仿先皇前去封禅呢。"

上官婉儿说:"这个主意好。您在当皇后时就参与过泰山封禅,如今作为皇帝去封禅,一定驾轻就熟。"

武则天说:"当时朕只主持了祭地仪式。如今朕贵为皇帝,当然希望完整地完成封禅仪式,以得到上天的支持。"

上官婉儿说:"封禅是天大的好事。可若是路途遥远,对您的龙体不利,不如选个近一点的地方。"

武则天点头道:"你说得对,就选嵩山吧,距离洛阳最近。这些事让太子去操持吧。"

太子李显带着先遣部队去嵩山,为封禅做准备。在这期间,武则天突然病得迷迷糊糊的,有气无力地对上官婉儿说:"这次封禅,朕怕是去不成了。"

上官婉儿说:"皇上,有件事向您禀报。阎朝隐自愿充当封禅的祭品,为您祈福。一般祭品都由动物充当,太子等人从未见过把人当作祭品的,不敢擅自决定,只好派人快马来向您请示。"

武则天精神一振,道:"朝中居然有对我如此忠心的大臣,真是太让朕感动了。"武则天心里一高兴,身体好了大半,居然可以起床行走了。她大大封赏了阎朝隐,并且亲自完成了封禅仪式。

封禅之后,武则天暗想:朕一直对自己以女子之身夺取皇位而惴惴不安,如今朕得到了上天的庇佑,名正言顺了。有了这层心理暗示,武则天精神大振,越发沉迷于与二张厮混。

这天,上官婉儿向武则天禀报说:"近来,朝中对控鹤监有些不好的风评。"

张昌宗和张易之所在的部门叫作控鹤监,专为武则天解闷的。控鹤监聚集了很多文人雅士,陪伴武则天吟诗作对,大开文化沙龙,还有不少美少年混迹其中,供女皇享用。

武则天暗想:人言可畏,我得先想办法掩人耳目。想了片刻,她对二张说:"这样吧,控鹤监以后就叫作奉宸府。你俩带头召集一批文人,每年编几本书出来,好好扭转不好听的名声。"

张昌宗和张易之忙俯首称是。

张昌宗私下对张易之说:"皇上给了我们一个好机会,我们可以借编书招徕文人雅士,积累人脉。"

"说得对。"

一天,张易之对张昌宗说:"兄弟,我发现一个发财的好门路。"

"嘿嘿！是不是有人找你买官？"

"啊？也有人找你？我们兄弟想到一起去了。"

"这事得悄悄进行,别被发现了。"

开头,二张偷偷摸摸卖官鬻爵,一来二去,胃口越来越大。

"兄弟,你去吏部打个招呼,让他们提拔王四。"

"哥,这人我们不认识,会不会有麻烦？"

"有皇上给我们撑腰,怕什么？只要给得起银子,管他是谁。你快去。"

"哥,别忘了提拔我们的兄弟和亲戚。"

"忘不了,包他们占着肥缺,数钱数到手软。"

过了一阵子,朝中流言四起。

"听说没有？如今只要出钱就能买官。"

"你哪来的门路？"

"找张昌宗和张易之就成。只要你有大把银子送上,包管心想事成。"

"皇上知道此事吗？"

"这种丑事,皇上肯定知道。可皇上睁一只眼,闭一只眼,不想管。"

"这是为啥？"

"唉,皇上老了,身体不好,成天卧床休息,十天半月才上朝一次。二张就是皇上的耳目,告诉她宫外发生的事。"

"是啊。二张利用皇上的信任,为所欲为,打击了不少他们不喜欢或是不喜欢他们的人。"

"嘿！二张这样乱来,得罪了李氏和武氏两大家族,准没好果子吃,等着瞧吧。"

"小声点,须知隔墙有耳。"

再看魏王府,自打武承嗣死后,往日车水马龙的景象不再,变得门可罗雀。虽然武承嗣的儿子武延基娶了太子李显的女儿永泰郡主为妻,又蒙武则天恩宠,顶了魏王的爵位,可他才十九岁,少不更事,没有正经的官职,又没有做出成绩,朝中没人把他当回事。

永泰郡主的哥哥,也就是李显的长子李重润与武延基年龄相仿,经常互相串门玩耍。年轻人血气方刚,看不惯朝中事,惯于指点江山,且口无遮拦。这天,他们谈起张易之、张昌宗兄弟俩。

"二张以色事女皇,搞得朝中乱七八糟。"

"唉,我父亲虽贵为太子,但不许走出东宫一步,以后能否继承皇位还是个未知数。"

几个年轻人没想到,他们的这番话辗转传到了武则天耳中。武则天勃然大怒,将李显叫进宫大骂:"你贵为太子,却不懂约束子女,居然让子女说出大逆不道的话!这几个不知天高地厚的孩子,实在该死!"

李显回到东宫,对韦氏说了一遍刚才发生的事。

"我担心那几个孽障连累我太子之位不保。母后说他们该死,可我不忍心杀这几个孩子。重润是李家的长孙,还没娶妻生子。女儿才十七岁,刚刚怀孕。武延基也是武家的长子啊。"

韦氏沉默了一会儿,低声说:"既然皇上说几个孩子该死,你就得马上赐死他们,否则我们多年苦心等待的一切将付诸东流。"

"你……你好狠。"

"我们没别的办法。你马上让他们自尽吧。"

"我……我……"

"你动作快一点,否则,就该我们陪葬了。"

李显痛苦地闭上眼睛,说:"好吧。"

几个孩子自尽之后,李显病倒了。

韦氏坐在李显的病床边，晃了晃他："太子，你起来，赶紧去找李旦、太平公主，一起见皇上，请皇上封张氏兄弟为王。"

"这……这是为何？"

韦氏目光阴冷："都是几个熊孩子惹的祸。二张恨上你，皇上怀疑你，你得马上去善后，否则我俩性命不保。"

李显知道韦氏是对的，只好拖着病恹恹的身体，照她的话做了。

张昌宗和张易之见太子都肯服软，高兴得很，私下谈论说："太子就是个厌包。"

"我们看不顺眼的人太多，就没必要盯着太子不放了。"

"嗯，眼下要先除掉魏元忠！他三番五次反对我们的亲戚上位，还胆敢教训我们的族人。"

"高戬也不是东西，自诩文人雅士，又仗着跟太平公主有一腿，从不把我们哥儿俩放在眼里。"

"嘿！皇上最恨人造反，我们不如告他们谋反。"

"行啊！我跟张说关系不错，就让他出头，跟皇上告状，说魏元忠有谋反之意，再把高戬也牵连进去。"

"说干就干！"

很快，魏元忠、高戬被抓的消息传到太平公主耳中。她听说情人被抓，心急如焚，急忙入宫面圣。

武则天见到女儿，气哼哼地说："你交的好朋友，居然胆敢谋反。"

二张阴阳怪气地附和道："就是，公主真不会识人。"

太平公主听了，暗骂：两个忘恩负义的家伙，母亲在气头上，你们还拱火！可我也不便直接为高戬求情，免得母亲怀疑我。太平公主婉转地说："母亲，谋反是大事，还牵涉到朝廷重臣，应该慎重对待。既然张氏兄弟说魏元忠等人谋反，那不妨让他们当面对质，是真是假，自然水落石出。"

武则天将太平公主看得很重，认为她的提议不无道理，便说："那就按你说的办。"

第二天,当着大臣们的面,这场关于魏元忠、高戬是否谋反的对质开始了。二张兄弟催促张说道:"张大人,你快告诉皇上,你曾听到魏元忠出言不逊,有谋反之意。"

凤阁舍人张说是个有心计的人。他暗想:我答应二张做伪证,只是权宜之计。皇上已风烛残年,命不久矣,二张就是秋后的蚂蚱——蹦跶不了几天。这次如果咬不死魏元忠等人,到时他们反攻倒算,我可是吃不了兜着走,太不上算了。想到此处,张说回道:"我从未听魏元忠说过谋反的话,倒是你们逼我做伪证。"

大臣们闻言,纷纷谴责起二张。

"啊?二张居然胆敢诬蔑朝廷重臣!"

"胆大包天,丧心病狂,这是要动摇国之根本啊!"

二张见张说临时反水,慌了,忙说:"张说,你这出尔反尔的小人,定是魏元忠的同谋。"

论口才和智慧,二张哪是张说的对手?张说侃侃而谈,一番辩解,把自己撇得一干二净,说得张氏兄弟哑口无言。

这场闹剧,武则天看在眼里,气在心上:张说,你那点小伎俩骗不了朕。二张或许有错,可打狗还得看主人。你张说如此戏弄朕的男宠,眼里根本没有朕这个皇帝。更可气的是,你让二张在朝臣面前丢尽颜面,令朕下不了台。是可忍,孰不可忍?

"够了,都闭嘴!"武则天大笔一挥,张说、魏元忠和高戬全部贬官,二张却毫发无损。

就在二张乱政期间,一代良相狄仁杰去世了,武则天大为痛心。幸而狄仁杰在临死前举荐了一位德才兼备、大器晚成的宰相张柬之。宰相姚崇也极力向武则天推荐此人。正是张柬之的存在,结束了当时一度陷入混乱的局面。

张易之、张昌宗兄弟俩的得宠,充分验证了小人得志后果的严重性。他们从最早的贪赃枉法,逐渐演变到迫害王孙,接着又发展到残害忠臣、扰乱朝政,令原本已经明朗的政治形势发生了变化,李显能否顺利登基成了一个悬念,这引起了朝廷上上下下的公愤。大臣们开始积极行动起来,想办法找出二张的错误,希望运用合法的手段将他们铲除。

大理寺内。

"大人,经过调查,二张的问题还真不少。"

"那就先从二张的身边人下手,逐个铲除。"

"二张的继父李迥秀,在主持修建兴泰宫期间,以次充好、收受贿赂,建筑质量严重不过关。"

"将材料报给皇上。"

李迥秀因为此事被罢免了宰相,贬到地方担任刺史。接着,倚仗二张当上官的二张的弟弟张同休、张昌期和张昌仪贪污受贿,被抓进了牢房,还把张易之、张昌宗兄弟供了出来。

"皇上,除了一般的经济问题,二张的弟弟们还供出二张卖官鬻爵的违法行为。"

呈堂供述材料足有几尺厚。武则天见证据确凿,只得说:"派人仔细审查二张。"

负责此案的官员最终裁定,二张确实有罪,只要拿出铜二十斤即可抵罪。

武则天暗喜:这人倒是知趣,有机会升他的官。她顺势说:"那就此结案。"全然不顾大臣们的反对。

想要扳倒二张的大臣坚决不同意这个判决,说:"张易之、张昌宗兄弟罪行严重,不是赔钱就能免罪的。"

二张不服气了,抵赖说:"我们有功于社稷,可以功过相抵。"

武则天扶额:这个说法太牵强了,除了哄朕高兴,二张似乎没有其他贡献,这个理由又如何能摆上台面?

最终还是马屁天才杨再思站出来解了围,他说:"张昌宗曾为皇上试药,这就是大功一件。"

武则天忙说:"对对,张昌宗有功,朕赦他无罪。"

介入此案的宰相韦安石和唐休璟不肯罢休:"我们坚决要求严惩张氏兄弟。"

武则天不愿再跟他们废话,道:"韦安石和唐休璟,你们俩就调离京师吧,即日启程。"她暗想:走吧走吧,省得你们总在朕眼前晃悠,再跟朕唱反调。

众臣只得再次商议对付二张的办法。

"看来经济问题扳不倒二张。"

"嘿!皇上最忌讳谋反,我们就告二张谋反。"

"证据呢?"

"我的手下查到,二张曾经向一个术士询问自己是否有当天子的相貌。术士将当时的卦辞也一并拿出。张昌宗还曾劝皇上在定州建造佛寺,利用寺院来发动群众谋反。"

此案由御史中丞宋璟、司刑卿崔神庆和宰相韦承庆等人共同审理。宋璟一心想整死二张,可是宰相韦承庆跟二张是一个鼻孔出气的。

武则天见罪证确凿,有点为难,心道:朕不想得罪朝廷栋梁,又不愿伤害心肝宝贝二张兄弟。她只得说:"宋璟,你不必再负责此案,朕调你离开京师。"

可是,无论武则天如何调派,宋璟就是不走,还有一大堆话反驳武则天。

武则天无奈,只好说:"好吧,你先将二张兄弟抓起来再说。"

宋璟忙下令:"快把张易之、张昌宗带回御史台。"他心中暗喜:这次真的扳倒二张了。

宋璟太天真了,刚回到御史台,武则天的人已拿着一纸特赦令等着呢。

"皇上有旨,赦张易之、张昌宗无罪。"

不等宋璟反应过来,来人便把二张抢了回去。

宋璟气得直跳脚,对同僚们说:"张氏兄弟如此胡作非为,皇上还要包庇他们。看来,依靠正当的手段扳倒二张是不可能了。"

"唉,皇上已老糊涂了。二张这样的奸狡之徒终日侍奉在皇上身边,保不准会出多大乱子。"

"皇上年老,对朝廷的控制力减弱,朝中大臣分成不同的派系相互争斗,不齐心啊。"

"可惜狄阁老已经去世,否则一定会带头把二张收拾了。"

"狄阁老已逝,但他生前推荐的姚崇、桓彦范、敬晖、张柬之、崔玄昉、袁恕己都已在朝廷中举足轻重,形成一个独立的政治集团。我们可以请他们出面解决二张。"

狄仁杰生前推荐的这批人几乎都出身科举,又多数是世家出身,所以作风正派,重视学养和政治素质,与寒门出身的新兴地主阶层如张氏兄弟的重文风、轻素质截然不同。张氏兄弟乱政,以张柬之为首的政治集团便开始寻找解决二张之道。

张柬之出面,联络了狄公生前举荐的大臣,一起探讨如何对付二张。

"只有杀死二张,才能彻底解决问题。"

"如果派人暗杀二张,皇上绝不会善罢甘休,定会彻查凶手。若是她因此迁怒于太子和诸臣,太子位子不保,那更得不偿失。"

"一定要想一条万全之策。"

"除非逼皇上让位给太子。"

"同时铲除二张。"

"就这么办,我们逼宫!"

"那得有兵权。"

张柬之说:"保护皇上的羽林军分左、右二支,左羽林军中的头头儿是皇上的侄子武攸宜,但羽林将军都是老夫我逐步安插进去的自己人:敬晖担任左羽林卫将军,桓彦范是左羽林卫将军,杨元琰是右羽林卫将军,皇上最早的支持者李义府的儿子李湛也在其内。安排好自己人,我会去联络羽林大将军李多祚帮忙。"

李多祚是靺鞨族人,以军功任右羽林军大将军,前后掌握禁兵、北门宿卫二十余年。他见宰相张柬之亲自前来探望自己,非常感动,急忙设宴款待。

酒过三巡,张柬之故意问李多祚:"李将军,谁对你的恩情最大?"

李多祚一下子热泪盈眶:"我这辈子最感激的就是先皇(唐高宗),如果不是他力排众议起用我这个外族人,我就不会有今天的地位。就是我死了,也会到地下去保卫先皇。"

张柬之心道:有戏!李多祚对先皇忠心耿耿,可以为我所用。张柬之故意说:"大家都说将军很讲义气,也很忠心,现在先皇的子孙被困在东宫,张昌宗、张易之两个小人却在皇上身边迫害忠臣、扰乱朝政。如果李将军想要报恩,现在正是时候。"

李多祚被张柬之说动了,发誓:"我一定要铲除张氏兄弟,把皇位还给太子。我愿意听从张大人的指示。为了太子,我可以不顾妻儿的性命。"

张柬之得了准信,回去与幕僚商议:"我已得到朝廷和羽林军的支持,下一步要得到李唐皇室的首肯。"

幕僚道:"如今李氏的直系子孙只剩下三个人:太子李显、李旦和太平公主。兄妹三人平日关系不睦,不知是否会一致支持您。"

张柬之说:"若是逼宫成功,太子登基为帝,是最大的得益者,因此他不会有异议;李旦长期受武氏家族的迫害,一定不希望武家得势,他不会反对;至于太平公主,她的情人高戬为二张所害,遭到流放,自然恨二张入骨。"

幕僚道:"大人说得极是。况且,若是放任李氏皇族外的任何人当了皇帝,李氏族人必然首先受害。"

张柬之冒险找到李氏兄妹三人商议。

太平公主说:"二张乱政,是该铲除。"

李旦说:"这件事我没意见。"

李显默认了。

张柬之心道：不出我所料，为了共同的利益，兄妹三人是齐心的。他忙对太平公主说："我们之中，唯有公主能随意出入皇上的内宫。请公主联络皇上身边的宫人，将皇上和二张的一举一动都密报给我。"

太平公主说："好，我来负责提供情报。"

逼宫的日子很快到来，李显的女婿王同皎等人带着一帮兵士到来："太子，该出发了。"

李显有点心虚，暗想：这是要动真格的？母亲多厉害啊！我跟母亲斗了多次，从没胜过。这次万一失败了，母亲不会再饶恕我。这样一想，李显打起了退堂鼓，说："这件事跟我没关系，你们自己去干吧，我不去了。"

王同皎一听，太子这是要掉链子啊，这可不行！王同皎急忙说："先帝把神器托付给陛下，陛下却被幽禁，都已经二十三年了。如今众将领齐心协力帮助陛下杀死小人，恢复李家的江山社稷，希望陛下不要辜负将领们的期望。"

李显暗想：你这是要我跟母亲作对，成不成还是未知数，我可不敢冒险。李显哆嗦着说："小人是应该杀，可我母亲还在病中，惊扰到她不太好。要不，这事以后再说吧。"

与王同皎一同前来的李湛听闻太子说出这番话，简直是置大家的性命于不顾，便冲到李显面前说："将士们不顾身家性命来维护你，你却要置我们于死地。如果你想取消计划，那就自己对将士们说吧。"

李显听懂了李湛的意思：这是威逼啊。李显再一看那些将士，个个如狼似虎。比起可怕的母亲，李显更怕眼前杀气腾腾的将士，只好哆哆嗦嗦跨上高头大马，带将士们进宫。

武则天内宫。

太平公主事先收买了几个宫女当内应。起事之前，内应早就支走了其他宫人，杀了留守的宫女。宫门被预先打开，逼宫的将士们长驱直入，进入了武则天的寝宫。

张氏兄弟隐约听到些声音。

"哥,外头有响动,你去看看发生了何事。"

"今天大雾弥漫,啥也看不清。"

"那我出去看看。"

没等兄弟俩出门,将士们已蜂拥而入。

"这就是乱政的二张。"

"一刀一个,割下人头。"

武则天正在梦中,外殿的响动将她惊醒了。她睁开眼睛,只见龙床周围站满侍卫,围得密不透风。武则天大惊,却没有乱了阵脚,威严地问道:"是谁作乱?"

张柬之上前答道:"皇上,是张易之、张昌宗兄弟谋反。我等奉太子之命将他俩杀死。因为怕走漏风声,所以没有事先向皇上汇报,臣等罪该万死。"说着,一挥手,命人将人头呈上。

武则天一见人头,心里一痛,流下泪来。她心知大势已去。

众人将李显推到武则天面前。李显哆嗦着,畏缩不前。

武则天一见李显这副屄样,轻蔑之心顿起,忽又恢复皇帝的仪态,厉声对李显说:"张易之、张昌宗既然已死,你可以回东宫了。"

李显见母亲发话,吓得手足无措,身不由己地后退:"母亲息怒,我走,我走。"

桓彦范在张柬之的首肯下,对武则天说:"皇上,太子怎么能够回东宫呢?先皇早已将天下托付给太子,太子早就成年,应该继承皇位。天意民心都念着李唐皇室。我们这些将士大臣拥戴太子,所以才杀了皇上身边危及太子的奸臣,现在请皇上把皇位传给太子,以顺应上天和百姓的愿望。"

武则天见桓彦范如此强硬,便左看右看寻找突破口。她看到李义府的儿子李湛,便对他说:"朕待你父亲不薄,你才有今天,怎么你也来反朕?"

李湛惭愧地低下了头。

武则天又问宰相崔玄㬢:"别人都是人家推荐才当上官,你是朕亲自提拔的,怎么你也来反朕?"

崔宰相油滑地回答:"我正是用这个方法报答皇上的大恩。"

武则天终于明白,没希望了。那就由他们折腾吧。她不再说话,闭上眼睛躺回龙床。

相王李旦和崔恕己等根据事先准备好的名单,在短时间内将二张的党羽一网打尽,还将张氏兄弟等五人的人头挂在桥头示众。

第二天,武则天下了《命皇太子监国制》,让太子监国。

第三天,武则天下旨,传位给太子李显。

第四天,李显正式登基。

第五天,武则天迁居上阳宫。实际上,她是被软禁了起来。

武则天迁居上阳宫的第二天,李显带着文武百官一起探望武则天:"朕尊号母亲为则天大圣皇帝。"

二月,李显下令:"恢复国号为唐,所有的郊庙、社稷、寝宫、百官、旗帜、服色、文字都恢复永淳以前的旧制度。"

韦氏提醒李显:"皇上,您是李氏后裔,可不能再祭祀武周的祖先了。"

李显说:"皇后说得是。来人,将周庙七主从太庙迁到长安崇尊庙。"

韦氏又说:"武三思等武氏子侄和我们关系不错,就别为难他们了。"这些武氏子侄因而得以保留了荣华富贵。

李显每过十天就会给武则天请安一次,回宫之后闷闷不乐,对韦氏说:"母亲虽已年过八十,可在我的记忆里一直是神采奕奕的。如今她憔悴不堪,彻底还原了她这个年龄应有的相貌。朕看了心里不忍。"

韦氏冷笑道:"皇帝的尊位给了您母亲物质和精神的双重满足。一旦失去了权力这味灵丹妙药,她自然从精神到肉体都迅速垮下来。"

李显道:"皇后说得极是。唉,是朕对不起母亲。"

韦氏淡然说:"皇帝,权力斗争就是这么残酷。您最好不要有其他想法,即便有,也不可能再扭转乾坤。您母亲建立的武周朝已彻底覆灭了。"

李显沉思一会儿,终于释然了:"也对。当初母亲立朕为太子,就已经明确朕是她的接班人,朕不算忤逆她的意思。况且,母亲的退位是朝廷重臣一手策划的结果,不是朕主动的。"

韦氏见皇帝想通了,提起的心终于放下。她担心皇帝又钻牛角尖,忙转换话题说:"朝中不少大臣是母亲提拔的,加上母亲在任期间处理国事能力出众,因此,尽管母亲退位了,可朝臣们还是很尊敬她。母亲这一辈子活得值了。"

李显点点头,不再多言。

在迁居上阳宫十个月后,武则天这个历史上唯一的女皇帝走完了她传奇跌宕的一生,撒手人寰。

太平公主悲伤地对李显说:"皇帝哥哥,母亲在遗嘱中赦免了她的第一批敌人——王皇后、萧淑妃两族,以及褚遂良、柳奭等人,赐神龙初年平反的魏元忠实封百户。她还要求恢复皇后的身份,与先帝合葬。可大臣们似乎不同意啊。"

李显难得硬气一回,说:"母亲的遗愿,朕都准了。这次,朕不再理会别人的想法。朕还要按照母亲的遗愿,让她与父亲一起长眠地下,千秋万世,永不分离。"

太平公主抽噎着说:"母亲这一生就是个传奇,她的墓志铭该怎么写?"

李显沉思半晌,道:"就为母亲立一块无字丰碑吧。她的是非功过,任由后人评说。"